Maurice Leblanc

Lupin

Der Gentleman-Dieb

Mitarbeit/Übersetzung: Roland Russwurm

Herstellung und Verlag: Independently published

ISBN: 9798528121192

Inhalt

I. Die Verhaftung von Arsène Lupin

Es war ein merkwürdiges Ende einer Reise, die auf höchst verheißungsvolle Weise begonnen hatte. Der transatlantische Dampfer "La Provence" war ein schnelles und komfortables Schiff, das von einem äußerst liebenswürdigen Mann kommandiert wurde. Die Passagiere bildeten eine erlesene und reizvolle Gesellschaft. Der Reiz neuer Bekanntschaften und improvisierter Vergnügungen ließ die Zeit schnell vergehen. Wir genossen das angenehme Gefühl, von der Welt getrennt zu sein, sozusagen auf einer unbekannten Insel zu leben und deshalb gezwungen miteinander gesellig zu sein.

Haben Sie schon einmal darüber nachgedacht, wie viel Originalität und Spontaneität von diesen verschiedenen Individuen ausgeht, die sich am Vorabend noch nicht einmal kannten und nun für einige Tage dazu verurteilt sind, ein Leben in äußerster Intimität zu führen, indem sie gemeinsam dem Zorn des Ozeans, dem schrecklichen Ansturm der Wellen, der Gewalt des Sturms und der quälenden Monotonie des ruhigen und schläfrigen Wassers trotzen? Ein solches Leben wird zu einer Art tragischer Existenz, mit seinen Stürmen und seinen Erhabenheiten, seiner Monotonie und seiner Vielfalt; und das ist vielleicht der Grund, warum wir diese kurze Reise mit gemischten Gefühlen von Freude und Angst antreten.

Aber in den letzten Jahren ist dem Leben des Transatlantikreisenden eine neue Sensation hinzugefügt worden. Die kleine schwimmende Insel ist nun mit der Welt verbunden, von der sie einst ganz frei war. Ein Band verband sie, selbst im Herzen der wässrigen Weiten des Atlantiks. Dieses Band ist der drahtlose Telegraf, durch den wir Nachrichten auf die geheimnisvollste Weise erhalten. Wir wissen sehr wohl, dass die Nachricht nicht durch einen hohlen Draht transportiert wird. Nein, das Geheimnis ist noch unerklärlicher, noch romantischer, und wir müssen auf die Flügel der Luft zurückgreifen, um dieses neue Wunder zu erklären. Während des ersten Tages der Reise hatten wir das Gefühl, dass uns jene ferne Stimme folgte, begleitete, ja vorausging, die von Zeit zu Zeit einem von uns ein paar Worte aus der entrückten Welt zuflüsterte. Zwei Freunde sprachen zu mir. Zehn, zwanzig andere schickten fröhliche oder düstere Worte des Abschieds an andere Passagiere.

Am zweiten Tag, in einer Entfernung von fünfhundert Meilen von der französischen Küste, inmitten eines heftigen Sturms, erhielten wir durch den drahtlosen Telegrafen folgende Nachricht:

> **Arsène Lupin ist auf Ihrem Schiff, erste Kabine, blondes Haar, verwundeter rechter Unterarm, reist allein unter dem Namen R...**

In diesem Moment durchzuckte ein schrecklicher Blitz den stürmischen Himmel. Die elektrischen Wellen wurden unterbrochen. Der Rest der Depesche erreichte uns nie. Von dem Namen, unter dem sich Arsène Lupin verbarg, kannten wir nur die Initialen.

Hätte es sich um eine andere Nachricht gehandelt, so wäre das Geheimnis ohne Zweifel sowohl vom Telegrafenbeamten als auch von den Offizieren des Schiffes sorgfältig gehütet worden. Aber es war eines jener Ereignisse, die darauf ausgelegt sind, der strengsten Diskretion zu entgehen. Noch am selben Tag, niemand wusste wie, wurde der Vorfall zum aktuellen Klatsch und Tratsch und jeder Passagier war sich bewusst, dass sich der berühmte Arsène Lupin in unserer Mitte versteckte.

Arsène Lupin in unserer Mitte!

Der unberechenbare Einbrecher, über dessen Taten in den letzten Monaten in allen Zeitungen berichtet worden war! Das geheimnisvolle Individuum, mit dem Ganimard, unser scharfsinnigster Inspektor, inmitten einer interessanten und malerischen Umgebung einen unerbittlichen Konflikt ausgetragen hatte. Arsène Lupin, der exzentrische Gentleman, der nur in Schlössern und Salons operiert und der eines Abends die Residenz von Baron Schormann betrat, aber mit leeren Händen wieder herauskam, jedoch seine Karte zurückließ, auf die er diese Worte gekritzelt hatte:

„Arsène Lupin, Gentleman-Einbrecher, wird zurückkehren, wenn die Möbel echt sind."

Arsène Lupin, der Mann der tausend Verkleidungen: abwechselnd Chauffeur, Detektiv, Buchmacher, russischer Arzt, spanischer Stierkämpfer, Handelsreisender, kräftiger Jüngling oder klappriger Greis.

Dann diese verblüffende Situation: Arsène Lupin irrte innerhalb der begrenzten Welt eines transatlantischen Dampfers umher; in diesem sehr kleinen Winkel der Welt, in diesem Speisesaal, in diesem Rauchsalon, in diesem Musikzimmer! Arsène Lupin war vielleicht dieser Gentleman ... oder jener ... mein Tischnachbar ... der Mitbewohner meiner Kabine ...

„Und dieser Zustand wird fünf Tage andauern!", rief Miss Nelly Underdown am nächsten Morgen aus. „Es ist unerträglich! Ich hoffe, er wird verhaftet."

Dann, an mich gewandt, fügte sie hinzu:

„Und Sie, Monsieur d'Andrézy, Sie stehen in engem Kontakt mit dem Kapitän; Sie wissen doch sicher etwas?"

Ich wäre hocherfreut gewesen, wenn ich irgendeine Information besessen hätte, die Miss Nelly interessiert hätte. Sie war eine jener prachtvollen Gestalten, die in jeder Versammlung unweigerlich die Aufmerksamkeit auf sich ziehen. Reichtum und Schönheit bilden eine unwiderstehliche Kombination, und Nelly besaß beides.

In Paris unter der Obhut einer französischen Mutter erzogen, war sie nun auf dem Weg, ihren Vater, den Millionär Underdown aus Chicago, zu besuchen. Sie wurde von einer ihrer Freundinnen, Lady Jerland, begleitet.

Zunächst hatte ich mir vorgenommen, einen Flirt mit ihr zu beginnen; aber in der rasch wachsenden Intimität der Reise war ich bald von ihrer charmanten Art beeindruckt und meine Gefühle wurden zu tief und ehrfürchtig für einen bloßen Flirt. Außerdem nahm sie meine Aufmerksamkeiten mit einem gewissen Grad von Wohlwollen an. Sie ließ sich herab, über meine Witze zu lachen und Interesse an meinen Geschichten zu zeigen. Dennoch spürte ich, dass ich einen Rivalen in der Person eines jungen Mannes mit ruhigem und raffiniertem Geschmack hatte; und es fiel mir manchmal auf, dass sie seinen schweigsamen Humor meiner Pariser Frivolität vorzog. Er gehörte zu dem Kreis von Bewunderern, der Fräulein Nelly umgab, als sie die obige Frage an mich richtete. Wir saßen alle bequem in unseren Liegestühlen. Der Sturm vom Vorabend hatte den Himmel aufgeklart. Das Wetter war jetzt herrlich.

„Ich weiß es nicht genau, Mademoiselle", antwortete ich, „aber können wir nicht selbst das Geheimnis erforschen - wie Inspektor Ganimard, der persönliche Feind von Arsène Lupin?"

„Oh! Oh! Sie kommen sehr schnell voran, Monsieur."

„Ganz und gar nicht, Mademoiselle. Zunächst einmal, darf ich fragen, ob Sie das Problem für kompliziert halten?“

„Sehr kompliziert.“

„Haben Sie den Schlüssel vergessen, den wir für die Lösung des Problems haben?“

„Welcher Schlüssel?“

„Zunächst einmal nennt sich Lupin Monsieur R… .“

„Eine ziemlich vage Information“, erwiderte sie.

„Zweitens: Er reist allein.“

„Hilft Ihnen das weiter?“, fragte sie.

„Drittens: Er ist blond.“

„Und?“

„Dann müssen wir nur die Passagierliste durchsehen und nach dem Ausschlussverfahren vorgehen.“

Ich hatte die Liste in meiner Tasche. Ich nahm sie heraus und blätterte sie durch. Dann bemerkte ich:

„Ich finde nur 13 Männer auf der Passagierliste, deren Namen mit dem Buchstaben R beginnen.“

„Nur dreizehn?“

„Ja, in der ersten Kabine. Und von diesen dreizehn sehe ich, dass neun von ihnen von Frauen, Kindern oder Bediensteten begleitet werden. Es bleiben also nur vier, die allein reisen. Erstens, der Marquis de Raverdan …“

„Sekretär des amerikanischen Botschafters“, unterbrach Miss Nelly. „Ich kenne ihn.“

„Major Rawson“, fuhr ich fort.

„Er ist mein Onkel“, sagte jemand.

„Monsieur Rivolta.“

„Hier!“, rief ein Italiener, dessen Gesicht unter einem schweren schwarzen Bart verborgen war.

Fräulein Nelly brach in Gelächter aus und rief: „Diesen Herrn kann man wohl kaum als blond bezeichnen."

„Nun gut", sagte ich, „dann sind wir gezwungen, den Schluss zu ziehen, dass der Schuldige der letzte auf der Liste ist."

„Wie ist sein Name?"

„Monsieur Rozaine. Kennt ihn jemand?"

Keiner antwortete. Aber Fräulein Nelly wandte sich an den schweigsamen jungen Mann, dessen Aufmerksamkeiten ihr gegenüber mich verärgert hatten, und sagte:

„Nun, Monsieur Rozaine, warum antworten Sie nicht?"

Alle Augen waren nun auf ihn gerichtet. Er war ein Blondschopf. Ich muss gestehen, dass ich selbst einen Schock der Überraschung verspürte, und das tiefe Schweigen, das ihrer Frage folgte, zeigte, dass auch die anderen Anwesenden die Situation mit einem Gefühl plötzlicher Beunruhigung betrachteten. Der Gedanke war jedoch absurd, denn der betreffende Herr wirkte vollkommen unschuldig.

„Warum antworte ich nicht?", fragte er. „Weil ich in Anbetracht meines Namens, meiner Stellung als einsamer Reisender und der Farbe meiner Haare bereits zu demselben Schluss gekommen bin und nun denke, dass ich verhaftet werden sollte."

Er machte eine seltsame Miene, als er diese Worte aussprach. Seine dünnen Lippen waren enger zusammengezogen als sonst und sein Gesicht war grässlich blass, während seine Augen blutunterlaufen waren. Natürlich scherzte er, doch sein Aussehen und seine Haltung beeindruckten uns seltsam.

„Aber Sie haben die Wunde nicht?", fragte Fräulein Nelly naiv.

„Das ist wahr", antwortete er, „mir fehlt die Wunde."

Dann zog er seinen Ärmel hoch, entfernte seine Manschette und zeigte uns seinen Arm. Aber diese Handlung täuschte mich nicht. Er hatte uns seinen linken Arm gezeigt, und ich war im Begriff, ihn auf diese Tatsache aufmerksam zu machen, als ein anderer Vorfall unsere Aufmerksamkeit ablenkte. Lady Jerland, Miss Nellys Freundin, kam in großer Aufregung auf uns zu gerannt und rief aus:

„Meine Juwelen, meine Perlen! Jemand hat sie alle gestohlen!"

Nein, sie waren nicht alle weg, wie wir bald herausfanden. Der Dieb hatte nur einen Teil von ihnen mitgenommen; eine sehr merkwürdige Sache. Von den diamantenen Sonnenschlössern, juwelenbesetzten Anhängern, Armbändern und Halsketten hatte der Dieb nicht die größten, sondern die feinsten und wertvollsten Steine mitgenommen. Die Fassungen lagen auf dem Tisch. Ich sah sie dort, ihrer Juwelen beraubt, wie Blumen, von denen die schönen bunten Blütenblätter rücksichtslos abgezupft worden waren. Und dieser Diebstahl muss zu der Zeit begangen worden sein, als Lady Jerland ihren Tee zu sich nahm; am hellen Tag, in einer Kabine, die sich zu einem stark frequentierten Korridor hin öffnete; außerdem war der Dieb gezwungen gewesen, die Tür der Kabine gewaltsam zu öffnen, nach dem Juwelenkästchen zu suchen, das auf dem Boden einer Hutschachtel versteckt war, es zu öffnen, seine Beute herauszusuchen und sie aus den Fassungen zu entfernen.

Natürlich kamen alle Passagiere sofort zu demselben Schluss: Es war das Werk von Arsène Lupin.

An diesem Tag blieben beim Abendessen die Plätze rechts und links von Rozaine frei; und im Laufe des Abends wurde gemunkelt, dass der Kapitän ihn unter Arrest gestellt hatte, was ein Gefühl der Sicherheit und Erleichterung hervorrief. Wir atmeten noch einmal auf. An diesem Abend nahmen wir unsere Spiele und Tänze wieder auf. Besonders Fräulein Nelly zeigte einen Geist gedankenloser Fröhlichkeit, der mich davon überzeugte, dass sie die Aufmerksamkeiten von Rozaine, die ihr anfangs angenehm gewesen waren, bereits vergessen hatte. Ihr Charme und ihre gute Laune vervollständigten meine Eroberung. Um Mitternacht, bei hellem Mond, erklärte ich ihr meine Hingabe mit einer Inbrunst, die ihr nicht zu missfallen schien.

Aber am nächsten Tag war Rozaine zu unserem allgemeinen Erstaunen auf freiem Fuß. Wir erfuhren, dass die Beweise gegen ihn nicht ausreichend waren. Er hatte ganz reguläre Dokumente vorgelegt, aus denen hervorging, dass er der Sohn eines wohlhabenden Kaufmanns aus Bordeaux war. Außerdem trugen seine Arme nicht die geringste Spur einer Wunde.

„Urkunden! Geburtsurkunden!“ riefen die Feinde von Rozaine, „natürlich, Arsène Lupin wird Ihnen so viele liefern, wie Sie wünschen. Und was die Wunde betrifft, so hatte er sie nie, oder er hat sie entfernt.“

Dann wurde bewiesen, dass Rozaine zur Zeit des Diebstahls auf dem Deck spazieren ging. Worauf seine Feinde erwiderten, dass ein Mann wie Arsène Lupin ein Verbrechen begehen könne, ohne tatsächlich anwesend zu sein. Und dann blieb, abgesehen von allen anderen Umständen, ein Punkt, den selbst die größten Skeptiker nicht beantworten konnten: Wer, außer Rozaine, war allein unterwegs, war blond und trug einen Namen, der mit „R“ begann? Auf wen wies das Telegramm hin, wenn es nicht Rozaine war?

Und als Rozaine einige Minuten vor dem Frühstück kühn auf unsere Gruppe zukam, standen Miss Nelly und Lady Jerland auf und gingen weg.

Eine Stunde später wurde ein handschriftliches Rundschreiben unter den Matrosen, den Stewards und den Passagieren aller Klassen von Hand zu Hand gereicht. Es verkündete, dass Monsieur Louis Rozaine eine Belohnung von zehntausend Francs für die Entdeckung von Arsène Lupin oder einer anderen Person im Besitz der gestohlenen Juwelen aussetzte.

„Und wenn mir niemand hilft, werde ich den Schurken selbst entlarven“, erklärte Rozaine.

Rozaine gegen Arsène Lupin, oder vielmehr, so die gängige Meinung, Arsène Lupin selbst gegen Arsène Lupin; der Wettkampf versprach interessant zu werden.

In den nächsten zwei Tagen entwickelte sich nichts. Wir sahen Rozaine Tag und Nacht umherwandern, suchend, fragend, untersuchend. Auch der Kapitän legte eine lobenswerte Aktivität an den Tag. Er ließ das Schiff vom Bug bis zum Heck durchsuchen, durchwühlte jede Kabine unter der plausiblen Annahme, die Juwelen könnten überall versteckt sein, nur nicht im Zimmer des Diebes selbst.

„Ich nehme an, sie werden bald etwas herausfinden“, bemerkte Miss Nelly zu mir. „Er mag ein Zauberer sein, aber er kann keine Diamanten und Perlen unsichtbar machen.“

„Gewiss nicht“, antwortete ich, „aber er sollte das Futter unserer Hüte und Westen und alles, was wir bei uns tragen, untersuchen.“

Dann zeigte ich meine Kodak, eine 9x12, mit der ich sie in verschiedenen Posen fotografiert hatte, und fügte hinzu: „In einem Apparat, der nicht größer ist als dieser, könnte eine Person alle Juwelen von Lady Jerland verstecken. Er könnte vorgeben, Fotos zu machen, und niemand würde das Spiel vermuten."

„Aber ich habe gehört, dass jeder Dieb einen Hinweis hinterlässt."

„Das mag im Allgemeinen stimmen", antwortete ich, „aber es gibt eine Ausnahme: Arsène Lupin."

„Warum?"

„Weil er seine Gedanken nicht nur auf den Diebstahl konzentriert, sondern auf alle damit verbundenen Umstände, die als Hinweis auf seine Identität dienen könnten."

„Vor ein paar Tagen waren Sie noch zuversichtlicher."

„Ja, aber seither habe ich ihn bei der Arbeit gesehen."

„Und was denken Sie jetzt darüber?", fragte sie.

„Nun, meiner Meinung nach verschwenden wir unsere Zeit."

Und in der Tat hatte die Untersuchung kein Ergebnis gebracht. Aber in der Zwischenzeit war die Uhr des Kapitäns gestohlen worden. Er war wütend. Er beschleunigte seine Bemühungen und beobachtete Rozaine noch intensiver als zuvor. Doch am nächsten Tag wurde die Uhr in der Kragenbox des zweiten Offiziers gefunden.

Dieser Vorfall löste großes Erstaunen aus und zeigte die humorvolle Seite von Arsène Lupin, der zwar ein Einbrecher war, aber auch ein Dilettant. Er verband das Geschäftliche mit dem Angenehmen. Er erinnerte uns an den Schriftsteller, der in einem Lachanfall, den sein eigenes Stück auslöste, fast gestorben wäre. Gewiss, er war ein Künstler in seinem Metier, und wann immer ich Rozaine sah, düster und zurückhaltend, und an die Doppelrolle dachte, die er spielte, gewährte ich ihm ein gewisses Maß an Bewunderung.

Am folgenden Abend hörte der Offizier, der an Deck Dienst hatte, ein Stöhnen aus der dunkelsten Ecke des Schiffes. Er trat heran und fand dort einen Mann liegen, dessen Kopf in ein dickes graues Tuch gehüllt war und dessen Hände mit einer schweren Schnur zusammengebunden waren. Es war Rozaine. Er war überfallen, zu Boden geworfen und ausgeraubt worden. Eine Karte, die an seinem Mantel befestigt war, trug diese Worte: "Arsène Lupin nimmt die von Monsieur Rozaine angebotenen 10.000 Francs mit Freuden an. Rozaine." In Wirklichkeit enthielt die gestohlene Geldtasche 20.000 Francs.

Natürlich beschuldigten einige den unglücklichen Mann, diesen Anschlag auf sich selbst vorgetäuscht zu haben. Aber abgesehen davon, dass er sich nicht auf diese Weise gefesselt haben konnte, wurde festgestellt, dass die Schrift auf der Karte völlig anders war als die von Rozaine, sondern im Gegenteil der Handschrift von Arsène Lupin ähnelte, wie sie in einer an Bord gefundenen alten Zeitung wiedergegeben war.

Es zeigte sich also, dass Rozaine nicht Arsène Lupin war, sondern Rozaine, der Sohn eines Kaufmanns aus Bordeaux. Und die Anwesenheit von Arsène Lupin wurde noch einmal bestätigt, und zwar auf höchst beunruhigende Weise.

Unter den Passagieren herrschte eine derartige Angst, dass keiner allein in einer Kabine bleiben oder sich allein in unbewohnten Teilen des Schiffes bewegen wollte. Man klammerte sich sicherheitshalber aneinander. Und doch entfremdete ein gegenseitiges Gefühl des Misstrauens die vertrautesten Bekannten. Arsène Lupin war jetzt jeder und jede. Unsere angeregte Phantasie schrieb ihm wundersame und unbegrenzte Macht zu. Wir hielten ihn für fähig, die unerwartetsten Verkleidungen anzunehmen, abwechselnd der hochangesehene Major Rawson oder der edle Marquis de Raverdan zu sein, oder sogar - denn wir hielten uns nicht länger mit dem anklagenden Buchstaben R auf - diese oder jene Person, die uns allen wohlbekannt war und Frau, Kinder und Dienerschaft hatte.

Die ersten drahtlosen Depeschen aus Amerika brachten keine Nachrichten; jedenfalls teilte uns der Kapitän keine mit. Die Stille war nicht beruhigend.

Unser letzter Tag auf dem Dampfer erschien uns unendlich lang. Wir lebten in ständiger Angst vor einer Katastrophe. Diesmal würde es kein einfacher Diebstahl oder ein vergleichsweise harmloser Überfall sein; es würde ein Verbrechen, ein Mord sein. Niemand konnte sich vorstellen, dass Arsène Lupin sich auf diese beiden Bagatelldelikte beschränken würde. Absoluter Herr des Schiffes, die Behörden machtlos, er konnte tun, was er wollte; unser Eigentum und unser Leben waren ihm ausgeliefert.

Dennoch waren das für mich reizvolle Stunden, denn sie sicherten mir das Vertrauen von Fräulein Nelly. Tief bewegt von diesen erschütternden Ereignissen und von höchst nervöser Natur, suchte sie spontan bei mir Schutz und Sicherheit, die ich ihr gerne gewährte. Innerlich segnete ich Arsène Lupin. Hatte er nicht dazu beigetragen, dass ich und Fräulein Nelly uns näher gekommen waren? Dank ihm konnte ich mich nun köstlichen Träumen von Liebe und Glück hingeben, Träumen, die, wie ich spürte, Fräulein Nelly nicht unwillkommen waren. Ihre lächelnden Augen erlaubten mir, sie weiter zu träumen; die Sanftheit ihrer Stimme ließ mich hoffen.

Als wir uns der amerikanischen Küste näherten, wurde die aktive Suche nach dem Dieb scheinbar aufgegeben, und wir warteten gespannt auf den Augenblick, in dem das mysteriöse Rätsel aufgeklärt werden würde. Wer war Arsène Lupin? Unter welchem Namen, unter welcher Verkleidung verbarg sich der berühmte Arsène Lupin? Und endlich war der große Augenblick gekommen. Und wenn ich 100 Jahre alt werde, werde ich nicht das Geringste davon vergessen.

„Wie blass Sie sind, Fräulein Nelly“, sagte ich zu meiner Begleiterin, als sie sich fast ohnmächtig an meinen Arm lehnte.

„Und Sie!“, erwiderte sie, „ach! Sie sind so verändert.“

„Dies ist ein höchst aufregender Augenblick, und ich bin entzückt, ihn mit Ihnen zu verbringen, Miss Nelly. Ich hoffe, dass Ihr Gedächtnis manchmal daran zurückdenken wird..."

Aber sie hörte nicht zu. Sie war nervös und aufgeregt. Die Gangway wurde in Position gebracht, aber bevor wir sie benutzen konnten, kamen die uniformierten Zollbeamten an Bord. Miss Nelly murmelte:

„Es würde mich nicht überraschen zu hören, dass Arsène Lupin während der Reise von Bord geflohen ist.“

„Vielleicht zog er den Tod der Entehrung vor und stürzte sich lieber in den Atlantik, als verhaftet zu werden.“

„Oh, lachen Sie nicht“, sagte sie.

Plötzlich zuckte ich zusammen:

„Siehst du den kleinen alten Mann, der unten an der Gangway steht?"

„Mit einem Regenschirm und einem olivgrünen Mantel?"

„Das ist Ganimard."

„Ganimard?"

„Ja, der berühmte Inspektor, der geschworen hat, Arsène Lupin zu fangen. Ah! Jetzt verstehe ich, warum wir keine Nachrichten von dieser Seite des Atlantiks erhalten haben. Ganimard war hier! Und er hält seine Geschäfte immer geheim."

„Sie glauben also, dass er Arsène Lupin verhaften wird?"

„Wer kann das schon sagen? Das Unerwartete passiert immer, wenn Arsène Lupin in die Angelegenheit verwickelt ist."

„Oh!", rief sie aus, mit jener morbiden Neugier, die Frauen eigen ist, „ich würde ihn gerne verhaftet sehen."

„Sie werden sich gedulden müssen. Kein Zweifel, Arsène Lupin hat seinen Feind schon gesehen und wird es nicht eilig haben, den Dampfer zu verlassen."

Die Passagiere verließen nun den Dampfer. Ganimard stützte sich auf seinen Schirm und schien der Menge, die die Gangway hinuntereilte, keine Beachtung zu schenken. Der Marquis de Raverdan, Major Rawson, der Italiener Rivolta und viele andere hatten das Schiff bereits verlassen, bevor Rozaine erschien. Armer Rozaine!

„Vielleicht ist er es ja doch", sagte Fräulein Nelly zu mir. „Was denken Sie?"

„Ich denke, es wäre sehr interessant, Ganimard und Rozaine auf demselben Bild zu haben. Nehmen Sie die Kamera. Ich bin überlastet."

Ich gab ihr die Kamera, aber zu spät, als dass sie sie benutzen konnte. Rozaine war bereits an dem Inspektor vorbeigegangen. Ein amerikanischer Offizier, der hinter Ganimard stand, beugte sich vor und flüsterte ihm ins Ohr. Der französische Inspektor zuckte mit den Schultern und Rozaine ging weiter. Mein Gott, wer war dann Arsène Lupin?

„Ja", sagte Fräulein Nelly laut, „wer kann das sein?"

Nicht mehr als zwanzig Personen waren jetzt an Bord. Sie musterte einen nach dem anderen und befürchtete, dass Arsène Lupin nicht unter ihnen war.

„Wir können nicht mehr lange warten“, sagte ich zu ihr.

Sie ging auf die Gangway zu. Ich folgte ihr. Aber wir waren noch keine zehn Schritte gegangen, als Ganimard uns den Weg versperrte.

„Nun, was ist los?“ rief ich aus.

„Einen Moment, Monsieur. Warum haben Sie es so eilig?“

„Ich begleite die Mademoiselle.“

„Einen Moment“, wiederholte er in einem Ton der Autorität. Dann blickte er mir in die Augen und sagte:

„Arsène Lupin, nicht wahr?“

Ich lachte und erwiderte: „Nein, einfach Bernard d'Andrézy.“

„Bernard d'Andrézy ist vor drei Jahren in Mazedonien gestorben.“

„Wenn Bernard d'Andrézy tot wäre, wäre ich nicht hier. Aber Sie irren sich. Hier sind meine Papiere.“

„Es sind seine, und ich kann Ihnen genau sagen, wie sie in Ihren Besitz gekommen sind.“

„Sie sind ein Narr!“ rief ich aus. „Arsène Lupin segelte unter dem Namen R... „

„Ja, ein weiterer Ihrer Tricks; eine falsche Fährte, mit der Sie sie in Havre täuschten. Sie spielen ein gutes Spiel, mein Junge, aber dieses Mal ist das Glück gegen Sie.“

Ich zögerte einen Moment. Dann versetzte er mir einen scharfen Schlag auf den rechten Arm, der mich einen Schmerzensschrei ausstoßen ließ. Er hatte die im Telegramm erwähnte, noch nicht verheilte, Wunde getroffen.

Ich war gezwungen, mich zu ergeben. Es gab keine Alternative. Ich drehte mich zu Miss Nelly um, die alles gehört hatte. Unsere Blicke trafen sich; dann blickte sie auf die Kodak, die ich ihr in die Hand gedrückt hatte, und machte eine Geste, die mir den Eindruck vermittelte, dass sie alles verstanden hatte. Ja, dort, zwischen den schmalen Falten des schwarzen

Leders, in der hohlen Mitte des kleinen Gegenstandes, den ich vorsichtshalber in ihre Hände gelegt hatte, bevor Ganimard mich verhaftete, dort hatte ich Rozaines zwanzigtausend Franken und Lady Jerlands Perlen und Diamanten deponiert.

Oh! ich schwöre, dass mir in jenem feierlichen Augenblick, als ich mich in der Gewalt von Ganimard und seinen beiden Gehilfen befand, alles gleichgültig war, meine Verhaftung, die Feindseligkeit des Volkes, alles bis auf diese eine Frage: was wird Fräulein Nelly mit den Dingen tun, die ich ihr anvertraut hatte?

In Ermangelung des materiellen und schlüssigen Beweises hatte ich nichts zu befürchten; aber würde Fräulein Nelly sich entschließen, diesen Beweis zu erbringen? Würde sie mich verraten? Würde sie die Rolle eines Feindes spielen, der nicht verzeihen kann, oder die einer Frau, deren Verachtung durch Gefühle der Nachsicht und unwillkürlichen Sympathie gemildert wird?

Sie ging an mir vorbei. Ich sagte nichts, verbeugte mich aber sehr tief. Unter die anderen Passagiere gemischt, ging sie mit meiner Kodak in der Hand zur Gangway. Es kam mir in den Sinn, dass sie es nicht wagen würde, mich öffentlich bloßzustellen, aber sie könnte es tun, wenn sie einen privateren Ort erreicht. Als sie jedoch nur ein paar Meter die Gangway hinuntergegangen war, ließ sie mit einer Bewegung von gespielter Unbeholfenheit die Kamera ins Wasser zwischen dem Schiff und dem Steg fallen. Dann ging sie die Gangway hinunter und war in der Menge schnell aus den Augen verloren. Sie war für immer aus meinem Leben verschwunden.

Einen Moment lang stand ich regungslos da. Dann, zu Ganimards großem Erstaunen, murmelte ich:

„Wie schade, dass ich kein ehrlicher Mann bin!"

Das war die Geschichte seiner Verhaftung, wie sie mir von Arsène Lupin selbst erzählt wurde. Die verschiedenen Vorfälle, die ich später schriftlich festhalten werde, haben zwischen uns gewisse Bande geknüpft ... soll ich von Freundschaft sprechen?

Ja, ich wage zu glauben, dass Arsène Lupin mich mit seiner Freundschaft ehrt, und dass er mich gelegentlich aus Freundschaft aufsucht und in die Stille meiner Bibliothek seinen jugendlichen Überschwang, die

Ansteckung seines Enthusiasmus und die Fröhlichkeit eines Mannes bringt, für den das Schicksal nichts als Gunst und Lächeln übrig hat.

Sein Porträt? Wie kann ich ihn beschreiben? Ich habe ihn zwanzig Mal gesehen, und jedes Mal war er ein anderer Mensch; sogar er selbst sagte einmal zu mir: „Ich weiß nicht mehr, wer ich bin. Ich kann mich im Spiegel nicht mehr erkennen." Gewiss, er war ein großer Schauspieler und besaß eine wunderbare Fähigkeit, sich zu verstellen. Ohne die geringste Anstrengung konnte er die Stimme, die Gestik und die Manierismen einer anderen Person annehmen.

„Warum", sagte er, „warum sollte ich eine bestimmte Form und ein bestimmtes Merkmal beibehalten? Warum nicht die Gefahr einer immer gleichen Persönlichkeit vermeiden? Meine Handlungen werden dazu dienen, mich zu identifizieren."

Dann fügte er mit einem Anflug von Stolz hinzu:

„Umso besser, wenn niemand jemals mit absoluter Sicherheit sagen kann: Das ist Arsène Lupin! Das Wesentliche ist, dass die Öffentlichkeit sich auf mein Werk berufen und sagen kann, ohne Angst vor einem Irrtum: Arsène Lupin hat das getan!"

II. Arsène Lupin im Gefängnis

Es gibt keinen würdigen Touristen, der die Ufer der Seine nicht kennt und nicht im Vorbeigehen das kleine feudale Schloss der Malaquis bemerkt hat, das auf einem Felsen in der Mitte des Flusses gebaut ist. Eine bogenförmige Brücke verbindet es mit dem Ufer. Ringsum spielt das ruhige Wasser des großen Flusses friedlich im Schilf, und die Bachstelzen flattern über die feuchten Kuppen der Steine.

Die Geschichte der Burg Malaquis ist stürmisch wie ihr Name, rau wie ihre Umrisse. Sie hat eine lange Reihe von Kämpfen, Belagerungen, Überfällen, Plünderungen und Massakern hinter sich. Eine Aufzählung der Verbrechen, die dort begangen wurden, würde das härteste Herz zum Zittern bringen. Es gibt viele geheimnisvolle Legenden, die mit dem Schloss verbunden sind, und sie erzählen uns von einem berühmten unterirdischen Tunnel, der einst zur Abtei von Jumieges und zum Herrenhaus von Agnes Sorel, der Mätresse von Karl VII. führte.

In dieser alten Behausung von Helden und Räubern lebte nun der Baron Nathan Cahorn, oder Baron Satan, wie er früher an der Börse genannt wurde, wo er mit unglaublicher Schnelligkeit ein Vermögen erworben hatte. Die Herren von Malaquis, völlig ruiniert, waren gezwungen gewesen, das alte Schloss unter großen Opfern zu verkaufen. Es enthielt eine bewundernswerte Sammlung von Möbeln, Bildern, Holzschnitzereien und Fayencen. Der Baron lebte dort allein, begleitet von drei alten Dienern. Niemand betrat jemals das Haus. Niemand hatte jemals die drei Rubens, die er besaß, seine zwei Watteau, seine Jean-Goujon-Kanzel und die vielen anderen Schätze gesehen, die er mit einem enormen Aufwand an Geld bei öffentlichen Versteigerungen erworben hatte.

Der Baron Satan lebte in ständiger Angst, nicht um sich selbst, sondern um die Schätze, die er mit einer so ernsten Hingabe und mit so viel Scharfsinn angehäuft hatte, dass der gewiefteste Kaufmann nicht sagen konnte, dass der Baron sich jemals in seinem Geschmack oder in seinem Urteil geirrt hätte. Er liebte sie - seine Bibeln. Er liebte sie innig, wie ein Geizhals; eifersüchtig, wie ein Liebender. Jeden Tag, bei Sonnenuntergang, werden die eisernen Tore an beiden Enden der Brücke und am Eingang zum Ehrenhof geschlossen und verriegelt. Bei der geringsten Berührung dieser Tore läuten im ganzen Schloss elektrische Glocken.

An einem Donnerstag im September erschien ein Briefträger am Tor am Kopf der Brücke, und wie üblich war es der Baron selbst, der das schwere Portal teilweise öffnete. Er musterte den Mann so genau, als wäre er ein Fremder, obwohl das ehrliche Gesicht und die funkelnden Augen des Briefträgers dem Baron schon seit vielen Jahren vertraut waren. Der Mann lachte, als er sagte:

„Ich bin es nur, Monsieur le Baron. Es ist kein anderer Mann, der meine Mütze und Bluse trägt."

„Das kann man nie wissen", murmelte der Baron.

Der Mann reichte ihm einige Zeitungen und sagte dann:

„Und nun, Monsieur le Baron, hier ist etwas Neues."

„Etwas Neues?"

„Ja, ein Brief. Ein Einschreiben."

Der Baron lebte als Einsiedler, ohne Freunde und Geschäftsbeziehungen, und erhielt nie Briefe, und der, der ihm nun vorgelegt wurde, erweckte in ihm sofort ein Gefühl von Argwohn und Misstrauen. Es war wie ein böses Omen. Wer war dieser geheimnisvolle Korrespondent, der es wagte, die Ruhe seines Refugiums zu stören?

„Sie müssen ihn unterschreiben, Monsieur le Baron."

Er unterschrieb; dann nahm er den Brief, wartete, bis der Postbote hinter der Straßenbiegung verschwunden war, und nachdem er einige Minuten nervös hin und her gelaufen war, lehnte er sich an die Brüstung der Brücke und öffnete den Umschlag. Er enthielt ein Blatt Papier, das die Überschrift trug: *Prison de la Santé*[1], *Paris*. Er sah sich die Unterschrift an: *Arsène Lupin*. Dann las er:

> ***Monsieur le Baron:***
>
> ***In der Galerie Ihres Schlosses befindet sich ein Bild von Philippe de Champaigne, von exquisiter Ausführung, das mir über alle Maßen gefällt. Auch Ihre Rubens sind nach***

---

1 La Santé ist eines der bekanntesten Gefängnisse in Frankreich und befindet sich in der Hauptstadt Paris. Benannt ist es nach der Straße, an der das Haupttor steht, der Rue de la Santé.

meinem Geschmack, ebenso wie Ihr kleinster Watteau. Im Salon zur Rechten habe ich die Kredenz Ludwigs XIII., die Wandteppiche von Beauvais, den Empire-Gueridon mit der Unterschrift "Jacob" und die Renaissance-Truhe bemerkt. Im Salon zur Linken, das ganze Kabinett voll mit Juwelen und Miniaturen.

Vorerst begnüge ich mich mit den Gegenständen, die sich bequem entfernen lassen. Ich bitte Sie daher, sie sorgfältig zu verpacken und mir innerhalb von acht Tagen franko an den Bahnhof von Batignolles zu schicken, andernfalls werde ich gezwungen sein, sie in der Nacht des 27. September selbst abzutransportieren; aber unter diesen Umständen werde ich mich nicht mit den oben genannten Gegenständen begnügen.

Ich bitte um Entschuldigung für die Unannehmlichkeiten, die ich Ihnen bereite, und betrachte mich als Ihren ergebenen Diener,

Arsène Lupin.

P. S.: Bitte schicken Sie nicht den größten Watteau. Obwohl Sie dreißigtausend Francs dafür bezahlt haben, ist es nur eine Kopie, da das Original in einer Nacht der Ausschweifung unter dem Direktorium von Barras verbrannt wurde. Sehen Sie in den Memoiren von Garat nach.

Ich kümmere mich nicht um die Chatelaine von Ludwig XV., da ich an ihrer Echtheit zweifle.

Dieser Brief brachte den Baron völlig aus der Fassung. Hätte er eine andere Unterschrift getragen, wäre er sehr beunruhigt gewesen, aber er war von Arsène Lupin unterschrieben!

Als gewohnheitsmäßiger Zeitungsleser war er in der Geschichte der jüngsten Verbrechen bewandert und daher mit den Taten des mysteriösen Einbrechers bestens vertraut. Natürlich wusste er, dass Lupin in Amerika von seinem Feind Ganimard verhaftet worden war und derzeit im *Prison de la Santé* inhaftiert war. Aber er wusste auch, dass man von Arsène Lupin Wunder erwarten konnte. Außerdem gab die genaue Kenntnis des Schlosses, des Standorts der Bilder und Möbel der Angelegenheit einen alarmierenden Aspekt. Wie konnte er diese Informationen über Dinge erlangen, die niemand je gesehen hatte?

Der Baron hob den Blick und betrachtete die strengen Umrisse des Schlosses, seinen steilen Felssockel, die Tiefe des umgebenden Wassers und zuckte mit den Schultern. Gewiss, es bestand keine Gefahr. Niemand auf der Welt konnte sich gewaltsam Zutritt zu dem Heiligtum verschaffen, das seine unschätzbaren Schätze enthielt.

Niemand, vielleicht, außer Arsène Lupin! Für ihn existierten Tore, Mauern und Zugbrücken nicht. Was nützten die gewaltigsten Hindernisse oder die sorgfältigsten Vorsichtsmaßnahmen, wenn Arsène Lupin beschlossen hatte, sich Zutritt zu verschaffen?

An diesem Abend schrieb er an den Staatsanwalt in Rouen. Er legte den Drohbrief bei und bat um Hilfe und Schutz.

Die Antwort kam sofort, dass Arsène Lupin im Gefängnis *La Santé* inhaftiert sei, unter strenger Bewachung, und keine Gelegenheit habe, einen solchen Brief zu schreiben, der zweifellos das Werk eines Betrügers sei. Vorsichtshalber hatte er den Brief einem Schriftsachverständigen vorgelegt, der feststellte, dass die Schrift trotz gewisser Ähnlichkeiten nicht von dem Gefangenen stammte.

Aber die Worte "trotz gewisser Ähnlichkeiten" erregten die Aufmerksamkeit des Barons; in ihnen las er die Möglichkeit eines Zweifels, der ihm völlig ausreichend erschien, um das Eingreifen des Gesetzes zu rechtfertigen. Seine Befürchtungen nahmen zu. Er las den Brief von Lupin wieder und wieder. *„Ich werde gezwungen sein, sie selbst zu entfernen."* Und dann war da noch das festgelegte Datum: die Nacht des 27. September.

Sich seinen Dienern anzuvertrauen, war ein Vorgang, der seiner Natur widersprach; aber nun sah er sich zum ersten Mal seit vielen Jahren gezwungen, jemanden um Rat zu fragen. Da er von dem Gerichtsbeamten seines Bezirks im Stich gelassen wurde und sich nicht in der Lage fühlte, sich mit seinen eigenen Mitteln zu verteidigen, war er im Begriff, nach Paris zu fahren, um die Dienste eines Detektivs in Anspruch zu nehmen.

Zwei Tage vergingen; am dritten Tag war er von Hoffnung und Freude erfüllt, als er im "*Reveil de Caudebec*", einer in einer Nachbarstadt erscheinenden Zeitung, den folgenden Artikel las:

> *Wir haben das Vergnügen, in unserer Stadt zur Zeit den altgedienten Inspektor Monsieur Ganimard zu empfangen, der sich durch seine geschickte Gefangennahme von Arsène Lupin einen weltweiten Ruf erworben hat. Er ist hierhergekommen, um sich zu erholen, und da er ein begeisterter Angler ist, droht er damit, alle Fische in unserem Fluss zu fangen.*

Ganimard! Ah, hier ist die von Baron Cahorn gewünschte Hilfe! Wer könnte die Pläne von Arsène Lupin besser durchkreuzen als Ganimard, der geduldige und scharfsinnige Inspektor? Er war der richtige Mann für diese Aufgabe.

Der Baron zögerte nicht. Die Stadt Caudebec war nur sechs Kilometer vom Schloss entfernt, eine kurze Strecke für einen Mann, dessen Schritt durch die Hoffnung auf Sicherheit beschleunigt wurde.

Nach mehreren vergeblichen Versuchen, die Adresse des Inspektors herauszufinden, suchte der Baron das Büro des „Reveil" auf, das am Quai lag. Dort fand er den Schreiber des Artikels, der, sich dem Fenster nähernd, ausrief:

„Ganimard? Sie werden ihn doch sicher irgendwo auf dem Quai mit seiner Angelrute sehen. Ich bin ihm dort begegnet und habe zufällig seinen Namen auf seiner Rute eingraviert gelesen. Ah, da ist er jetzt, unter den Bäumen."

„Der kleine Mann, der einen Strohhut trägt?"

„Ganz genau. Er ist ein schroffer Kerl, der wenig zu sagen hat."

Fünf Minuten später trat der Baron an den berühmten Ganimard heran, stellte sich vor und versuchte, ein Gespräch zu beginnen, was jedoch misslang. Dann kam er auf den eigentlichen Gegenstand seines Gesprächs zu sprechen und schilderte kurz seinen Fall. Der andere hörte regungslos zu, die Aufmerksamkeit auf seine Angelrute geheftet. Als der Baron seine Geschichte beendet hatte, drehte sich der Fischer mit einem Ausdruck tiefen Mitleids um und sagte:

„Monsieur, es ist nicht üblich, dass Diebe die Leute warnen, die sie ausrauben wollen. Besonders Arsène Lupin würde eine solche Dummheit nicht begehen.“

„Aber ... „

„Monsieur, wenn ich den geringsten Zweifel hätte, würde mich das Vergnügen, Arsène Lupin wieder zu fangen, Ihnen meine Dienste sofort zur Verfügung stellen. Aber leider ist dieser junge Mann bereits hinter Schloss und Riegel.“

„Er könnte entkommen sein.“

„Aus dem Santé ist noch nie jemand geflohen.“

„Aber, er ... “

„Er, nicht mehr als jeder andere.“

„Und doch ... “

„Nun, wenn er entkommt, umso besser. Ich werde ihn wieder einfangen. In der Zwischenzeit gehen Sie nach Hause und schlafen tief und fest. Das reicht für den Moment. Sie erschrecken die Fische.“

Das Gespräch war beendet. Der Baron kehrte ins Schloss zurück, einigermaßen beruhigt durch Ganimards Gleichgültigkeit. Er untersuchte die Riegel, beobachtete die Dienerschaft, und im Laufe der nächsten achtundvierzig Stunden war er fast überzeugt, dass seine Befürchtungen unbegründet waren. Sicherlich, wie Ganimard gesagt hatte, warnen Diebe die Leute nicht, die sie ausrauben wollen.

Der schicksalhafte Tag war nahe. Es war jetzt der sechsundzwanzigste September, und es war noch nichts geschehen. Doch um drei Uhr läutete es. Ein Junge brachte dieses Telegramm:

„Keine Ware am Bahnhof Batignolles. Bereiten Sie alles für morgen Nacht vor. Arsène.“

Dieses Telegramm versetzte den Baron in solche Aufregung, dass er sogar überlegte, ob er Lupins Forderungen nachgeben sollte.

Er eilte jedoch nach Caudebec. Ganimard fischte an der gleichen Stelle, auf einem Schemel sitzend. Ohne ein Wort zu sagen, reichte er ihm das Telegramm.

„Nun, was ist damit?“, fragte der Inspektor.

„Was soll damit sein? Es ist morgen!“

„Was ist morgen?“

„Der Raub! Die Plünderung meiner Sammlungen!“

Ganimard legte seine Angelrute nieder, wandte sich an den Baron und rief in einem Ton der Ungeduld aus:

„Ah! Glauben Sie, ich werde mich mit einer so albernen Geschichte wie dieser herumärgern!“

„Wie viel verlangen Sie für die morgige Nacht im Schloss?“

„Nicht einen Sou[2]. Nun lassen Sie mich in Ruhe.“

„Nennen Sie Ihren eigenen Preis. Ich bin reich und kann ihn bezahlen.“

Dieses Angebot verdutzte Ganimard, der ruhig antwortete:

„Ich bin hier auf Urlaub. Ich habe kein Recht, eine solche Arbeit anzunehmen.“

„Keiner wird es erfahren. Ich verspreche, es geheim zu halten.“

„Oh! Es wird nichts passieren.“

„Kommen Sie! 3.000 Francs. Wird das reichen?“

Der Inspektor überlegte einen Moment und sagte dann:

„Sehr gut. Aber ich muss Sie warnen, dass Sie Ihr Geld aus dem Fenster werfen.“

„Das ist mir egal.“

---

[2] Der *Sou* ist eine alte französische Münze und Währungseinheit, 1795 durch den französische Franc abgelöst. Bis weit ins 20. Jahrhundert wurde der *Sou* als Bezeichnung des 5-Centime-Stücks benutzt. Heute findet man *Sou* noch in vielen Redewendungen als Synonym für Geld.

„Wenn das so ist ... aber was wissen wir schon über diesen Teufel Lupin! Er könnte eine recht zahlreiche Räuberbande bei sich haben. Sind Sie sich bei Ihren Dienern sicher?"

„Mein Vertrauen ..."

„Verlassen Sie sich besser nicht darauf. Ich werde telegrafieren, dass zwei meiner Männer mir helfen. Und jetzt, los! Es ist besser, wenn wir nicht zusammen gesehen werden. Morgen Abend gegen neun Uhr."

* * *

Am folgenden Tag - das von Arsène Lupin festgesetzte Datum - ordnete Baron Cahorn seine gesamte Palette an Möglichkeiten, putzte seine Waffen und schritt wie ein Wächter vor dem Schloss hin und her. Er sah nichts, hörte nichts. Um halb neun Uhr abends entließ er seine Dienerschaft. Sie bewohnten Räume in einem Flügel des Gebäudes, an einem abgelegenen Ort, weit entfernt vom Hauptteil des Schlosses. Kurz darauf hörte der Baron das Geräusch sich nähernder Schritte. Es waren Ganimard und seine beiden Gehilfen - große, kräftige Kerle mit riesigen Händen und Hälsen wie Stiere. Nachdem er ein paar Fragen zur Lage der verschiedenen Eingänge und Räume gestellt hatte, verschloss und verbarrikadierte Ganimard sorgfältig alle Türen und Fenster, durch die man in die bedrohten Räume gelangen konnte. Er inspizierte die Wände, hob die Wandteppiche an und platzierte schließlich seine Assistenten in der zentralen Galerie, die sich zwischen den beiden Salons befand.

„Kein Unsinn! Wir sind nicht zum Schlafen hier. Beim kleinsten Geräusch öffnen Sie die Fenster des Hofes und rufen mich. Achten Sie auch auf die Wasserseite. Zehn Meter senkrechter Fels sind für diesen Teufel kein Hindernis."

Ganimard schloss seine Gehilfen in der Galerie ein, nahm die Schlüssel mit, und sagte zu dem Baron:

„Und nun zu unserem Posten."

Er hatte sich ein kleines Zimmer in der dicken Außenmauer zwischen den beiden Haupttüren ausgesucht, das in früheren Jahren das Quartier des Wächters gewesen war. Ein Guckloch öffnete sich auf die Brücke, ein anderes auf den Hof. In einer Ecke befand sich eine Öffnung zu einem Tunnel.

„Ich glaube, Sie haben mir gesagt, Monsieur le Baron, dass dieser Tunnel der einzige unterirdische Zugang zum Schloss ist und dass er seit ewigen Zeiten verschlossen ist?“

„Ja.“

„Wenn es also keinen anderen Eingang gibt, der nur Arsène Lupin bekannt ist, sind wir in Sicherheit.“

Er stellte drei Stühle zusammen, streckte sich auf ihnen aus, zündete seine Pfeife an und seufzte:

„Wirklich, Monsieur le Baron, ich schäme mich, Ihr Geld für eine solche Sinekure anzunehmen. Ich werde die Geschichte meinem Freund Lupin erzählen. Er wird sich köstlich amüsieren.“

Der Baron lachte nicht. Er lauschte angestrengt, hörte aber nichts außer dem Klopfen seines eigenen Herzens. Von Zeit zu Zeit beugte er sich über den Tunnel und warf einen ängstlichen Blick in dessen Tiefe. Er hörte die Uhr elf, zwölf, eins schlagen.

Plötzlich ergriff er Ganimards Arm. Dieser sprang auf, erwachte aus seinem Schlaf.

„Hörst du?“, fragte der Baron im Flüsterton.

„Ja.“

„Was ist los?“

„Ich habe geschnarcht, nehme ich an.“

„Nein, nein, hören Sie.“

„Ah! Ja, das ist die Hupe eines Automobils.“

„Nun?“

„Es ist sehr unwahrscheinlich, dass Lupin ein Automobil wie einen Rammbock benutzt, um Ihr Schloss zu zerstören. Kommen Sie, Monsieur le Baron, gehen Sie auf Ihren Posten. Ich gehe jetzt schlafen. Gute Nacht.“

Das war der einzige Alarm. Ganimard nahm seinen unterbrochenen Schlummer wieder auf, und der Baron hörte nichts außer dem regelmäßigen Schnarchen seines Begleiters. Bei Tagesanbruch verließen sie das Zimmer. Das Schloss war in eine tiefe Ruhe gehüllt; es war eine friedliche Morgendämmerung an der Biegung eines ruhigen Flusses. Sie stiegen die Treppe hinauf, Cahorn strahlend vor Freude, Ganimard ruhig wie immer. Sie hörten keinen Laut, sie sahen nichts, was Verdacht erregen könnte.

„Was habe ich Ihnen gesagt, Monsieur le Baron? Wirklich, ich hätte Ihr Angebot nicht annehmen sollen. Ich schäme mich."

Er schloss die Tür auf und betrat die Galerie. Auf zwei Stühlen, mit hängenden Köpfen und hängenden Armen, schliefen die beiden Assistenten des Inspektors.

„Potz Blitz!" rief Ganimard aus. Im selben Augenblick rief der Baron:

„Die Bilder! Die Kredenz!"

Er stammelte, erstickte, streckte die Arme nach den leeren Plätzen aus, nach den entblößten Wänden, wo nichts blieb als die nutzlosen Nägel und Schnüre. Der Watteau, verschwunden! Der Rubens, weggetragen! Die Wandteppiche, abgenommen! Die Schränke, ihrer Juwelen beraubt!

„Und mein Louis-XVI-Kronleuchter! Und der Regent-Kronleuchter! ... Und meine Jungfrau aus dem zwölften Jahrhundert!"

In wilder Verzweiflung rannte er von einer Stelle zur anderen. Er rief sich den Kaufpreis jedes Artikels ins Gedächtnis, rechnete die Zahlen zusammen, zählte seine Verluste auf, pausenlos, in wirren Worten und unvollendeten Sätzen. Er stampfte vor Wut; er stöhnte vor Kummer. Er benahm sich wie ein ruinierter Mann, dessen einzige Hoffnung der Selbstmord ist.

Wenn etwas ihn hätte trösten können, dann wäre es die Verblüffung gewesen, die Ganimard an den Tag legte. Der berühmte Inspektor bewegte sich nicht. Er schien wie versteinert zu sein; er untersuchte den Raum auf eine lustlose Weise. Die Fenster? ... geschlossen. Die Schlösser an den Türen? ... intakt. Kein einziger Riss in der Decke, kein Loch im Boden. Alles war in perfekter Ordnung. Der Diebstahl war methodisch ausgeführt worden, nach einem logischen und unerbittlichen Plan.

„Arsène Lupin....Arsène Lupin", murmelte er.

Plötzlich, wie von Wut getrieben, stürzte er sich auf seine beiden Assistenten und schüttelte sie heftig. Sie wachten nicht auf.

„Der Teufel!“, rief er. „Kann das möglich sein?“

Er beugte sich über sie und untersuchte sie der Reihe nach genau. Sie schliefen, aber ihre Reaktion war unnatürlich.

„Man hat sie betäubt“, sagte er zum Baron.

„Von wem?“

„Von ihm natürlich, oder von seinen Männern, die in seinem Auftrag arbeiten. Das Werk trägt seinen Stempel.“

„Wenn das so ist, bin ich verloren - dann kann man nichts machen.“

„Nichts“, stimmte Ganimard zu.

„Es ist furchtbar, es ist ungeheuerlich!“

„Reichen Sie eine Anzeige ein.“

„Was soll das nützen?“

„Es ist gut, es zu versuchen. Das Gesetz hat einige Mittel.“

„Das Gesetz! Bah! Es ist nutzlos. Sie vertreten das Gesetz, und in diesem Moment, wo Sie nach einem Hinweis suchen und versuchen sollten, etwas zu entdecken, rühren Sie sich nicht einmal.“

„Etwas entdecken mit Arsène Lupin! Aber, mein lieber Monsieur, Arsène Lupin hinterlässt nie einen Anhaltspunkt. Er überlässt nichts dem Zufall. Manchmal denke ich, er hat sich mir in den Weg gestellt und mir einfach erlaubt, ihn in Amerika zu verhaften.“

„Dann muss ich auf meine Bilder verzichten! Er hat mir die Juwelen meiner Sammlung genommen. Ich würde ein Vermögen geben, um sie wiederzubekommen. Wenn es keinen anderen Weg gibt, soll er seinen eigenen Preis nennen.“

Ganimard betrachtete den Baron aufmerksam, als er sagte:

„Nun, das ist vernünftig. Werden Sie sich daran halten?“

„Ja, ja. Aber warum?“

„Eine Idee, die ich habe.“

„Was ist es?“

„Das besprechen wir später - wenn die offizielle Untersuchung nicht erfolgreich ist. Aber kein Wort über mich, wenn Sie meine Hilfe wünschen.“

Er fügte nuschelnd hinzu:

„Es ist wahr, dass ich in dieser Angelegenheit nichts zu bieten habe.“

Die Assistenten kamen allmählich wieder zu Bewusstsein, mit der verwirrten Miene von Menschen, die aus einem hypnotischen Schlaf erwachen. Sie öffneten die Augen und sahen sich erstaunt um. Ganimard befragte sie; sie erinnerten sich an nichts.

„Aber Sie müssen doch jemanden gesehen haben?“

„Nein.“

„Kannst du dich nicht erinnern?“

„Nein, nein.“

„Habt ihr etwas getrunken?“

Sie überlegten einen Moment, und dann antwortete einer von ihnen:

„Ja, ich habe ein wenig Wasser getrunken.“

„Aus der Karaffe?“

„Ja.“

„Das habe ich auch“, erklärte der andere.

Ganimard roch und schmeckte. Es hatte keinen besonderen Geschmack und keinen Geruch.

„Kommen Sie“, sagte er, „wir vergeuden hier unsere Zeit. Man kann ein Arsène-Lupin-Problem nicht in fünf Minuten lösen. Aber, Herrgottsakrament! Ich schwöre, ich werde ihn wieder fangen.“

Am selben Tag wurde eine Anzeige wegen Einbruchs von Baron Cahorn gegen Arsène Lupin, einen Gefangenen im *Prison de la Santé*, erhoben.

* * *

Der Baron bereute später, die Anklage gegen Lupin erhoben zu haben, als er sah, wie sein Schloss den Gendarmen, dem Staatsanwalt, dem Untersuchungsrichter, den Zeitungsreportern und Fotografen und einer Schar von müßigen Neugierigen ausgeliefert wurde.

Die Angelegenheit wurde bald zu einem allgemeinen Gesprächsthema, und der Name Arsène Lupin erregte die öffentliche Phantasie so sehr, dass die Zeitungen ihre Spalten mit den phantastischsten Geschichten über seine Taten füllten, die bei ihren Lesern sofort Glauben fanden.

Aber der Brief von Arsène Lupin, der im *Echo de France* veröffentlicht wurde (niemand hat je erfahren, wie die Zeitung in den Besitz dieses Briefes gekommen ist), jener Brief, in dem Baron Cahorn in unverschämter Weise vor dem bevorstehenden Diebstahl gewarnt wurde, sorgte für große Aufregung. Die fabelhaftesten Theorien wurden aufgestellt. Einige erinnerten sich an die Existenz der berühmten unterirdischen Gänge, und das war die Linie der Nachforschungen, die von den Gesetzeshütern verfolgt wurden, die das Haus von oben bis unten durchsuchten, jeden Stein befragten, die Vertäfelungen und die Schornsteine, die Fensterrahmen und die Träger in den Decken untersuchten. Im Schein von Fackeln untersuchten sie die riesigen Keller, in denen die Herren von Malaquis ihre Munition und Vorräte zu lagern pflegten. Sie sondierten das felsige Fundament bis ins Zentrum. Aber es war alles vergeblich. Sie entdeckten keine Spur eines unterirdischen Tunnels. Es gab keinen Geheimgang.

Aber die eifrige Öffentlichkeit erklärte, dass die Bilder und Möbel nicht wie so viele Geister verschwinden können. Sie sind substanzielle, materielle Dinge und brauchen Türen und Fenster für ihre Ausgänge und ihre Eingänge, und so auch die Menschen, die sie entfernen. Wer waren diese Leute? Wie verschafften sie sich Zugang zum Schloss? Und wie haben sie es wieder verlassen?

Die Polizeibeamten von Rouen, überzeugt von ihrer eigenen Ohnmacht, baten die Pariser Kriminalpolizei um Hilfe. Monsieur Dudouis, Chef der Sûreté[3], schickte die besten Spürnasen der eisernen Brigade. Er selbst verbrachte achtundvierzig Stunden im Schloss, aber ohne Erfolg.

---

3 Sûreté ist in vielen französischsprachigen Ländern oder Regionen die Organisationsbezeichnung einer zivilen Polizei, insbesondere deren Kriminalpolizei.

Dann schickte er nach Ganimard, dessen Dienste sich in der Vergangenheit als so nützlich erwiesen hatten, als alles andere versagte.

Ganimard hörte sich schweigend die Anweisungen seines Vorgesetzten an, dann sagte er kopfschüttelnd:

„Meiner Meinung nach ist es sinnlos, das Schloss zu durchwühlen. Die Lösung des Problems liegt woanders."

„Wo denn?"

„Bei Arsène Lupin."

„Bei Arsène Lupin! Um diese Theorie zu stützen, müssen wir sein Eingreifen zugeben."

„Ich gebe es zu. Ich halte es sogar für ziemlich sicher."

„Kommen Sie, Ganimard, das ist absurd. Arsène Lupin ist im Gefängnis."

„Ich gebe zu, Arsène Lupin ist im Gefängnis und wird streng bewacht; aber er muss Fesseln an den Füßen, Handgelenken und einen Knebel im Mund haben, bevor ich meine Meinung ändere."

„Warum so hartnäckig, Ganimard?"

„Weil Arsène Lupin der einzige Mann in Frankreich ist, der einen solchen Plan aushecken und ausführen kann."

„Bloße Worte, Ganimard."

„Aber wahre Worte. Sehen Sie! Was machen die da? Sie suchen nach unterirdischen Gängen, schwingenden Steinen und anderem Unsinn dieser Art. Aber Lupin wendet keine solch altmodischen Methoden an. Er ist ein moderner Dieb, ganz auf der Höhe der Zeit."

„Und wie würden Sie vorgehen?"

„Ich würde Sie um Erlaubnis bitten, eine Stunde mit ihm zu verbringen."

„In seiner Zelle?"

„Ja. Auf der Rückreise von Amerika haben wir uns sehr gut angefreundet, und ich wage zu behaupten, dass er, wenn er mir eine Information geben kann, ohne sich selbst zu kompromittieren, nicht zögern wird, mich vor unnötigem Ärger zu bewahren."

Es war kurz nach Mittag, als Ganimard die Zelle von Arsène Lupin betrat. Dieser, auf dem Bett liegend, hob den Kopf und stieß einen scheinbaren Freudenschrei aus.

„Ah! Das ist eine echte Überraschung. Mein lieber Ganimard, hier!"

„Ganimard selbst."

„In meinem gewählten Rückzugsort habe ich den Wunsch nach vielen Dingen verspürt, aber mein innigster Wunsch war es, Sie hier zu empfangen."

„Das ist sehr freundlich von Ihnen, da bin ich sicher."

„Ganz und gar nicht. Sie wissen, dass ich Sie in höchstem Maße schätze."

„Ich bin stolz darauf."

„Ich habe immer gesagt: Ganimard ist unser bester Inspektor. Er ist fast - sehen Sie, wie offen ich bin! - er ist fast so schlau wie Herlock Sholmes. Aber es tut mir Leid, dass ich Ihnen nichts Besseres als diesen harten Stuhl anbieten kann. Und keine Erfrischungen! Nicht mal ein Glas Bier! Sie werden mich natürlich entschuldigen, ich bin ja nur vorübergehend hier."

Ganimard lächelte und nahm den ihm angebotenen Platz an. Dann fuhr der Gefangene fort:

„Mein Gott, wie freue ich mich, das Gesicht eines ehrlichen Mannes zu sehen. Ich bin diese teuflischen Spione so leid, die zehnmal am Tag hierher kommen, um meine Taschen und meine Zelle zu durchwühlen, um sich zu vergewissern, dass ich keine Flucht vorbereite. Die Regierung ist meinetwegen sehr besorgt."

„Das ist ganz richtig."

„Warum denn? Ich wäre zufrieden, wenn sie mir erlauben würden, in Ruhe zu leben."

„Mit dem Geld anderer Leute."

„Ganz recht. Das wäre so einfach. Aber ich scherze nur, und Sie haben es zweifellos eilig. Kommen wir also zum Geschäft, Ganimard. Welchem Umstand verdanke ich die Ehre dieses Besuchs?"

„Die Cahorn-Affäre", erklärte Ganimard freimütig.

„Ah! Warten Sie, einen Moment. Sie sehen, ich hatte schon so viele Affären! Lassen Sie mich erst einmal die Umstände dieses speziellen Falles ... Ah ja, jetzt habe ich sie. Die Cahorn-Affäre, Schloss Malaquis, Seine ... zwei Rubens, ein Watteau und ein paar unbedeutende Artikel."

„Lappalien!"

„All das ist von geringer Bedeutung. Aber es genügt zu wissen, dass die Angelegenheit Sie interessiert. Wie kann ich Ihnen dienen, Ganimard?"

„Muss ich Ihnen erklären, welche Schritte die Behörden in dieser Angelegenheit unternommen haben?"

„Nein, überhaupt nicht. Ich habe die Zeitungen gelesen und muss offen sagen, dass Sie nur sehr wenig Fortschritte gemacht haben."

„Und das ist der Grund, warum ich zu Ihnen gekommen bin."

„Ich stehe Ihnen voll und ganz zu Diensten."

„Erstens: Die Cahorn-Affäre wurde von Ihnen geleitet?"

„Von A bis Z."

„Der Brief mit der Warnung? Das Telegramm?"

„Alles von mir. Ich müsste die Belege irgendwo haben."

Arsène öffnete die Schublade eines kleinen Tisches aus schlichtem, weißem Holz, der zusammen mit dem Bett und dem Hocker das gesamte Mobiliar seiner Zelle bildete, und entnahm ihr zwei Papierfetzen, die er Ganimard reichte.

„Ah!" rief der Inspektor erstaunt aus, „ich dachte, Sie würden streng bewacht und durchsucht, und ich stelle fest, dass Sie die Zeitungen lesen und Postbelege sammeln."

„Bah! Diese Leute sind so dumm! Sie öffnen das Futter meiner Weste, sie untersuchen die Sohlen meiner Schuhe, sie klopfen die Wände meiner Zelle ab, aber sie kommen nie auf die Idee, dass Arsène Lupin dumm genug sein könnte, ein so einfaches Versteck zu wählen."

Ganimard lachte, als er sagte:

„Was für ein drolliger Bursche Sie sind! Wirklich, Sie verwirren mich. Aber erzählen Sie mir doch von der Cahorn-Affäre."

„Oh! Oh! Nicht ganz so schnell! Sie würden mich all meiner Geheimnisse berauben; all meine kleinen Tricks aufdecken. Das ist eine sehr ernste Angelegenheit."

„Habe ich mich geirrt, als ich auf Ihr Wohlwollen zählte?"

„Nein, Ganimard, und da Sie darauf bestehen ... "

Arsène Lupin schritt zwei- oder dreimal in seiner Zelle umher, dann blieb er vor Ganimard stehen und fragte:

„Was halten Sie von meinem Brief an den Baron?"

„Ich glaube, Sie haben sich einen Spaß daraus gemacht, sich in Szene zu setzen."

„Ah! Für die Galerie spielen! Kommen Sie, Ganimard, ich dachte, Sie kennen mich besser. Verschwende ich, Arsène Lupin, jemals meine Zeit mit solchen Kindereien? Hätte ich den Brief geschrieben, wenn ich den Baron hätte ausrauben können, ohne ihm zu schreiben? Ich möchte, dass Sie verstehen, dass der Brief unverzichtbar war; er war der Motor, der die ganze Maschine in Bewegung setzte. Nun, lassen Sie uns gemeinsam einen Plan für den Raub des Schlosses Malaquis besprechen. Sind Sie einverstanden?"

„Ja, fahren Sie fort."

„Nun, nehmen wir an, das Schloss ist sorgfältig verschlossen und verbarrikadiert wie das des Barons Cahorn. Soll ich meinen Plan aufgeben und auf die Schätze, die ich begehre, verzichten, unter dem Vorwand, dass das Schloss, in dem sie sich befinden, unzugänglich ist?"

„Offensichtlich nicht."

„Soll ich das Schloss an der Spitze einer Abenteurertruppe stürmen, wie es in alten Zeiten üblich war?"

„Das wäre töricht."

„Kann ich mir durch List oder Täuschung Zutritt verschaffen?"

„Unmöglich."

„Dann gibt es nur einen Weg, der mir offen steht. Ich muss den Besitzer des Schlosses dazu bringen, mich einzuladen."

„Das ist sicher eine originelle Methode."

„Und wie einfach! Nehmen wir an, dass der Besitzer eines Tages einen Brief erhält, in dem er gewarnt wird, dass ein berüchtigter Einbrecher namens Arsène Lupin einen Raubüberfall auf ihn plant. Was wird er tun?“

„Er schickt einen Brief an den Staatsanwalt."

„Der wird ihn auslachen, weil besagter Arsène Lupin tatsächlich im Gefängnis sitzt. Dann wird der einfache Mann in seiner Angst um die Hilfe des Erstbesten bitten, nicht wahr?“

„Sehr wahrscheinlich.“

„Und wenn er zufällig in einer Landzeitung liest, dass ein berühmter Inspektor seinen Urlaub in einer Nachbarstadt verbringt ... “

„Dann wird er diesen Inspektor suchen.“

„Natürlich. Aber nehmen wir andererseits an, dass besagter Arsène Lupin, da er diesen Umstand vorausgesehen hat, einen seiner Freunde gebeten hat, nach Caudebec zu kommen, die Bekanntschaft des Redakteurs des *Réveil* zu machen, einer Zeitung, die der Baron abonniert hat, und diesem Redakteur zu verstehen zu geben, dass es sich bei dieser Person um den berühmten Inspektor handelt - was wird dann geschehen?“

„Der Redakteur wird im *Réveil* die Anwesenheit des besagten Inspektors in Caudebec bekannt geben.“

„Genau; und eines von zwei Dingen wird geschehen: entweder wird der Fisch - ich meine Cahorn - nicht anbeißen, und es wird nichts geschehen; oder, was wahrscheinlicher ist, er wird laufen und den Köder gierig verschlingen. Sie sehen also meinen Baron Cahorn, wie er einen meiner Freunde gegen mich um Hilfe anfleht.“

„Originell, in der Tat!“

„Natürlich weigert sich der Pseudo-Inspektor zunächst, Hilfe zu leisten. Dann kommt auch noch das Telegramm von Arsène Lupin. Der verängstigte Baron eilt erneut zu meinem Freund und bietet ihm eine bestimmte Geldsumme für seine Dienste an. Mein Freund nimmt das Angebot an und ruft zwei Mitglieder unserer Bande, die in der Nacht, während Cahorn unter dem wachsamen Auge seines Beschützers steht, einige Gegenstände durch das Fenster entfernen und sie mit Seilen in eine nette kleine Barkasse hinunterlassen, die für diesen Anlass gechartert wurde. Einfach, nicht wahr?“

„Wunderbar! Wunderbar!“, rief Ganimard aus. „Die Kühnheit des Plans und der Einfallsreichtum aller Details sind über jeden Zweifel erhaben. Aber wer ist der Inspektor, dessen Name und Ruhm wie ein Magnet wirkten, um den Baron anzuziehen und in Ihr Netz zu ziehen?“

„Es gibt nur einen Namen, der das tun könnte - nur einen.“

„Und der wäre?“

„Arsène Lupins persönlicher Feind, der höchst illustre Ganimard.“

„Ich?“

„Sie selbst, Ganimard. Und es ist wirklich sehr lustig. Wenn Sie dorthin gehen, und der Baron beschließt zu reden, werden Sie feststellen, dass es Ihre Pflicht sein wird, sich zu verhaften, so wie Sie mich in Amerika verhaftet haben. Fein! Die Rache ist wirklich amüsant: Ich veranlasse Ganimard, Ganimard zu verhaften.“

Arsène Lupin lachte herzhaft. Der Inspektor, sehr verärgert, biss sich auf die Lippen; für ihn war der Witz völlig humorlos. Die Ankunft eines Gefängniswärters gab Ganimard die Gelegenheit, sich zu erholen. Der Mann brachte das Mittagessen für Arsène Lupin, das von einem benachbarten Restaurant geliefert wurde. Nachdem er das Tablett auf dem Tisch abgestellt hatte, zog sich der Wärter zurück. Lupin brach sein Brot, aß ein paar Bissen und fuhr fort:

„Aber, seien Sie beruhigt, mein lieber Ganimard, Sie werden nicht nach Malaquis gehen. Ich kann Ihnen etwas sagen, dass Sie überraschen wird: die Cahorn-Affäre steht kurz vor ihrer Erledigung.“

„Verzeihung, ich habe gerade den Chef der Sûreté gesehen.“

„Was ist damit? Kennt Monsieur Dudouis meine Angelegenheiten besser als ich selbst? Sie werden erfahren, dass Ganimard - entschuldigen Sie - dass der Pseudo-Ganimard immer noch sehr gute Beziehungen zum Baron unterhält. Letzterer hat ihn ermächtigt, ein sehr delikates Geschäft mit mir auszuhandeln, und im Augenblick ist es wahrscheinlich, dass der Baron gegen eine gewisse Summe in den Besitz seiner Bilder und anderer Schätze gelangt ist. Und bei deren Rückgabe wird er seine Klage zurückziehen. Es liegt also kein Diebstahl mehr vor, und das Gesetz muss den Fall aufgeben.“

Ganimard betrachtete den Gefangenen fassungslos.

„Und woher wissen Sie das alles?“

„Ich habe soeben das Telegramm erhalten, das ich erwartet habe.“

„Sie haben gerade ein Telegramm erhalten?“

„Genau in diesem Moment, mein lieber Freund. Aus Höflichkeit wollte ich es nicht in Ihrer Gegenwart lesen. Aber wenn Sie mir gestatten ... “

„Sie scherzen, Lupin.“

„Mein lieber Freund, wenn Sie so freundlich wären, dieses Ei zu zerbrechen, würden Sie selbst erfahren, dass ich keine Witze mache.“

Mechanisch gehorchte Ganimard und zerschlug die Eierschale mit der Klinge eines Messers. Er stieß einen Schrei der Überraschung aus. In der Schale befand sich nichts als ein kleines Stück blaues Papier. Auf die Aufforderung von Arsène hin entfaltete er es. Es war ein Telegramm, oder vielmehr ein Teil eines Telegramms, von dem die Poststempel entfernt worden waren. Es lautete wie folgt:

„Vertrag geschlossen. Hunderttausend Kugeln geliefert. Alles in Ordnung.“

„Hunderttausend Kugeln?“, sagte Ganimard.

„Ja, einhunderttausend Francs. Sehr wenig, aber Sie wissen ja, es sind harte Zeiten ... und ich habe einige große Rechnungen zu begleichen. Wenn Sie nur mein Budget kennen würden ... Leben in der Stadt kommt sehr teuer.“

Ganimard stand auf. Seine schlechte Laune war verschwunden. Er dachte einen Moment lang nach, überflog die ganze Angelegenheit und versuchte, einen Schwachpunkt zu entdecken; dann sagte er in einem Ton und einer Art, die seine Bewunderung für den Gefangenen verrieten:

„Zum Glück haben wir es nicht mit einem Dutzend wie Ihnen zu tun, sonst müssten wir den Laden dichtmachen.“

Arsène Lupin nahm eine bescheidene Miene an, als er antwortete:

„Pah! Ein Mensch braucht irgendeine Abwechslung, um seine Mußestunden zu füllen, besonders wenn er im Gefängnis sitzt.“

„Was!“ rief Ganimard aus, „Ihre Verhandlung, Ihre Verteidigung, das Verhör - reicht das nicht aus, um Ihren Geist zu beschäftigen?“

„Nein, denn ich habe beschlossen, bei meiner Verhandlung nicht anwesend zu sein."

„Oh! Oh!"

Arsène Lupin wiederholte mit Nachdruck:

„Ich werde bei meiner Verhandlung nicht anwesend sein."

„Wirklich?"

„Ah! Mein lieber Monsieur, glauben Sie, ich werde auf dem nassen Stroh verrotten? Sie beleidigen mich. Arsène Lupin bleibt nur so lange im Gefängnis, wie es ihm gefällt, und keine Minute länger."

„Vielleicht wäre es klüger gewesen, Sie hätten es vermieden, dorthin zu kommen", sagte der Inspektor ironisch.

„Ah! Monsieur scherzt? Monsieur darf nicht vergessen, dass er die Ehre hatte, meine Verhaftung durchzuführen. Sie sollten also wissen, mein werter Freund, dass niemand, nicht einmal Sie, Hand an mich gelegt hätte, wenn nicht ein viel wichtigeres Ereignis meine Aufmerksamkeit in diesem kritischen Augenblick in Anspruch genommen hätte."

„Sie verblüffen mich."

„Eine Frau sah mich an, Ganimard, und ich liebte sie. Verstehen Sie, was das heißt: unter den Augen einer Frau zu sein, die man liebt? Nichts auf der Welt war mir wichtiger als das. Und das ist der Grund, warum ich hier bin."

„Erlauben Sie mir zu sagen: Sie sind schon lange hier."

„In erster Linie wollte ich vergessen. Lachen Sie nicht; es war ein reizvolles Abenteuer, und es ist immer noch eine zärtliche Erinnerung. Außerdem habe ich an Neurasthenie[4] gelitten. Das Leben ist in diesen Tagen so fieberhaft, dass es notwendig ist, gelegentlich eine 'Ruhekur' zu machen, und ich finde diesen Ort ein hervorragendes Mittel für meine müden Nerven."

„Arsène Lupin, Sie sind also doch kein schlechter Kerl."

---

4 Nervenschwäche; psychische Störung, welche heute nur noch selten diagnostiziert wird, da inzwischen andere Krankheitsbilder (u. a. Depression und Burn-out) beschrieben wurden, welche die Symptome der Neurasthenie umfassen.

„Ich danke Ihnen“, sagte Lupin. „Ganimard, heute ist Freitag. Am nächsten Mittwoch, um vier Uhr nachmittags, rauche ich meine Zigarre in Ihrem Haus in der Rue Pergolese.“

„Arsène Lupin, ich werde Sie erwarten.“

Sie schüttelten sich die Hände wie zwei alte Freunde, die sich gegenseitig nach ihrem wahren Wert schätzten; dann trat der Inspektor zur Tür.

„Ganimard!“

„Was ist los?“, fragte Ganimard, als er sich umdrehte.

„Sie haben Ihre Uhr vergessen.“

„Meine Uhr?“

„Ja, sie hat sich in meine Tasche verirrt.“

Er gab die Uhr zurück und entschuldigte sich.

„Verzeihen Sie mir ... eine schlechte Angewohnheit. Nur weil Sie meine genommen haben, ist das kein Grund, warum ich Ihre nehmen sollte. Außerdem habe ich hier einen Chronometer, der mich ganz gut befriedigt.“

Er nahm aus der Schublade eine große goldene Uhr mit einer schweren Kette.

„Aus wessen Tasche stammt die?“, fragte Ganimard.

Arsène Lupin warf einen hastigen Blick auf die eingravierten Initialen auf der Uhr.

„J.B. ... Wer, zum Teufel, kann das sein? ... Ah! ja, ich erinnere mich. Jules Bouvier, der Richter, der meine Untersuchung durchgeführt hat. Ein charmanter Bursche!“

III. Die Flucht von Arsène Lupin

Arsène Lupin hatte gerade seine Mahlzeit beendet und eine ausgezeichnete Zigarre mit einer goldenen Banderole aus der Tasche genommen, die er mit ungewöhnlicher Sorgfalt untersuchte, als die Tür seiner Zelle geöffnet wurde. Er hatte gerade noch Zeit, die Zigarre in die Schublade zu werfen und sich vom Tisch zu entfernen. Der Wärter trat ein. Es war Zeit für einen Spaziergang.

„Ich habe auf Sie gewartet, mein lieber Junge", rief Lupin in seiner gewohnt guten Laune.

Sie gingen zusammen hinaus. Kaum waren sie um eine Kurve im Korridor verschwunden, betraten zwei Männer die Zelle und begannen mit einer minutiösen Untersuchung. Der eine war Inspektor Dieuzy, der andere war Inspektor Folenfant. Sie wollten ihren Verdacht bestätigen, dass Arsène Lupin mit seinen Komplizen außerhalb des Gefängnisses in Verbindung stand. Am Abend zuvor hatte das *Grand Journal* diese Zeilen an seinen Juristen veröffentlicht:

> *Monsieur:*
>
> *In einem kürzlich erschienenen Artikel haben Sie sich in höchst ungerechtfertigter Weise über mich geäußert. Einige Tage vor der Eröffnung meines Prozesses werde ich Sie zur Rechenschaft ziehen.*
>
> *Arsène Lupin.*

Die Handschrift war zweifellos die von Arsène Lupin. Folglich schickte er Briefe und erhielt zweifellos auch Briefe. Es war sicher, dass er seine Flucht vorbereitete, die er so arrogant ankündigte.

Die Situation wurde immer unerträglicher. In Absprache mit dem Untersuchungsrichter begab sich der Leiter der Sûreté M. Dudouis selbst zum Gesundheitsamt, um dem Direktor des Gefängnisses die zu treffenden Maßnahmen zu erklären. Bei seiner Ankunft schickte er zwei seiner Männer in die Zelle des Gefangenen. Sie hoben jeden Stein an, durchwühlten das Bett, taten alles, was in einem solchen Fall üblich ist, aber sie entdeckten nichts und waren im Begriff, ihre Untersuchung abzubrechen, als der Wärter eilig eintrat und sagte:

„Die Schublade ... in die Tischschublade schauen. Als ich gerade eintrat, war er gerade dabei, sie zu schließen.“

Sie öffneten die Schublade, und Dieuzy rief aus:

„Ah! Diesmal haben wir ihn.“

Folenfant hielt ihn auf.

„Warten Sie einen Moment. Der Chef wird eine Inventur machen wollen.“

„Das ist eine sehr erlesene Zigarre.“

„Lassen Sie sie liegen und benachrichtigen Sie den Chef.“

Zwei Minuten später untersuchte Monsieur Dudouis den Inhalt der Schublade. Zuerst entdeckte er ein Bündel Zeitungsausschnitte über Arsène Lupin aus dem *Argus de la Presse*, dann eine Tabakdose, eine Pfeife, Zwiebelschalenpapier und zwei Bücher. Er las die Titel der Bücher. Das eine war eine englische Ausgabe von Carlyles "Heldenverehrung"; das andere war ein reizender Elzevir, in modernem Einband, das "Handbuch des Epiktet", eine deutsche Übersetzung, die 1634 in Leiden erschienen war. Als er die Bücher untersuchte, stellte er fest, dass alle Seiten unterstrichen und mit Anmerkungen versehen waren. Waren sie als Code für die Korrespondenz gedacht, oder drückten sie einfach den studierenden Charakter des Lesers aus? Dann untersuchte er die Tabakschachtel und die Pfeife. Schließlich nahm er die berühmte Zigarre mit der goldenen Banderole in die Hand.

„Um Himmels willen!", rief er aus. "Unser Freund raucht eine gute Zigarre. Es ist eine Henry Clay.“

Mit der mechanischen Bewegung eines gewohnheitsmäßigen Rauchers hielt er die Zigarre dicht an sein Ohr und drückte sie, um sie knacken zu lassen. Sofort stieß er einen Schrei der Überraschung aus. Die Zigarre hatte unter dem Druck seiner Finger nachgegeben. Er untersuchte sie genauer und entdeckte schnell etwas Weißes zwischen den Tabakblättern. Behutsam, mit Hilfe einer Nadel, zog er eine Rolle sehr dünnen Papiers heraus, kaum größer als ein Zahnstocher. Es war ein Brief. Er entrollte ihn und fand diese Worte, geschrieben in einer weiblichen Handschrift:

> *Der Korb hat den Platz der anderen eingenommen. Acht von zehn sind fertig. Beim*

Drücken des äußeren Fußes geht die Platte nach unten. Jeden Tag von zwölf bis sechzehn Uhr wird H-P warten. Aber wo? Antwortet sofort. Seien Sie beruhigt, Ihr Freund wacht über Sie.

Monsieur Dudouis überlegte einen Augenblick und sagte dann:

„Es ist ganz klar ... der Korb ... die acht Fächer ... von zwölf bis sechzehn bedeutet von zwölf bis vier Uhr."

„Aber dieses H-P, das wird warten?"

„H-P muss Automobil[5] bedeuten. H-P, Pferdestärken, ist die Art, wie sie die Stärke des Motors angeben. Ein vierundzwanzig H-P ist ein Automobil von vierundzwanzig Pferdestärken."

Dann erhob er sich und fragte:

„Hatte der Gefangene sein Frühstück beendet?"

„Ja."

„Und da er die Nachricht noch nicht gelesen hat, was der Zustand der Zigarre beweist, ist es wahrscheinlich, dass er sie gerade erhalten hat."

„Wie?"

„In seinem Essen. Versteckt in seinem Brot oder in einer Kartoffel, vielleicht."

„Unmöglich. Man hat ihm sein Essen nur gebracht, um ihm eine Falle zu stellen, aber wir haben nie etwas darin gefunden."

„Wir werden heute Abend nach Lupins Antwort suchen. Halten Sie ihn für ein paar Minuten draußen fest. Ich werde dies dem Untersuchungsrichter vorlegen, und wenn er einverstanden ist, werden wir den Brief sofort fotografieren lassen, und in einer Stunde können Sie den Brief in einer ähnlichen Zigarre in die Schublade legen. Der Gefangene darf keinen Grund zum Verdacht haben."

---

[5] HP von Horse Power, engl. für Pferdestärke, PS

Es war nicht ohne eine gewisse Neugier, dass Monsieur Dudouis am Abend in Begleitung von Inspektor Dieuzy in das Gefängnis zurückkehrte. Drei leere Teller standen auf dem Herd in der Ecke.

„Hat er schon gegessen?“

„Ja“, antwortete der Wärter.

„Dieuzy, bitte schneiden Sie die Makkaroni in ganz kleine Stücke und öffnen Sie das Brötchen ... Nichts?“

„Nein, Chef.“

Monsieur Dudouis untersuchte die Teller, die Gabel, den Löffel und das Messer - ein gewöhnliches Messer mit einer runden Klinge. Er drehte den Griff nach links, dann nach rechts. Er gab nach und er schraubte den Griff ab. Das Messer war hohl und diente als Versteck für ein Blatt Papier.

„Puh!“ sagte er, „das ist nicht sehr geschickt für einen Mann wie Arsène. Aber wir dürfen keine Zeit verlieren. Du, Dieuzy, gehst und durchsuchst das Restaurant.“

Dann las er den Zettel:

> *Ich verlasse mich darauf, dass H. P. jeden Tag mit etwas Abstand folgt. Ich werde vorgehen.*
> *Au revoir, lieber Freund.*

„Na endlich“, rief Monsieur Dudouis und rieb sich vergnügt die Hände, „ich glaube, wir haben die Sache in der Hand. Ein wenig Strategie unsererseits, und die Flucht wird ein Erfolg sein, was die Verhaftung seiner Verbündeten betrifft.“

„Aber wenn Ihnen Arsène Lupin durch die Finger schlüpft?“, fragte der Wächter nach.

„Wir werden genügend Männer haben, um das zu verhindern. Wenn er allerdings zu viel Cleverness an den Tag legt, umso schlimmer für ihn! Was seine Räuberbande betrifft, so müssen, da der Häuptling sich zu sprechen weigert, die anderen reden.“

* * *

Und in der Tat hatte Arsène Lupin sehr wenig zu sagen. Mehrere Monate lang hatte Monsieur Jules Bouvier, der Untersuchungsrichter, sich vergeblich bemüht. Die Untersuchung hatte sich auf ein paar uninteressante Unterhaltungen zwischen dem Richter und dem Anwalt Maître Danval, einem der führenden Vertreter der Anwaltschaft, reduziert. Von Zeit zu Zeit ergriff Arsène Lupin aus Höflichkeit das Wort. Eines Tages sagte er:

„Ja, Herr Richter, ich stimme Ihnen zu: der Raubüberfall auf den Crédit Lyonnais, der Diebstahl in der *Rue de Babylone*, die Ausgabe der gefälschten Banknoten, die Einbrüche in den verschiedenen Schlössern, *Armesnil, Gouret, Imblevain, Groseillers, Malaquis*, alles mein Werk, Herr Richter, alles mein Werk."

„Dann werden Sie mir erklären ... "

„Es ist zwecklos. Ich gestehe alles in einem Stück, alles und sogar zehnmal mehr, als Sie wissen."

Erschöpft von seiner ergebnislosen Arbeit hatte der Richter seine Verhöre unterbrochen, aber er nahm sie wieder auf, nachdem ihm die beiden abgefangenen Nachrichten zur Kenntnis gebracht worden waren; und regelmäßig wurde Arsène Lupin um die Mittagszeit mit einer Anzahl anderer Gefangener im Gefangenenwagen vom Gefängnis zum *Dépôt* gebracht. Sie kamen gegen drei oder vier Uhr zurück.

Nun, eines Nachmittags, fand diese Rückfahrt unter ungewöhnlichen Bedingungen statt. Da die anderen Gefangenen noch nicht befragt worden waren, beschloss man, Arsène Lupin zuerst zurückzubringen, und so fand er sich allein im Fahrzeug wieder.

Diese Gefängniswagen, vulgär *Salatkörbe* genannt, sind der Länge nach durch einen Mittelgang geteilt, von dem aus sich zehn Abteile öffnen, fünf auf jeder Seite. Jedes Abteil ist so eingerichtet, dass der Insasse eine sitzende Haltung einnehmen und beibehalten muss, so dass die fünf Gefangenen übereinander sitzen, aber durch Trennwände voneinander getrennt sind. Ein Stadtwächter, der an einem Ende steht, bewacht den Korridor.

Arsène wurde in die dritte Zelle auf der rechten Seite gesetzt, und das schwere Gefährt startete. Er berechnete sorgfältig, wann sie den Quai de l'Horloge verließen und wann sie den Palais de Justice passierten. Dann, etwa in der Mitte der Brücke Saint Michel, drückte er mit dem äußeren, also dem rechten Fuß auf die Metallplatte, die seine Zelle verschloss. Sofort klickte etwas, und die Metallplatte bewegte sich. Er konnte sich vergewissern, dass er sich zwischen den beiden Rädern befand.

Er wartete und hielt Ausschau. Das Fahrzeug fuhr langsam den Boulevard Saint Michel entlang. An der Ecke von Saint Germain hielt es an. Ein Lastenpferd war gestürzt. Da der Verkehr unterbrochen war, hatte sich dort ein großes Gedränge von Kutschen und Omnibussen gebildet. Arsène Lupin schaute hinaus. Ein anderer Gefängniswagen hatte dicht neben dem, in dem er saß, angehalten. Er schob die Platte noch weiter weg, stellte seinen Fuß auf eine der Speichen des Rades und sprang zu Boden. Ein Kutscher sah ihn, brüllte vor Lachen und versuchte, einen Aufschrei zu machen, aber seine Stimme ging im Lärm des Verkehrs unter, der sich wieder in Bewegung gesetzt hatte. Außerdem war Arsène Lupin schon weit weg.

Er war ein paar Schritte gelaufen; aber als er auf dem Bürgersteig stand, drehte er sich um und schaute sich um; er schien den Wind zu riechen wie ein Mensch, der nicht weiß, welche Richtung er einschlagen soll. Dann, als er sich entschieden hatte, steckte er die Hände in die Taschen und ging mit der sorglosen Miene eines müßigen Spaziergängers den Boulevard hinauf. Es war ein warmer, heller Herbsttag, und die Cafés waren voll. Er nahm auf der Terrasse eines von ihnen Platz. Er bestellte ein Bockbier und eine Schachtel Zigaretten. Er leerte sein Glas langsam, rauchte eine Zigarette und zündete sich eine zweite an. Dann bat er den Kellner, den Wirt zu ihm zu schicken. Als der Wirt kam, sprach Arsène ihn mit einer Stimme an, die laut genug war, um von allen gehört zu werden:

„Ich bedaure, Monsieur, ich habe meine Brieftasche vergessen. Vielleicht sind Sie aufgrund meines Namens bereit, mir für ein paar Tage Kredit zu geben. Ich bin Arsène Lupin."

Der Wirt sah ihn an und dachte, er scherze. Aber Arsène wiederholte:

„Lupin, Gefangener im Santé, aber jetzt ein Flüchtiger. Ich wage anzunehmen, dass der Name Ihr volles Vertrauen in mich weckt."

Und er ging unter lautem Gelächter davon, während der Besitzer erstaunt stehen blieb.

Lupin schlenderte die Rue Soufflot entlang und bog in die Rue Saint Jacques ein. Er setzte seinen Weg langsam fort, rauchte seine Zigaretten und schaute in die Schaufenster. Am Boulevard de Port Royal überlegte er kurz und ging dann in Richtung der Rue de la Santé. Die hohen, abschreckenden Mauern des Gefängnisses lagen nun vor ihm. Er zog seinen Hut nach vorn, um sein Gesicht zu beschatten; dann näherte er sich dem Wächter und fragte:

„Ist das das Gefängnis de la Santé?"

„Ja."

„Ich möchte wieder in meine Zelle. Der Wagen hat mich unterwegs verlassen, und ich möchte das nicht missbrauchen ... "

„Nun, junger Mann, gehen Sie weiter, schnell!" knurrte der Wächter.

„Verzeihen Sie, aber ich muss durch dieses Tor. Und wenn Sie Arsène Lupin am Betreten des Gefängnisses hindern, wird es Sie teuer zu stehen kommen, mein Freund."

„Arsène Lupin! Wovon reden Sie?"

„Es tut mir leid, dass ich keine Karte dabei habe", sagte Arsène und fummelte in seinen Taschen.

Der Wächter beäugte ihn erstaunt von Kopf bis Fuß. Dann läutete er, ohne ein Wort zu sagen, eine Glocke. Das Eisentor wurde teilweise geöffnet, und Arsène trat ein. Fast sofort traf er auf den Gefängniswärter, der gestikulierte und eine heftige Wut vortäuschte. Arsène lächelte und sagte:

„Kommen Sie, Monsieur, spielen Sie nicht dieses Spiel mit mir. Sie nehmen die Vorsichtsmaßnahme, mich allein im Wagen zu transportieren, bereiten ein nettes kleines Hindernis vor und stellen sich vor, ich würde mich auf die Fersen machen und zu meinen Freunden zurückkehren. Nun, und was ist mit den zwanzig Agenten der Sûreté, die uns zu Fuß, in Fiakern und auf Fahrrädern begleitet haben? Nein, das Arrangement hat mir nicht gefallen. Ich wäre nicht lebend davongekommen. Sagen Sie mir, Monsieur, haben sie damit gerechnet?"

Er zuckte mit den Schultern und fügte hinzu:

„Ich bitte Sie, Monsieur, machen Sie sich keine Sorgen um mich. Wenn ich fliehen möchte, werde ich keine Hilfe benötigen."

Am zweiten Tag danach veröffentlichte das *Echo de France*, das anscheinend zum offiziellen Berichterstatter über die Heldentaten von Arsène Lupin geworden war - es hieß, er sei einer seiner Hauptaktionäre -, einen äußerst vollständigen Bericht über diesen Fluchtversuch. Der genaue Wortlaut der Nachrichten, die zwischen dem Gefangenen und seinem geheimnisvollen Freund ausgetauscht wurden, die Mittel, mit denen die Korrespondenz aufgebaut wurde, die Komplizenschaft der Polizei, der Spaziergang auf dem Boulevard Saint Michel, der Vorfall im Café Soufflot, alles wurde offengelegt. Man erfuhr, dass die Durchsuchung des Restaurants und seiner Kellner durch Inspektor Dieuzy ergebnislos verlaufen war. Und die Öffentlichkeit erfuhr auch etwas Außergewöhnliches, das die unendlichen Möglichkeiten der Mittel zeigte, über die Lupin verfügte: Der Gefängniswagen, in dem er transportiert wurde, war für die Gelegenheit vorbereitet und von seinen Komplizen gegen einen der sechs Wagen ausgetauscht worden, die im Gefängnis Dienst taten.

Die nächste Flucht von Arsène Lupin wurde von niemandem bezweifelt. Er kündigte sie selbst kategorisch in einer Antwort an Monsieur Bouvier am Tag nach seinem Ausbruchsversuch an. Nachdem sich der Richter über die Angelegenheit lustig gemacht hatte, war Arsène verärgert und sagte mit festem Blick auf den Richter, mit Nachdruck:

„Hören Sie mir zu, Monsieur! Ich gebe Ihnen mein Ehrenwort, dass dieser Fluchtversuch nur eine Vorstufe zu meinem allgemeinen Fluchtplan war."

„Ich verstehe nicht", sagte der Richter.

„Es ist nicht nötig, dass Sie es verstehen."

Und als der Richter im Laufe dieser Untersuchung, über die in den Spalten des *Echo de France* ausführlich berichtet wurde, seine Ermittlungen wieder aufnehmen wollte, rief Arsène Lupin mit vorgetäuschter Müdigkeit aus:

„Mon Dieu, Mon Dieu, was nützt das! All diese Fragen sind unwichtig!"

„Was! Unwichtig?", rief der Richter.

„Ja; denn ich werde bei der Verhandlung nicht anwesend sein."

„Sie werden nicht anwesend sein?"

„Nein, ich habe mich dazu entschlossen, und nichts wird meine Meinung ändern."

Diese Gewissheit und die unerklärlichen Indiskretionen, die Arsène jeden Tag beging, verärgerten und verblüfften die Gesetzeshüter. Es gab Geheimnisse, die nur Arsène Lupin kannte, Geheimnisse, die nur er preisgeben konnte. Aber zu welchem Zweck enthüllte er sie? Und wie?

Arsène Lupin wurde in eine andere Zelle verlegt. Der Richter schloss seine Voruntersuchung ab. Zwei Monate lang wurde kein weiteres Verfahren in seinem Fall eingeleitet, während dieser Zeit sah man Arsène fast ständig auf seinem Bett liegen, das Gesicht zur Wand gewandt. Der Wechsel in seine Zelle schien ihn zu entmutigen. Er weigerte sich, seinen Verteidiger zu sehen. Er wechselte nur ein paar notwendige Worte mit seinen Wärtern.

In den vierzehn Tagen vor seinem Prozess nahm er sein munteres Leben wieder auf. Er beklagte sich über Luftmangel. Deshalb durfte er sich jeden Morgen im Hof bewegen, bewacht von zwei Männern.

Die Neugier der Öffentlichkeit war noch nicht erloschen; jeden Tag erwartete sie die Nachricht von seiner Flucht; und tatsächlich hatte er durch seinen Schwung, seine Fröhlichkeit, seine Vielseitigkeit, seinen Erfindungsgeist und das Geheimnis seines Lebens eine beträchtliche öffentliche Sympathie gewonnen. Arsène Lupin musste fliehen. Es war sein unausweichliches Schicksal. Die Öffentlichkeit erwartete es und war überrascht, dass das Ereignis so lange hinausgezögert worden war. Jeden Morgen fragte der Polizeipräsident seine Sekretärin:

„Nun, ist er schon geflohen?"

„Nein, Monsieur."

„Morgen wahrscheinlich."

Und am Tag vor der Verhandlung kam ein Herr in das Büro des *Grand Journal*, verlangte den Gerichtsreporter zu sehen, warf ihm seine Karte ins Gesicht und ging schnell weg. Auf der Karte standen diese Worte:

Arsène Lupin hält immer seine Versprechen.

* * *

Unter diesen Voraussetzungen begann die Verhandlung. Eine riesige Menschenmenge versammelte sich vor dem Gericht. Alle wünschten, den berühmten Arsène Lupin zu sehen. Sie waren in freudiger Erwartung, dass der Gefangene dem Richter einige dreiste Streiche spielen würde. Anwälte und Richter, Reporter und Männer von Welt, Schauspielerinnen und Damen der Gesellschaft drängten sich auf den für das Publikum vorgesehenen Bänken.

Es war ein dunkler, düsterer Tag mit ständigem Regenschauer. Nur ein schwaches Licht durchdrang den Gerichtssaal, und die Zuschauer bekamen einen sehr undeutlichen Blick auf den Gefangenen, als die Wachen ihn hereinbrachten. Aber sein schwerer, watschelnder Gang, die Art und Weise, wie er sich in seinen Sitz fallen ließ, und sein passives, dumpfes Äußeres wirkten überhaupt nicht einladend. Mehrere Male sprach sein Fürsprecher - einer von Monsieur Danvals Assistenten - zu ihm, aber er schüttelte nur den Kopf und sagte nichts.

Der Gerichtsschreiber las die Anklageschrift vor, dann sprach der Richter:

„Häftling auf der Anklagebank, stehen Sie auf. Ihr Name, Alter und Beruf?“

Da er keine Antwort erhielt, wiederholte der Richter:

"Ihr Name? Ich frage Sie nach Ihrem Namen?"

Eine feste, langsame Stimme murmelte:

„Baudru, Désiré.“

Ein Raunen der Überraschung ging durch den Gerichtssaal. Aber der Richter fuhr fort:

„Baudru, Désiré? Ah! ein neuer Deckname! Nun, da Sie bereits ein Dutzend verschiedene Namen angenommen haben und dieser zweifellos ebenso erfunden ist wie die anderen, werden wir uns an den Namen Arsène Lupin halten, unter dem Sie allgemein bekannt sind.“

Der Richter verwies auf seine Notizen und fuhr fort:

„Denn trotz sorgfältigster Suche bleibt Ihre Vorgeschichte unbekannt. Ihr Fall ist einzigartig in den Annalen des Verbrechens. Wir wissen nicht, wer Sie sind, woher Sie kommen, Ihre Geburt und Herkunft - alles ist uns ein Rätsel. Vor drei Jahren erschienen Sie uns als Arsène Lupin, eine seltsame Mischung aus Intelligenz und Perversion, Unmoral und Großzügigkeit. Unser Wissen über Ihr Leben vor diesem Datum ist vage und unklar. Es könnte sein, dass der Mann namens Rostat, der vor acht Jahren mit Dickson, dem Taschenspieler, zusammenarbeitete, kein anderer als Arsène Lupin war. Es ist wahrscheinlich, dass der russische Student, der vor sechs Jahren das Laboratorium von Doktor Altier im Saint-Louis-Krankenhaus besuchte, und der den Doktor oft durch den Einfallsreichtum seiner Hypothesen zu Themen der Bakteriologie und die Kühnheit seiner Experimente bei Hautkrankheiten in Erstaunen versetzte, kein anderer als Arsène Lupin war. Es ist auch wahrscheinlich, dass Arsène Lupin der Professor war, der die japanische Kunst des Jiu-Jitsu dem Pariser Publikum vorstellte. Wir haben Grund zu der Annahme, dass Arsène Lupin der Radrennfahrer war, der den Grand Prix de l'Exposition gewann, seine zehntausend Francs erhielt und von dem nie wieder etwas gehört wurde. Arsène Lupin könnte auch derjenige gewesen sein, der durch die kleine Dachgaube auf dem Wohltätigkeitsbasar so vielen Menschen das Leben gerettet und ihnen gleichzeitig die Taschen geleert hat."

Der Richter hielt einen Moment inne, dann fuhr er fort:

„Das ist die Epoche, die Sie offenbar zur gründlichen Vorbereitung auf den Krieg genutzt haben, den Sie seither gegen die Gesellschaft geführt haben; eine methodische Lehre, in der Sie Ihre Kraft, Energie und Geschicklichkeit auf den höchstmöglichen Punkt entwickelt haben. Erkennen Sie die Richtigkeit dieser Tatsachen an?"

Während dieser Rede hatte der Gefangene erst auf dem einen, dann auf dem anderen Fuß balanciert, mit gebeugten Schultern und unbewegten Armen. Unter dem stärksten Licht konnte man seine extreme Magerkeit, seine hohlen Wangen, seine vorstehenden Wangenknochen, sein erdfarbenes, mit kleinen roten Flecken übersätes Gesicht, das von einem rauen, struppigen Bart umrahmt war, erkennen. Das Leben im Gefängnis hatte ihn altern und welken lassen. Er hatte das jugendliche Gesicht und die elegante Figur verloren, die wir so oft in den Zeitungen abgebildet gesehen hatten.

Es schien, als ob er die Frage des Richters nicht gehört hatte. Zweimal wurde sie ihm wiederholt. Dann hob er die Augen, schien nachzudenken, dann murmelte er mit einer verzweifelten Anstrengung:

„Baudru, Désiré."

Der Richter lächelte, als er sagte:

„Ich verstehe die Theorie Ihrer Verteidigung nicht, Arsène Lupin. Wenn Sie sich der Verantwortung für Ihre Verbrechen entziehen wollen, weil Sie schwachsinnig sind, steht Ihnen diese Verteidigungslinie offen. Aber ich werde die Verhandlung fortsetzen und mich nicht um Ihre Launen kümmern."

Dann erzählte er ausführlich die verschiedenen Diebstähle, Betrügereien und Fälschungen, die Lupin vorgeworfen wurden. Manchmal befragte er den Gefangenen, aber dieser grunzte nur oder schwieg. Die Vernehmung der Zeugen begann. Einiges von dem, was ausgesagt wurde, war unwesentlich, anderes schien wichtiger zu sein, aber durch alles zog sich eine Ader von Widersprüchen und Ungereimtheiten. Eine ermüdende Unklarheit umhüllte das Verfahren, bis Inspektor Ganimard als Zeuge aufgerufen wurde; dann erwachte das Interesse wieder.

Von Anfang an wirkte das Verhalten des altgedienten Inspektors seltsam und unerklärlich. Er war nervös und unruhig. Mehrmals sah er den Gefangenen an, mit offensichtlichen Zweifeln und Ängsten. Dann, mit den Händen auf das Geländer vor ihm gestützt, erzählte er die Ereignisse, an denen er teilgenommen hatte, einschließlich seiner Verfolgung des Gefangenen durch Europa und seiner Ankunft in Amerika. Man hörte ihm mit großer Aufmerksamkeit zu, da seine Gefangennahme von Arsène Lupin durch die Presse allgemein bekannt war. Gegen Ende seiner Aussage, nachdem er sich auf seine Gespräche mit Arsène Lupin bezogen hatte, hielt er zweimal inne, verlegen und unschlüssig. Es war offensichtlich, dass er von einem Gedanken besessen war, den er nicht auszusprechen wagte. Der Richter sagte mitfühlend zu ihm:

„Wenn Sie krank sind, können Sie sich vorläufig zurückziehen."

„Nein, nein, aber ... "

Er hielt inne, schaute den Gefangenen scharf an und sagte:

„Ich bitte um Erlaubnis, den Gefangenen aus der Nähe betrachten zu dürfen. Es gibt ein Geheimnis um ihn, das ich lösen muss."

Er trat an den Angeklagten heran, untersuchte ihn einige Minuten lang aufmerksam, kehrte dann in den Zeugenstand zurück und sagte mit fast feierlicher Stimme:

„Ich erkläre an Eides statt, dass der Gefangene, der jetzt vor mir steht, nicht Arsène Lupin ist."

Eine tiefe Stille folgte auf diese Aussage. Der Richter, der einen Moment lang sprachlos war, rief aus:

„Ah! Was soll das heißen? Das ist doch absurd!"

Der Inspektor fuhr fort:

„Auf den ersten Blick gibt es eine gewisse Ähnlichkeit, aber wenn Sie die Nase, den Mund, das Haar, die Hautfarbe genau betrachten, werden Sie sehen, dass es sich nicht um Arsène Lupin handelt. Und die Augen! Hatte er jemals diese alkoholgetränkten Augen!"

„Kommen Sie, kommen Sie, Herr Zeuge! Was wollen Sie damit sagen? Wollen Sie damit sagen, dass wir den falschen Mann vor Gericht stellen?"

„Meiner Meinung nach, ja. Arsène Lupin hat es irgendwie geschafft, diesen armen Teufel in seine Schranken zu weisen, es sei denn, dieser Mann ist ein williger Komplize."

Dieses dramatische Ende sorgte für viel Gelächter und Aufregung unter den Zuschauern. Der Richter vertagte die Verhandlung und schickte nach Monsieur Bouvier, den Gefängniswärter, und den Wachen, die im Gefängnis arbeiteten.

Als die Verhandlung wieder aufgenommen wurde, begutachteten Monsieur Bouvier und der Wärter den Angeklagten und erklärten, dass es nur eine sehr geringe Ähnlichkeit zwischen dem Gefangenen und Arsène Lupin gebe.

„Nun denn!", rief der Richter aus, „Wer ist dieser Mann? Woher kommt er? Weshalb ist er im Gefängnis?"

Zwei der Gefängniswärter wurden gerufen, und beide erklärten, der Gefangene sei Arsène Lupin.

Einer der Wärter sagte:

„Ja, ja, ich glaube, er ist es.“

„Was!“, rief der Richter ungeduldig, "Sie *denken*, dass er es ist! Was meinen Sie damit?“

„Nun, ich habe den Gefangenen nur sehr wenig gesehen. Er wurde abends in meine Obhut gegeben, und zwei Monate lang rührte er sich selten, sondern lag auf seinem Bett mit dem Gesicht zur Wand.“

„Was ist mit der Zeit vor diesen zwei Monaten?“

„Davor bewohnte er eine Zelle in einem anderen Teil des Gefängnisses. Er war nicht in Zelle 24.“

Hier unterbrach der Oberwärter und sagte:

„Wir haben ihn nach seinem Fluchtversuch in eine andere Zelle verlegt.“

„Aber Sie, Monsieur, Sie haben ihn in diesen zwei Monaten gesehen?“

„Ich hatte keine Gelegenheit, ihn zu sehen. Er war immer ruhig und ordnungsliebend.“

„Und dieser Gefangene ist nicht Arsène Lupin?“

„Nein.“

„Wer ist er dann?“, fragte der Richter.

„Ich weiß es nicht.“

„Dann haben wir einen Mann vor uns, der vor zwei Monaten für Arsène Lupin eingesprungen ist. Wie erklären Sie sich das?“

„Das kann ich nicht.“

In völliger Verzweiflung wandte sich der Richter an den Angeklagten und sprach ihn in einem versöhnlichen Ton an:

„Häftling, können Sie mir sagen, wie und seit wann Sie Insasse des *Prison de la Santé* geworden sind?“

Die einnehmende Art des Richters war darauf aus, das Misstrauen zu brechen und ein Entgegenkommen des Angeklagten zu erreichen. Er versuchte zu antworten. Schließlich gelang es ihm, unter geschickter und behutsamer Befragung, ein paar Sätze zu formulieren, aus denen die folgende Geschichte hervorging: Vor zwei Monaten war er zum *Dépôt* gebracht, untersucht und entlassen worden. Als er das Gebäude als freier Mann verließ, wurde er von zwei Wärtern ergriffen und in den Gefängniswagen gesetzt. Seitdem hatte er die Zelle 24 belegt. Er war dort zufrieden, hatte genug zu essen und schlief gut - er beklagte sich also nicht.

All das schien wahrscheinlich; und inmitten der Heiterkeit und Aufregung der Zuschauer vertagte der Richter die Verhandlung, bis die Geschichte untersucht und verifiziert werden konnte.

* * *

Die folgenden Fakten wurden sofort durch eine Untersuchung der Gefängnisakten festgestellt: Acht Wochen zuvor hatte ein Mann namens Baudru Désiré im *Dépôt* geschlafen. Er wurde am nächsten Tag entlassen und verließ das *Dépôt* um zwei Uhr nachmittags. Am selben Tag um 14 Uhr verließ Arsène Lupin nach seiner letzten Vernehmung das *Dépôt* in einem Gefangenentransporter.

Hatten sich die Wachen geirrt? Hatten sie sich von der Ähnlichkeit täuschen lassen und diesen Mann leichtfertig mit ihrem Gefangenen vertauscht?

Eine andere Frage drängte sich auf: War der Austausch im Voraus arrangiert worden? In diesem Fall musste Baudru ein Komplize sein und seine eigene Verhaftung veranlasst haben, um Lupins Platz einzunehmen. Aber wie konnte ein solcher Plan, der auf einer Reihe von unwahrscheinlichen Zufällen beruhte, gelingen?

Baudru Désiré wurde dem anthropometrischen Dienst übergeben; sie hatten so etwas noch nie gesehen. Aber sie konnten seine Vorgeschichte leicht zurückverfolgen. Er war bekannt in *Courbevois*, in *Asnières* und in *Levallois*. Er lebte von Almosen und schlief in einer jener Lumpensammlerhütten in der Nähe der *Barriere de Ternes*. Von dort war er vor einem Jahr verschwunden.

Wurde er von Arsène Lupin weggelockt? Dafür gab es keine Beweise. Und selbst wenn das so war, erklärte das nicht die Flucht des Gefangenen. Das blieb immer noch ein Rätsel. Von den zwanzig Theorien, die es zu erklären versuchten, war keine einzige zufriedenstellend. An der

Flucht selbst gab es keinen Zweifel; eine Flucht, die unbegreiflich war, sensationell, in der die Öffentlichkeit wie auch die Gesetzeshüter einen sorgfältig vorbereiteten Plan erkennen konnten, eine Kombination von Umständen, die auf wunderbare Weise zusammenpassten, deren Ende die zuversichtliche Vorhersage von Arsène Lupin voll und ganz rechtfertigte: „Ich werde bei meinem Prozess nicht anwesend sein."

Nach einem Monat geduldiger Ermittlungen blieb das Problem ungelöst. Der arme Teufel von einem Baudru konnte nicht auf unbestimmte Zeit im Gefängnis gehalten werden, und ihn vor Gericht zu stellen, wäre lächerlich. Es gab keine Anklage gegen ihn. Folglich wurde er freigelassen; aber der Chef der *Sûreté* beschloss, ihn unter Beobachtung zu halten. Diese Idee stammte von Ganimard. Aus seiner Sicht gab es weder eine Komplizenschaft noch einen Zufall. Baudru war ein Instrument, auf dem Arsène Lupin mit seinem außergewöhnlichen Geschick gespielt hatte. Baudru würde, wenn er freigelassen würde, sie zu Arsène Lupin oder zumindest zu einigen seiner Komplizen führen. Die beiden Inspektoren Folenfant und Dieuzy wurden beauftragt, Ganimard zu unterstützen.

Eines nebligen Januarmorgens öffneten sich die Gefängnistore und Baudru Désiré trat heraus - ein freier Mann. Zuerst schien er ziemlich verlegen zu sein und ging wie ein Mensch, der nicht genau weiß, wohin er gehen soll. Er folgte der *Rue de la Santé* und der *Rue Saint Jacques*. Vor einem Altkleiderladen blieb er stehen, zog seine Jacke und seine Weste aus, verkaufte seine Weste, für die er ein paar Sous einnahm; dann zog er seine Jacke wieder an und setzte seinen Weg fort. Er überquerte die Seine. Am Châtelet fuhr ein Omnibus an ihm vorbei. Er wollte einsteigen, aber es gab keinen Platz. Der Kontrolleur riet ihm, sich eine Nummer zu besorgen, und so betrat er den Wartesaal.

Ganimard rief seinen beiden Assistenten zu, und ohne den Blick vom Warteraum zu nehmen, sagte er zu ihnen:

„Halten Sie einen Wagen ... nein, zwei. Das wird besser sein. Ich werde mit einem von euch gehen, und wir werden ihm folgen."

Die Männer gehorchten. Doch Baudru erschien nicht. Ganimard betrat den Wartesaal. Es war leer.

„Ich Idiot", murmelte er, „ich habe vergessen, dass es noch einen anderen Ausgang gibt."

Vom Wartesaal führte ein innerer Korridor zur *Rue Saint Martin*. Ganimard eilte hindurch und kam gerade noch rechtzeitig, um Baudru auf dem Dach des Omnibusses *Batignolles-Jardin de Plates* zu sehen, als dieser um die Ecke der *Rue de Rivoli* bog. Er rannte los und erwischte den Omnibus. Aber er hatte seine beiden Assistenten verloren. Er musste die Verfolgung allein fortsetzen. In seiner Wut war er geneigt, den Mann ohne Umschweife am Kragen zu packen. Hatte der vermeintliche Schwachsinnige ihn nicht vorsätzlich und durch eine raffinierte List von seinen Gehilfen getrennt?

Er blickte auf Baudru. Dieser lag schlafend auf der Bank, den Kopf hin und her wälzend, mit halb geöffnetem Mund und einem unglaublichen Ausdruck von Dummheit auf seinem fleckigen Gesicht. Nein, ein solcher Gegner war nicht in der Lage, den alten Ganimard zu täuschen. Es war ein Glücksfall - mehr nicht.

An den *Galleries-Lafayette* sprang der Mann aus dem Omnibus und nahm die *La Muette*-Straßenbahn, die dem *Boulevard Haussmann* und der *Avenue Victor Hugo* folgte. Baudru stieg an der Haltestelle *La Muette* aus und schlenderte mit lässiger Miene in den *Bois de Boulogne*.

Er durchstreifte einen Weg nach dem anderen und ging manchmal einige Schritte zurück. Was suchte er? Hatte er ein bestimmtes Ziel? Nach einer Stunde schien er vor Müdigkeit schwach zu werden, und als er eine Bank bemerkte, setzte er sich. Der Ort, nicht weit von *Auteuil* entfernt, am Rande eines Teiches, der zwischen den Bäumen versteckt war, war absolut menschenleer. Nachdem eine weitere halbe Stunde verstrichen war, wurde Ganimard ungeduldig und beschloss, mit dem Mann zu sprechen. Er näherte sich und nahm neben Baudru Platz, zündete sich eine Zigarette an, zeichnete mit dem Ende seines Stocks einige Figuren in den Sand und sagte:

„Es ist ein schöner Tag."

Keine Reaktion. Doch plötzlich brach der Mann in Gelächter aus, ein fröhliches, heiteres Lachen, spontan und unwiderstehlich. Ganimard spürte, wie ihm vor Entsetzen und Überraschung die Haare zu Berge standen. Es war dieses Lachen, dieses infernalische Lachen, das er so gut kannte!

Mit einer plötzlichen Bewegung packte er den Mann am Kragen und sah ihn mit einem scharfen, durchdringenden Blick an; und er stellte fest, dass er den Mann Baudru nicht mehr sah. Gewiss, er sah Baudru; aber gleichzeitig sah er den anderen, den wirklichen Mann, Lupin. Er entdeckte das intensive Leben in den Augen, er füllte die geschrumpften Züge auf, er nahm das echte Fleisch unter der schlaffen Haut wahr, den echten Mund durch die Grimassen, die ihn entstellten. Das waren die Augen und der Mund des anderen, und besonders sein scharfer, wacher, spöttischer Ausdruck, so klar und jugendlich!

„Arsène Lupin, Arsène Lupin", stammelte er.

Dann, in einem plötzlichen Wutanfall, packte er Lupin am Hals und versuchte, ihn niederzuhalten. Trotz seiner fünfzig Jahre verfügte er noch über eine ungewöhnliche Kraft, während sein Widersacher offensichtlich in einem schwachen Zustand war. Aber der Kampf war nur von kurzer Dauer. Arsène Lupin machte nur eine leichte Bewegung, und so plötzlich, wie er angegriffen hatte, löste Ganimard seinen Griff. Sein rechter Arm fiel in sich zusammen, nutzlos.

„Wenn Sie am Quai des *Orfèvres* Jiu-Jitsu-Unterricht genommen hätten", sagte Lupin, „wüssten Sie, dass dieser Schlag auf Japanisch *udi-shighi* heißt. Eine Sekunde mehr, und ich hätte Ihnen den Arm gebrochen, und das wäre genau das gewesen, was Sie verdient hätten. Ich bin erstaunt, dass Sie, ein alter Freund, den ich respektiere und vor dem ich freiwillig mein Inkognito preisgebe, mein Vertrauen auf diese brutale Weise missbraucht. Es ist unwürdig - ach! Was ist denn los?"

Ganimard antwortete nicht. Diese Flucht, für die er sich verantwortlich fühlte - war es nicht er, Ganimard, der durch seine sensationellen Beweise das Gericht in einen schweren Irrtum geführt hatte? Diese Flucht erschien ihm wie eine dunkle Wolke über seiner beruflichen Laufbahn. Eine Träne kullerte ihm über die Wange zu seinem grauen Schnurrbart.

„Oh! mein Gott, Ganimard, nehmen Sie es sich nicht zu Herzen. Wenn Sie nicht gesprochen hätten, hätte ich es jemand anderem überlassen, es zu tun. Ich konnte nicht zulassen, dass der arme Baudru Désiré überführt wird."

„Dann", murmelte Ganimard, „waren Sie es, der dort war? Und jetzt sind Sie hier?"

„Ich bin es, immer ich, nur ich."

„Kann das möglich sein?"

„Oh, es ist nicht das Werk eines Zauberers. Es ist einfach, wie der Richter bei der Verhandlung bemerkte, die Lehre von einem Dutzend Jahren, die einen Mann dazu befähigt, alle Hindernisse des Lebens erfolgreich zu meistern."

„Aber Ihr Gesicht? Ihre Augen?"

„Sie können verstehen, dass, wenn ich achtzehn Monate mit Doktor Altier im Krankenhaus Saint-Louis gearbeitet habe, es nicht aus Liebe zu dieser Arbeit war. Ich war der Meinung, dass er, der sich eines Tages Arsène Lupin nennen durfte, von den üblichen Gesetzen über Aussehen und Identität befreit werden sollte. Äußeres? Das kann man nach Belieben verändern. Eine subkutane Injektion von Paraffin zum Beispiel lässt die Haut an der gewünschten Stelle aufplustern. Pyrogallussäure verwandelt Ihre Haut in die eines Indianers. Der Saft des Schöllkrauts schmückt Sie mit den schönsten Eruptionen und Tumoren. Eine andere Chemikalie beeinflusst das Wachstum Ihres Bartes und Ihrer Haare; eine andere verändert den Ton Ihrer Stimme. Dazu kommen zwei Monate Diät in Zelle 24; tausendmal wiederholte Übungen, die mich befähigen, meine Gesichtszüge in einer bestimmten Grimasse zu halten, meinen Kopf in einer bestimmten Neigung zu tragen und meinen Rücken und meine Schultern an eine gebückte Haltung anzupassen. Dann noch fünf Tropfen Atropin in die Augen, um sie verhärmt und wild zu machen, und der Trick ist vollbracht."

„Ich verstehe nicht, wie Sie die Wachen getäuscht haben."

„Die Veränderung war progressiv. Die Entwicklung war so allmählich, dass sie sie nicht bemerkten."

„Aber Baudru Désiré?"

„Baudru existiert. Er ist ein armer, harmloser Kerl, den ich letztes Jahr kennengelernt habe; und er hat tatsächlich eine gewisse Ähnlichkeit mit mir. Da ich meine Verhaftung für möglich hielt, nahm ich mich Baudru an und studierte die Punkte, in denen wir uns in der Erscheinung unterschieden, um sie in meiner eigenen Person zu korrigieren. Meine Freunde veranlassten ihn, über Nacht im *Dépôt* zu bleiben und am nächsten Tag etwa zur gleichen Stunde wie ich von dort abzureisen - ein leicht zu arrangierender Zufall. Natürlich war es notwendig, eine Aufzeichnung über seine Verhaftung im *Dépôt* zu haben, um die Tatsache festzustellen, dass eine solche Person tatsächlich existierte; andernfalls hätte die Polizei anderswo versucht, meine Identität herauszufinden. Aber indem ich Ihnen diesen ausgezeichneten Baudru anbot, war es unvermeidlich, verstehen Sie, unvermeidlich, dass sie sich seiner bemächtigten, und trotz der unüberwindlichen Schwierigkeiten einer Vertauschung würden sie lieber an eine Vertauschung glauben, als ihre Unwissenheit zugeben."

„Ja, ja, natürlich“, sagte Ganimard.

„Und dann“, rief Arsène Lupin aus, „hielt ich einen Trumpf in der Hand: ein ängstliches Publikum, das auf meine Flucht wartete. Und das ist der verhängnisvolle Irrtum, in den Sie, Sie und die anderen, im Laufe dieses faszinierenden Spiels, das zwischen mir und den Gesetzeshütern schwebte und bei dem es um meine Freiheit ging, verfallen sind. Und Sie haben angenommen, dass ich für die Galerie spiele, dass ich mich an meinem Erfolg berausche. Ich, Arsène Lupin, schuldig einer solchen Schwäche! Oh, nein! Vor nicht allzu langer Zeit sagten Sie in der Cahorn-Affäre: `Wenn Arsène Lupin von den Dächern schreit, dass er fliehen wird, hat er ein Ziel vor Augen.´ Aber, bei Gott, Sie müssen verstehen, dass ich, um zu fliehen, im Voraus einen öffentlichen Glauben an diese Flucht schaffen muss, einen Glauben, der einem Glaubensartikel gleichkommt, einer absoluten Überzeugung, einer Realität, die so glitzernd ist wie die Sonne. Und ich habe diesen Glauben geschaffen, dass Arsène Lupin entkommen würde, dass Arsène Lupin bei seinem Prozess nicht anwesend sein würde. Und als Sie Ihre Aussage machten und sagten: `Dieser Mann ist nicht Arsène Lupin´, waren alle bereit, Ihnen zu glauben. Hätte auch nur eine Person daran gezweifelt, hätte jemand diese einfache Einschränkung geäußert: `Nehmen wir an, es ist Arsène Lupin´ - von dem Moment an wäre ich verloren. Hätte jemand mein Gesicht gemustert, nicht mit dem Gedanken, dass ich nicht Arsène Lupin bin, wie Sie und die anderen bei meiner Verhandlung, sondern mit dem Gedanken, dass ich Arsène Lupin sein könnte, dann hätte man mich trotz aller Vorsichtsmaßnahmen erkennen müssen. Aber ich hatte keine Angst. Logisch, psychologisch gesehen, konnte niemand auf die Idee kommen, dass ich Arsène Lupin war.“

Er ergriff die Hand von Ganimard.

„Kommen Sie, Ganimard, gestehen Sie, dass Sie mich am Mittwoch nach unserem Gespräch im Gefängnis de la Santé um vier Uhr bei Ihnen zu Hause erwartet haben, genau wie ich gesagt hatte.“

„Und Ihr Gefängniswagen?“, sagte Ganimard, der Frage ausweichend.

„Ein Bluff! Einige meiner Freunde haben den alten, unbenutzten Wagen sichergestellt und wollten einen Versuch machen. Aber ich hielt es für undurchführbar, ohne das Zusammentreffen einer Reihe von ungewöhnlichen Umständen. Dennoch hielt ich es für sinnvoll, diesen Fluchtversuch durchzuführen und ihm die größtmögliche Publizität zu verschaffen. Eine kühn geplante Flucht, wenn auch nicht vollendet, gab der folgenden allein durch die Vorwegnahme den Charakter der Wirklichkeit.“

„So, dass die Zigarre... "

„Von mir selbst ausgehöhlt, ebenso wie das Messer.“

„Und die Briefe?“

„Von mir geschrieben.“

„Und der mysteriöse Korrespondent?“

„Existierte nicht.“

Ganimard dachte einen Moment nach und sagte dann:

„Als der anthropometrische Dienst den Fall Baudru untersuchte, warum erkannte er nicht, dass seine Maße mit denen von Arsène Lupin übereinstimmten?“

„Meine Maße sind nicht vorhanden.“

„In der Tat!“

„Zumindest sind sie falsch. Ich habe mich eingehend mit dieser Frage befasst. In erster Linie erfasst das Bertillon-System[6] die sichtbaren Erkennungsmerkmale - und Sie haben gesehen, dass diese nicht unfehlbar sind - und danach die Maße des Kopfes, der Finger, der Ohren usw. Natürlich sind solche Messungen mehr oder weniger unfehlbar.“

„Unbedingt.“

„Nein; aber es kostet Geld, sie zu umgehen. Bevor wir Amerika verließen, nahm einer der Angestellten des dortigen Dienstes viel Geld an, um

[6] Die Bertillon-System, auch Bertillonage genannt, ist ein von Alphonse Bertillon entwickeltes anthropometrisches System zur Identifizierung von Personen mit Hilfe von Körpermaßen und ist ein frühes biometrisches Erkennungsverfahren. Bertillon war Chef des polizeilichen Erkennungsdienstes in Paris.

falsche Zahlen in meine Messungen einzufügen. Folglich sollten die Maße von Baudru nicht mit denen von Arsène Lupin übereinstimmen."

Nach einem kurzen Schweigen fragte Ganimard:

„Was werden Sie jetzt tun?"

„Nun", antwortete Lupin, „ich werde mich ausruhen, das beste Essen und Trinken genießen und allmählich meinen früheren gesunden Zustand wiedererlangen. Es ist schön und gut, sich gelegentlich in Baudru oder eine andere Person zu verwandeln und seine Persönlichkeit wie sein Hemd zu wechseln, aber man wird der Veränderung bald überdrüssig. Ich fühle mich genauso, wie ich mir vorstelle, dass der Mann, der seinen Schatten verloren hat, sich gefühlt haben muss, und ich werde froh sein, wieder Arsène Lupin zu sein."

Er ging ein paar Minuten hin und her, dann blieb er vor Ganimard stehen und sagte:

„Sie haben nichts mehr zu sagen, nehme ich an?"

„Doch. Ich wüsste gern, ob Sie beabsichtigen, den wahren Sachverhalt zu enthüllen, der mit Ihrer Flucht zusammenhängt. Der Fehler, den ich gemacht habe ... "

„Oh! Niemand wird je erfahren, dass es Arsène Lupin war, der entlassen wurde. Es liegt in meinem eigenen Interesse, mich mit Geheimnissen zu umgeben, und deshalb werde ich zulassen, dass meine Flucht ihren fast wundersamen Charakter behält. Haben Sie also keine Angst, mein lieber Freund. Ich werde nichts sagen. Und nun, auf Wiedersehen. Ich gehe heute Abend zum Essen aus und habe nur genügend Zeit, mich umzuziehen."

„Ich dachte, Sie wollten sich ausruhen."

„Ah! Es gibt gesellschaftliche Pflichten, denen man nicht ausweichen kann. Morgen werde ich mich ausruhen."

„Wo speisen Sie heute Abend?"

„In der britischen Botschaft!"

IV. Der geheimnisvolle Reisende

Am Abend zuvor hatte ich mein Automobil auf der Autobahn nach Rouen geschickt. Ich sollte mit dem Zug nach Rouen fahren, auf dem Weg einige Freunde besuchen, die am Ufer der Seine wohnen.

In Paris, wenige Minuten bevor der Zug losfuhr, betraten sieben Herren mein Abteil; fünf von ihnen rauchten. Egal, dass die Reise kurz war, der Gedanke, mit einer solchen Gesellschaft zu reisen, gefiel mir nicht, zumal der Wagen nach dem alten Modell gebaut war, ohne Gang. Ich nahm meinen Mantel, meine Zeitungen und meinen Fahrplan und suchte Zuflucht in einem benachbarten Abteil.

Es war von einer Dame besetzt, die bei meinem Anblick eine Geste der Verärgerung machte, die mir nicht entging, und sie beugte sich zu einem Herrn vor, der auf dem Trittbrett stand und zweifellos ihr Mann war. Der Herr musterte mich eingehend, und offenbar missfiel ihm meine Erscheinung nicht, denn er lächelte, während er mit seiner Frau sprach, wie einer, der ein verängstigtes Kind beruhigt. Sie lächelte auch und warf mir einen freundlichen Blick zu, als ob sie nun verstand, dass ich einer jener galanten Männer war, mit denen eine Frau zwei Stunden lang in einer kleinen Kiste von sechs Fuß im Quadrat eingesperrt bleiben kann und nichts zu befürchten hat.

Ihr Mann sagte zu ihr:

„Ich habe einen wichtigen Termin, meine Liebe, und kann nicht länger warten. Adieu."

Er küsste sie zärtlich und ging weg. Seine Frau warf ihm noch ein paar Küsse zu und winkte mit ihrem Taschentuch. Der Pfiff ertönte, und der Zug fuhr los.

Genau in diesem Moment und trotz der Proteste der Angestellten wurde die Tür geöffnet, und ein Mann stürmte in unser Abteil. Meine Begleiterin, die stand und ihr Gepäck ordnete, stieß einen Schreckensschrei aus und fiel auf den Sitz. Ich bin kein Feigling, ganz im Gegenteil, aber ich gebe zu, dass solche Eindringlinge in letzter Minute immer beunruhigend sind. Sie wirken ungewöhnlich und verdächtig.

Die Erscheinung des Neuankömmlings änderte jedoch den ungünstigen Eindruck, den sein überstürztes Handeln hervorgerufen hatte, erheblich.

Er war korrekt und elegant gekleidet, trug eine geschmackvolle Krawatte, korrekte Handschuhe, und sein Gesicht war fein und intelligent. Aber wo, zum Teufel, hatte ich dieses Gesicht schon einmal gesehen? Denn ich hatte es zweifelsohne gesehen. Und doch war die Erinnerung daran so vage und undeutlich, dass ich fühlte, dass es sinnlos wäre, zu versuchen, es zu diesem Zeitpunkt wieder ins Gedächtnis zu rufen.

Als ich dann meine Aufmerksamkeit auf die Dame richtete, war ich erstaunt über die Blässe und Angst, die ich in ihrem Gesicht sah. Sie schaute ihre Nachbarin - sie saßen auf der gleichen Seite des Abteils - mit einem Ausdruck intensiver Beunruhigung an, und ich bemerkte, dass eine ihrer zitternden Hände langsam zu einer kleinen Reisetasche glitt, die etwa 20 Zentimeter von ihr entfernt auf dem Sitz lag. Schließlich ergriff sie sie und zog sie nervös zu sich heran. Unsere Augen trafen sich, und ich las in den ihren so viel Unruhe und Angst, dass ich mich nicht zurückhalten konnte, sie anzusprechen:

„Sind Sie krank, Madame? Soll ich das Fenster öffnen?"

Ihre einzige Antwort war eine Geste, die zeigte, dass sie Angst vor unserem Begleiter hatte. Ich lächelte, wie es ihr Mann getan hatte, zuckte mit den Schultern und erklärte ihr pantomimisch, dass sie nichts zu befürchten habe, dass ich da sei und der Herr im Übrigen ein sehr harmloser Mensch zu sein scheine. In diesem Moment drehte er sich zu uns um, musterte uns beide von Kopf bis Fuß, ließ sich dann in seiner Ecke nieder und beachtete uns nicht weiter.

Nach einem kurzen Schweigen sagte die Dame, als hätte sie ihre ganze Kraft für eine Verzweiflungstat aufgebracht, mit fast unhörbarer Stimme zu mir:

„Wissen Sie, wer in unserem Zug ist?"

„Wer?"

„Er ... er ... ich versichere Ihnen ... "

„Wer ist er?"

„Arsène Lupin!"

Sie hatte ihren Blick nicht von unserem Begleiter abgewandt, und die Silben dieses beunruhigenden Namens waren eher an ihn als an mich gerichtet. Er zog seinen Hut über sein Gesicht. Wollte er damit seine

Aufregung verbergen, oder wollte er sich einfach nur auf den Schlaf vorbereiten? Dann sagte ich zu ihr:

„Gestern wurde Arsène Lupin in Abwesenheit zu zwanzig Jahren Zuchthaus bei harter Arbeit verurteilt. Es ist daher unwahrscheinlich, dass er heute so unvorsichtig sein wird, sich in der Öffentlichkeit zu zeigen. Außerdem haben die Zeitungen sein Erscheinen in der Türkei seit seiner Flucht aus dem Santé gemeldet."

„Aber er ist doch gerade in diesem Zug", verkündete die Dame mit der offensichtlichen Absicht, von unserem Begleiter gehört zu werden; „mein Mann ist einer der Direktoren im Strafvollzugsdienst, und es war der Bahnhofsvorsteher selbst, der uns sagte, dass nach Arsène Lupin gesucht werde."

„Vielleicht haben sie sich geirrt ... "

„Nein; er wurde im Wartesaal gesehen. Er hat eine Fahrkarte erster Klasse nach *Rouen* gekauft."

„Er ist verschwunden. Die Wache an der Wartesaaltür hat ihn nicht gesehen, und es wird vermutet, dass er in den Express gestiegen ist, der zehn Minuten nach uns abfährt."

„In diesem Fall werden sie ihn sicher erwischen."

„Es sei denn, er ist im letzten Moment aus diesem Zug gesprungen, um hierher zu kommen, in unseren Zug ..., was ziemlich wahrscheinlich ist ..., was fast sicher ist."

„Wenn das der Fall ist, wird er genauso verhaftet werden; denn die Angestellten und Wächter würden zweifellos seinen Übergang von einem Zug zum anderen beobachten, und wenn wir in *Rouen* ankommen, werden sie ihn dort verhaften."

„Er - niemals! Er wird eine Möglichkeit zur Flucht finden."

„In diesem Fall wünsche ich ihm *bon voyage*."

„Aber, in der Zwischenzeit, denken Sie daran, was er tun könnte!"

„Was?"

„Ich weiß es nicht. Er könnte alles tun."

Sie war sehr aufgeregt, und in der Tat rechtfertigte die Situation in gewissem Maße ihre nervöse Aufregung. Ich sah mich gezwungen, ihr zu sagen:

„Natürlich gibt es viele seltsame Zufälle, aber Sie brauchen keine Angst zu haben. Wenn Sie zugeben, dass Arsène Lupin in diesem Zug ist, wird er keine Indiskretion begehen; er wird nur zu glücklich sein, der Gefahr zu entgehen, die ihm bereits droht."

Meine Worte beruhigten sie nicht, aber sie schwieg eine Zeit lang. Ich klappte meine Zeitungen auf und las die Berichte über den Prozess gegen Arsène Lupin, aber da sie nichts enthielten, was für mich neu war, interessierte mich das nicht besonders. Außerdem war ich müde und schläfrig. Ich spürte, wie sich meine Augenlider schlossen und mein Kopf sank.

„Aber, Monsieur, Sie werden doch nicht schlafen!"

Sie ergriff meine Zeitung und schaute mich entrüstet an.

„Gewiss nicht", sagte ich.

„Das wäre sehr unklug."

„Natürlich", stimmte ich ihr zu.

Ich kämpfte darum, wach zu bleiben. Ich schaute durch das Fenster auf die Landschaft und die flüchtigen Wolken, aber in kurzer Zeit wurde all das verworren und undeutlich; das Bild der nervösen Dame und des schläfrigen Herrn wurden aus meinem Gedächtnis getilgt, und ich wurde in die beruhigenden Tiefen eines tiefen Schlafes begraben. Die Ruhe meines Schlafes wurde bald durch beunruhigende Träume gestört, in denen ein Wesen, das eine wichtige Rolle gespielt hatte, den Namen Arsène Lupin trug. Er erschien mir mit wertvollen Gegenständen auf dem Rücken; er sprang über Mauern und plünderte Schlösser. Aber die Umrisse dieses Wesens, das nicht mehr Arsène Lupin war, nahmen eine deutlichere Form an. Es kam auf mich zu, wurde größer und größer, sprang mit unglaublicher Gewandtheit in das Abteil und landete direkt auf meiner Brust. Mit einem Schrei des Schreckens und des Schmerzes wachte ich auf. Der Mann, der Reisende, unser Begleiter, hielt mich mit seinem Knie auf meiner Brust an der Kehle fest.

Meine Sicht war sehr undeutlich, denn meine Augen waren blutüberströmt. Ich konnte die Dame sehen, die in einer Ecke des Abteils stand und vor Schreck zusammenzuckte. Ich versuchte nicht einmal, mich zu wehren. Außerdem hatte ich nicht die Kraft dazu. Meine Schläfen pochten; ich war fast am Ersticken. Noch eine Minute, und ich hätte mein Leben ausgehaucht. Der Mann muss es gemerkt haben, denn er lockerte seinen Griff, nahm aber seine Hand nicht weg. Dann nahm er eine Schnur, in der er einen Schlupfknoten vorbereitet hatte, und band meine Handgelenke zusammen. Im Handumdrehen war ich gefesselt, geknebelt und hilflos.

Gewiss, er führte den Trick mit einer Leichtigkeit und Geschicklichkeit aus, die die Hand eines Meisters verriet; er war zweifellos ein professioneller Dieb. Kein Wort, keine nervöse Bewegung; nur Kühle und Dreistigkeit. Und ich lag da, auf der Bank, gefesselt wie eine Mumie, ich - Arsène Lupin!

Es war alles andere als zum Lachen, und doch, trotz des Ernstes der Situation, schätzte ich den Humor und die Ironie, die sie mit sich brachte. Arsène Lupin, ergriffen und gefesselt wie ein Novize! Ausgeraubt, als wäre ich ein einfacher Bauer - denn, Sie müssen verstehen, der Schurke hatte mich meines Geldbeutels und meiner Brieftasche beraubt! Arsène Lupin, ein Opfer, betrogen, besiegt ... was für ein Abenteuer!

Die Dame bewegte sich nicht. Er bemerkte sie nicht einmal. Er begnügte sich damit, ihre zu Boden gefallene Reisetasche aufzuheben und die darin enthaltenen Juwelen, den Geldbeutel und den Gold- und Silberschmuck zu entnehmen. Die Dame öffnete die Augen, zitterte vor Angst, zog die Ringe von ihren Fingern und reichte sie dem Mann, als wolle sie ihm unnötige Mühe ersparen. Er nahm die Ringe und sah sie an. Sie fiel in Ohnmacht.

Dann setzte er sich in aller Ruhe wieder auf seinen Platz, zündete sich eine Zigarette an und untersuchte den erworbenen Schatz. Die Untersuchung schien ihn vollkommen zufrieden zu stellen.

Aber ich war nicht so sehr zufrieden. Ich spreche nicht von den zwölftausend Franken, die mir zu Unrecht entzogen worden waren: das war nur ein vorübergehender Verlust, denn ich war sicher, dass ich dieses Geld nach kurzer Zeit wieder in Besitz nehmen würde, zusammen mit den wichtigen Papieren, die in meiner Brieftasche enthalten waren: Pläne, Spezifikationen, Adressen, Korrespondentenlisten und kompromittierende Briefe. Aber im Moment beschäftigte mich eine viel dringendere und ernstere Frage: Wie würde diese Affäre enden? Was würde das Ergebnis dieses Abenteuers sein?

Wie Sie sich vorstellen können, ist mir der Aufruhr, den mein Durchgang durch den Bahnhof Saint-Lazare verursachte, nicht entgangen. Da ich Freunde besuchte, die mich unter dem Namen Guillaume Berlat kannten und unter denen meine Ähnlichkeit mit Arsène Lupin Gegenstand vieler unschuldiger Scherze war, konnte ich mich nicht verkleiden, und meine Anwesenheit war bemerkt worden. Es stand also außer Frage, dass der Polizeipräsident von *Rouen*, der telegrafisch benachrichtigt worden war und von zahlreichen Agenten unterstützt wurde, den Zug erwarten, alle verdächtigen Passagiere befragen und die Waggons durchsuchen würde.

Natürlich hatte ich das alles vorausgesehen, aber es hatte mich nicht beunruhigt, da ich sicher war, dass die Polizei von Rouen nicht schlauer sein würde als die Polizei von Paris und dass ich der Erkennung entgehen könnte; würde es nicht genügen, meine Karte als „Abgeordneter", dank der ich dem Pförtner von Saint-Lazare volles Vertrauen eingeflößt hatte, achtlos vorzuzeigen? – Aber die Situation hatte sich sehr verändert. Ich war nicht mehr frei. Es war unmöglich, einen meiner üblichen Tricks zu versuchen. In einem der Abteile würde der Kommissar der Polizei Monsieur Arsène Lupin, an Händen und Füßen gefesselt, fügsam wie ein Lamm, verpackt, bereit, in einen Gefängniswagen verfrachtet zu werden. Er hätte das Paket einfach entgegennehmen müssen, so als wäre es eine Ware oder ein Korb mit Obst und Gemüse. Doch was konnte ich tun, um dieses schändliche Ende zu vermeiden - gefesselt und geknebelt, wie ich war? Und der Zug raste weiter in Richtung *Rouen*, der nächsten und einzigen Station.

Es stellte sich ein anderes Problem, an dem ich weniger interessiert war, dessen Lösung aber meine berufliche Neugier weckte. Was waren die Absichten meines schurkischen Begleiters? Natürlich, wenn ich allein gewesen wäre, hätte er bei unserer Ankunft in *Rouen* langsam und furchtlos den Wagen verlassen können. Aber die Dame? Sobald die Tür des Abteils geöffnet werden sollte, würde die Dame, die jetzt so ruhig und bescheiden war, schreien und um Hilfe rufen. Das war das Dilemma, das mich verblüffte! Warum hatte er sie nicht in einen ähnlichen hilflosen Zustand versetzt wie mich? Das hätte ihm reichlich Zeit gegeben, zu verschwinden, bevor sein doppeltes Verbrechen entdeckt wurde.

Er rauchte immer noch, den Blick auf das Fenster gerichtet, das nun von Regentropfen beschmiert wurde. Einmal drehte er sich um, nahm meinen Zeitplan in die Hand und begutachtete ihn.

Die Dame musste eine anhaltende Bewusstlosigkeit vortäuschen, um den Feind zu täuschen. Aber Hustenanfälle, hervorgerufen durch den Rauch, enthüllten ihren wahren Zustand. Was mich betrifft, so fühlte ich mich sehr unwohl und war sehr müde. Und ich dachte nach und schmiedete Pläne.

Der Zug raste weiter, fröhlich, berauscht von seiner eigenen Geschwindigkeit.

In diesem Moment erhob sich der Mann und machte zwei Schritte auf uns zu, woraufhin die Dame einen Schreckensschrei ausstieß und in eine echte Ohnmacht fiel. Was wollte der Mann nun tun? Er ließ das Fenster auf unserer Seite herunter. Es regnete nun heftig, und der Mann drückte mit einer Geste seinen Ärger darüber aus, dass er weder einen Regenschirm noch einen Mantel hatte. Er warf einen Blick auf die Ablage. Der Schirm der Dame lag dort. Er nahm ihn. Er nahm auch meinen Mantel und zog ihn an.

Wir überquerten nun die Seine. Er krempelte die Hosenbeine hoch, beugte sich dann vor und hob den äußeren Riegel der Tür an. Wollte er sich auf die Gleise stürzen? Bei dieser Geschwindigkeit wäre es der sofortige Tod gewesen. Wir kamen nun in einen Tunnel. Der Mann öffnete die Tür halb und stellte sich auf die obere Stufe. Was für ein Wahnsinn! Die Dunkelheit, der Rauch, der Lärm, all das gab seinem Tun einen fantastischen Anschein. Doch plötzlich verringerte der Zug seine Geschwindigkeit. Einen Moment später erhöhte er seine Geschwindigkeit, um dann wieder langsamer zu werden. Wahrscheinlich wurden in diesem Teil des Tunnels Reparaturen durchgeführt, die die Züge dazu zwangen, ihre Geschwindigkeit zu verringern, und der Mann war sich dieser Tatsache bewusst. Er stieg auf die untere Stufe, schloss die Tür hinter sich und sprang. Schon war er weg.

Die Dame kam sofort wieder zu Verstand, und ihre erste Handlung war, den Verlust ihrer Juwelen zu beklagen. Ich warf ihr einen flehenden Blick zu. Sie verstand und entfernte schnell den Knebel, der mich betäubte. Sie wollte die Schnüre lösen, die mich fesselten, aber ich hinderte sie daran.

„Nein, nein, die Polizei muss alles genau so sehen, wie es steht. Ich will, dass sie sehen, was der Schuft mit uns gemacht hat."

„Und wenn ich die Alarmglocke ziehe?"

„Zu spät. Das hätten Sie tun sollen, als er mich angegriffen hat."

„Aber er hätte mich umgebracht. Ah! Monsieur, sagte ich nicht, dass er in diesem Zug war? Ich erkannte ihn an seinem Porträt. Und jetzt ist er mit meinen Juwelen verschwunden."

„Machen Sie sich keine Sorgen. Die Polizei wird ihn fangen."

„Arsène Lupin fangen! Niemals."

„Das hängt von Ihnen ab, Madame. Hören Sie. Wenn wir in *Rouen* ankommen, stehen Sie vor der Tür und rufen. Machen Sie ein Geräusch. Die Polizei und die Bahnbeamten werden kommen. Erzählen Sie, was Sie gesehen haben: den Überfall auf mich und die Flucht von Arsène Lupin. Geben Sie eine Beschreibung von ihm – weicher Hut, Schirm – Ihrer – grauer Mantel ..."

„Ihren", sagte sie.

„Was! Meiner? Ganz und gar nicht. Es war seiner. Ich hatte gar keinen."

„Mir scheint, er hatte keinen, als er hereinkam."

„Ja, ja ... es sei denn, es handelte sich um einen Mantel, den jemand vergessen und in der Ablage gelassen hatte. Auf jeden Fall hatte er ihn, als er wegging, und das ist der wesentliche Punkt. Ein grauer Mantel - erinnern Sie sich! ... Ah! Ich vergaß. Sie müssen als Erstes Ihren Namen sagen. Die offizielle Position Ihres Mannes wird den Eifer der Polizei anregen."

Wir kamen am Bahnhof an. Ich gab ihr in einem ziemlich herrischen Ton noch einige Anweisungen:

„Sagen Sie ihnen meinen Namen - Guillaume Berlat. Wenn nötig, sagen Sie, dass Sie mich kennen. Das wird Zeit sparen. Wir müssen die Voruntersuchung beschleunigen. Das Wichtigste ist die Verfolgung von Arsène Lupin. Ihre Juwelen, denken Sie daran! Es soll kein Missverständnis geben. Guillaume Berlat, ein Freund Ihres Mannes."

„Ich verstehe ... Guillaume Berlat."

Schon rief und gestikulierte sie. Sobald der Zug anhielt, betraten mehrere Männer das Abteil. Der kritische Moment war gekommen.

Nach Luft ringend, rief die Dame aus:

„Arsène Lupin ... er hat uns überfallen ... er hat meinen Schmuck gestohlen ... ich bin Madame Renaud ... mein Mann ist Direktor des Strafvollzugs ... Ah! Hier ist mein Bruder, Georges Ardelle, Direktor der *Crédit Rouennais* ... Sie müssen wissen ... "

Sie umarmte einen jungen Mann, der sich gerade zu uns gesellt hatte, und den der Kommissar begrüßte. Dann fuhr sie weinend fort:

„Ja, Arsène Lupin ... hat Monsieur, während er schlief, an der Kehle gepackt ... Monsieur Berlat, ein Freund meines Mannes."

Der Polizeipräsident fragte:

„Aber wo ist Arsène Lupin?"

„Er ist aus dem Zug gesprungen, als er durch den Tunnel fuhr."

„Sind Sie sicher, dass er es war?"

„Ich bin mir sicher! Ich habe ihn genau erkannt. Außerdem wurde er am Bahnhof Saint-Lazare gesehen. Er trug einen weichen Hut ... "

„Nein, einen harten Filz, so einen", sagte der Kommissar und deutete auf meinen Hut.

„Er hatte einen weichen Hut, ganz sicher", wiederholte Madame Renaud, „und einen grauen Mantel."

„Ja, das stimmt", antwortete der Kommissar, "im Telegramm steht, dass er einen grauen Mantel mit einem schwarzen Samtkragen trug."

„Genau, ein schwarzer Samtkragen", rief Madame Renaud triumphierend aus.

Ich konnte frei durchatmen. Was für einen ausgezeichneten Freund ich in dieser kleinen Frau hatte.

Die Polizeiagenten hatten mich nun freigelassen. Ich biss mir auf die Lippen, bis sie blutig waren. Ich beugte mich vor, hielt mir ein Taschentuch vor den Mund – eine ganz natürliche Haltung bei einer Person, die lange in einer unbequemen Position verharrt hat und deren Mund die blutigen Spuren des Knebels zeigt – und wandte mich mit schwacher Stimme an den Kommissar:

„Monsieur, es war Arsène Lupin. Daran gibt es keinen Zweifel. Wenn wir uns beeilen, kann er noch gefasst werden. Ich denke, ich kann Ihnen behilflich sein."

Der Waggon, in dem sich das Verbrechen ereignet hatte, wurde vom Zug abgetrennt, um bei der offiziellen Untersuchung als stummer Zeuge zu dienen. Der Zug setzte seine Fahrt nach *Havre* fort. Wir wurden dann durch eine Menge neugieriger Zuschauer zum Büro des Bahnhofsvorstehers geführt.

Dann kamen mir Zweifel. Unter irgendeinem Vorwand musste ich mein Auto holen und fliehen. Es war gefährlich, hier zu bleiben. Es könnte etwas passieren, zum Beispiel ein Telegramm aus Paris, und ich wäre verloren.

Ja, aber was ist mit meinem Dieb? Auf mich allein gestellt, an einem fremden Ort, konnte ich nicht hoffen, ihn zu fangen.

„Bah! Ich muss es versuchen", sagte ich zu mir. "Es mag ein schwieriges Spiel sein, aber es ist amüsant, und der Einsatz ist die Mühe wert."

Und als der Kommissar uns aufforderte, die Geschichte des Raubes zu wiederholen, rief ich aus:

„Monsieur, wirklich, Arsène Lupin ist uns zuvorgekommen. Mein Automobil wartet im Innenhof. Wenn Sie so freundlich wären, es zu benutzen, können wir versuchen ... "

Der Kommissar lächelte und erwiderte:

„Die Idee ist gut, so gut, dass sie bereits in die Tat umgesetzt wird. Zwei meiner Männer haben sich mit Fahrrädern auf den Weg gemacht. Sie sind schon seit einiger Zeit weg."

„Wo sind sie hin?"

„Zum Eingang des Tunnels. Dort werden sie Beweise sammeln, Zeugen sichern und sich auf die Spur von Arsène Lupin begeben."

Ich konnte es mir nicht verkneifen, mit den Schultern zu zucken, als ich antwortete:

„Ihre Männer werden keine Beweise oder Zeugen sichern."

„Wirklich?“

„Arsène Lupin wird nicht zulassen, dass ihn jemand aus dem Tunnel kommen sieht. Er wird die erste Straße nehmen ... “

„Nach *Rouen*, wo wir ihn verhaften werden.“

„Er wird nicht nach *Rouen* fahren.“

„Dann wird er in der Nähe bleiben, wo seine Festnahme noch sicherer ist.“

„Er wird nicht in der Nähe bleiben.“

„Oh! Oh! Und wo wird er sich verstecken?“

Ich schaute auf meine Uhr und sagte:

„In diesem Augenblick treibt sich Arsène Lupin am Bahnhof von *Darnétal* herum. Um zehn Uhr fünfzig, also in zweiundzwanzig Minuten, wird er den Zug nehmen, der von *Rouen* nach *Amiens* fährt.“

„Glauben Sie das? Woher wissen Sie das?“

„Oh! Es ist ganz einfach. Während wir im Wagen saßen, hat Arsène Lupin meine Zugpläne angesehen. Warum hat er das getan? Gab es nicht weit von der Stelle, an der er verschwand, eine andere Bahnstrecke, einen Bahnhof an dieser Strecke und einen Zug, der an diesem Bahnhof hielt? Als ich in meinen Zugplänen nachsah, stellte ich fest, dass dies der Fall war."

„Wirklich, Monsieur“, sagte der Kommissar, „das ist eine wunderbare Folgerung. Ich gratuliere Ihnen zu Ihrem Geschick.“

Ich war nun überzeugt, dass ich einen Fehler gemacht hatte, als ich so viel Cleverness an den Tag legte. Der Kommissar betrachtete mich mit Erstaunen, und ich glaubte, ein leichter Verdacht sei in sein offizielles Gemüt eingedrungen ... aber die von der Polizeibehörde verbreiteten Photographien waren zu unvollkommen; sie zeigten einen Arsène Lupin, der sich so sehr von dem unterschied, den er vor sich hatte, dass er mich unmöglich daran erkennen konnte. Aber trotzdem war er besorgt, verwirrt und unruhig.

„Mein Gott! nichts regt den Verstand so sehr an, wie der Verlust einer Brieftasche und der Wunsch, sie wiederzuerlangen. Und es scheint mir, dass, wenn Sie mir zwei Ihrer Männer geben, wir in der Lage sein werden ..."

„Oh! Ich flehe Sie an, Monsieur Kommissar", rief Madame Renaud, „hören Sie auf Monsieur Berlat."

Die Intervention meiner ausgezeichneten Freundin war entscheidend. Von ihr, der Frau eines einflussreichen Beamten, ausgesprochen, wurde der Name Berlat wirklich mein eigener und gab mir eine Identität, die kein bloßer Verdacht beeinträchtigen konnte. Der Kommissar erhob sich und sagte:

„Glauben Sie mir, Monsieur Berlat, ich freue mich, wenn Sie Erfolg haben. Ich bin ebenso wie Sie an der Verhaftung von Arsène Lupin interessiert."

Er begleitete mich zum Automobil und stellte mir zwei seiner Männer vor, Honoré Massol und Gaston Delivet, die mir zur Seite stehen sollten. Mein Chauffeur kurbelte den Wagen an, und ich nahm meinen Platz am Steuer ein. Ein paar Sekunden später verließen wir den Bahnhof. Ich war gerettet.

Ich muss gestehen, dass ich beim Rollen über die Boulevards, die die alte normannische Stadt umgaben, in meinem schnellen, fünfunddreißig PS starken *Moreau-Lepton* ein tiefes Gefühl von Stolz empfand, und der Motor reagierte wohlwollend auf meine Freude. Rechts und links flogen die Bäume mit verblüffender Schnelligkeit an uns vorbei, und ich, frei, außer Gefahr, musste lediglich meine kleinen persönlichen Angelegenheiten mit den beiden ehrlichen Vertretern der Polizei von *Rouen* regeln, die hinter mir saßen. Arsène Lupin war auf der Suche nach Arsène Lupin!

Bescheidene Hüter der gesellschaftlichen Ordnung - Gaston Delivet und Honoré Massol - wie wertvoll war Ihre Hilfe! Was hätte ich ohne Sie getan? Ohne Sie hätte ich an vielen Kreuzungen den falschen Weg eingeschlagen! Ohne Sie hätte Arsène Lupin einen Fehler gemacht, und der andere wäre entkommen!

Aber das Ende war noch nicht gekommen. Weit gefehlt. Ich musste noch den Dieb fassen und die gestohlenen Papiere zurückholen. Unter keinen Umständen durften meine beiden Gefolgsleute die Papiere sehen, geschweige denn an sich nehmen. Das war ein Punkt, der mir einige Schwierigkeiten bereiten könnte.

Wir erreichten *Darnétal* drei Minuten nach Abfahrt des Zuges. Ich hatte zwar den Trost zu erfahren, dass ein Mann, der einen grauen Mantel mit schwarzem Samtkragen trug, den Zug am Bahnhof genommen hatte. Er hatte eine Fahrkarte zweiter Klasse nach *Amiens* gekauft. Gewiss, mein Debüt als Polizist war vielversprechend.

Delivet sagte zu mir:

„Der Zug ist ein Schnellzug, und der nächste Halt ist *Montérolier-Buchy* in neunzehn Minuten. Wenn wir dort nicht vor Arsène Lupin ankommen, kann er nach *Amiens* weiterfahren oder in den Zug nach *Clères* umsteigen und von dort aus *Dieppe* oder Paris erreichen."

„Wie weit ist es bis *Montérolier*?"

„Dreiundzwanzig Kilometer."

„Dreiundzwanzig Kilometer in neunzehn Minuten ... Wir werden vor ihm dort sein."

Wir waren wieder unterwegs! Noch nie hatte mein treuer *Moreau-Lepton* mit solcher Inbrunst und Regelmäßigkeit auf meine Ungeduld reagiert. Er nahm Anteil an meiner Unruhe. Er unterstützte meine Entschlossenheit. Er verstand meine Feindseligkeit gegenüber diesem schurkischen Arsène Lupin. Der Schurke! Der Verräter!

„Fahr nach rechts", rief Delivet, „dann nach links."

Wir flogen förmlich und berührten kaum den Boden. Die Meilensteine sahen aus wie kleine, ängstliche Biester, die bei unserer Annäherung verschwanden. Plötzlich sahen wir an einer Kurve der Straße einen Rauchwirbel. Es war der Northern Express. Einen Kilometer lang war es ein Kampf, Seite an Seite, aber ein ungleicher Kampf, bei dem das Ergebnis feststand. Wir gewannen das Rennen mit zwanzig Längen.

In drei Sekunden waren wir auf dem Bahnsteig und standen vor den Waggons der zweiten Klasse. Die Türen wurden geöffnet, und einige Passagiere stiegen aus, aber nicht mein Dieb. Wir durchsuchten die Abteile. Keine Spur von Arsène Lupin.

"Himmelherrgott!" – Ich rief: „Er muss mich im Automobil erkannt haben, als wir Seite an Seite fuhren, und er sprang aus dem Zug."

„Ah! Da ist er jetzt! Er überquert die Gleise."

Ich nahm die Verfolgung des Mannes auf, gefolgt von meinen beiden Gefolgsleuten, oder besser gesagt, von einem von ihnen, denn der andere, Massol, erwies sich als ein Läufer von außergewöhnlicher Geschwindigkeit und Ausdauer. In wenigen Augenblicken machte er viel Strecke zum Flüchtenden gut. Der Mann bemerkte es, sprang über eine Hecke, huschte über eine Wiese und betrat ein dichtes Wäldchen. Als wir dieses Gehölz erreichten, wartete Massol auf uns. Er ging nicht weiter, aus Angst, uns zu verlieren.

„Ganz recht, mein lieber Freund", sagte ich. „Nach einem solchen Lauf muss unser Opfer außer Atem sein. Wir werden ihn jetzt einholen."

Ich untersuchte die Umgebung mit dem Gedanken, bei der Verhaftung des Flüchtigen allein vorzugehen, um meine Papiere wiederzubekommen, über die die Behörden zweifellos viele unangenehme Fragen stellen würden. Dann kehrte ich zu meinen Begleitern zurück und sagte:

„Es ist alles ganz einfach. Du, Massol, nimmst deinen Platz auf der linken Seite ein, du, Delivet, auf der rechten. Von dort aus können Sie die gesamte hintere Linie des Wäldchens beobachten, und er kann nicht entkommen, ohne dass Sie ihn sehen, außer durch diese Lücke, und ich werde sie beobachten. Wenn er nicht freiwillig herauskommt, werde ich hineingehen und ihn zu dem einen oder dem anderen von euch hinausjagen. Ihr müsst nur warten. Ah! Ich vergaß: für den Fall, dass ich Sie brauche, einen Pistolenschuss."

Massol und Delivet gingen zu ihren jeweiligen Posten. Sobald sie verschwunden waren, betrat ich den Hain mit der größten Vorsicht, um weder gesehen noch gehört zu werden. Ich stieß auf dichtes Gestrüpp, durch das schmale Pfade geschnitten worden waren, aber die überhängenden Äste zwangen mich, eine gebückte Haltung einzunehmen. Einer dieser Pfade führte zu einer Lichtung, auf der ich Schritte auf dem nassen Gras entdeckte. Ich folgte ihnen; sie führten mich an den Fuß eines Hügels, auf dem eine verlassene, baufällige Hütte stand.

„Dort muss er sein", sagte ich zu mir. „Es ist ein gut gewählter Rückzugsort."

Vorsichtig schlich ich mich an die Seite des Gebäudes. Ein leises Geräusch verriet mir, dass er dort war, und dann sah ich ihn durch eine Öffnung. Sein Rücken war mir zugewandt. In zwei Schritten war ich bei ihm. Er versuchte, einen Revolver abzufeuern, den er in der Hand hielt. Aber er hatte keine Zeit. Ich warf ihn zu Boden, und zwar so, dass seine Arme unter ihm lagen, verdreht und hilflos, während ich ihn mit dem Knie auf seiner Brust festhielt.

„Hör zu, mein Junge", flüsterte ich ihm ins Ohr. „Ich bin Arsène Lupin. Du händigst mir sofort und in aller Form meine Brieftasche und die Juwelen der Dame aus, und dafür werde ich dich vor der Polizei retten und dich in meinen Freundeskreis aufnehmen. Ein Wort: ja oder nein?"

„Ja", murmelte er.

„Sehr gut. Ihre Flucht heute Morgen war gut geplant. Ich gratuliere Ihnen."

Ich erhob mich. Er fummelte in seiner Tasche, zog ein großes Messer heraus und versuchte, mich damit zu schlagen.

„Schwachkopf!" rief ich aus.

Mit einer Hand parierte ich den Angriff, mit der anderen versetzte ich ihm einen scharfen Schlag auf die Halsschlagader. Er fiel – betäubt!

In meiner Brieftasche fand ich meine Papiere und Geldscheine. Aus Neugierde nahm ich seine. Auf einem Umschlag, der an ihn adressiert war, las ich seinen Namen: Pierre Onfrey. Das erschreckte mich. Pierre Onfrey, der Mörder aus der *Rue Lafontaine* in *Auteuil*! Pierre Onfrey, der die Kehlen von Madame Delbois und ihren beiden Töchtern durchgeschnitten hatte. Ich beugte mich über ihn. Ja, das waren die Züge, die im Abteil die Erinnerung an ein Gesicht in mir wachgerufen hatten, an das ich mich damals nicht erinnern konnte.

Aber die Zeit verging. Ich steckte zwei 100-Franc-Scheine in einen Umschlag, zusammen mit einer Karte, auf der stand: „Arsène Lupin an seine werten Kollegen Honoré Massol und Gaston Delivet, als kleines Zeichen seiner Dankbarkeit."

Ich legte sie an einen gut sichtbaren Platz im Zimmer, wo sie sie sicher finden würden. Daneben stellte ich Madame Renauds Handtasche. Warum konnte ich sie der Dame, die sich mit mir angefreundet hatte, nicht zurückgeben? Ich muss gestehen, dass ich alles, was von Interesse oder Wert war, aus ihr genommen hatte. Aber, wissen Sie, Geschäft ist Geschäft. Und dann, wirklich, ihr Mann übt einen so unehrenhaften Beruf aus!

Der Mann kam zu sich. Was sollte ich tun? Ich konnte ihn weder retten noch verurteilen. Also nahm ich seinen Revolver und gab einen Schuss in die Luft ab.

„Die beiden anderen werden kommen und sich um seinen Fall kümmern", sagte ich zu mir selbst, während ich auf dem Weg aus dem Wald davon eilte. Zwanzig Minuten später saß ich in meinem Automobil.

Um vier Uhr telegrafierte ich meinen Freunden in *Rouen*, dass ein unerwartetes Ereignis mich daran hindern würde, meinen versprochenen Besuch zu machen. Unter uns gesagt, in Anbetracht dessen, was meine Freunde jetzt wissen müssen, ist mein Besuch auf unbestimmte Zeit verschoben. Eine grausame Enttäuschung für sie!

Um sechs Uhr war ich in Paris. Die Abendzeitungen informierten mich, dass Pierre Onfrey endlich gefangen genommen worden war.

Am nächsten Tag - verachten wir nicht die Vorteile einer geschickten Werbung - veröffentlichte das *Echo de France* folgende Sensationsmeldung:

„Gestern gelang Arsène Lupin in der Nähe von *Buchy*, nach zahlreichen aufregenden Zwischenfällen, die Verhaftung von Pierre Onfrey. Der Mörder aus der Rue Lafontaine hatte Madame Renaud, die Frau des Direktors im Strafvollzug, in einem Eisenbahnwaggon auf der Strecke Paris-Havre ausgeraubt. Arsène Lupin gab Madame Renaud die Handtasche zurück, in der sich ihre Juwelen befanden, und entschädigte großzügig die beiden Polizisten, die ihm bei dieser dramatischen Verhaftung geholfen hatten."

V. Das Collier der Königin

Zwei- oder dreimal im Jahr, bei Anlässen von außergewöhnlicher Bedeutung, wie den Bällen in der österreichischen Botschaft oder den Soireen von Lady Billingstone, trug die Gräfin de Dreux-Soubise auf ihren weißen Schultern das "Collier der Königin".

Es war in der Tat das berühmte Collier, das legendäre Collier, das die Hofjuweliere Böhmer und Bossange für Madame Du Barry angefertigt hatten; das wahre Collier, das der Kardinal de Rohan-Soubise Marie-Antoinette, der Königin von Frankreich, zu schenken beabsichtigte; und dasselbe, das die Abenteurerin Jeanne de Valois, Gräfin de la Motte, eines Abends im Februar 1785 mit Hilfe ihres Mannes und ihres Komplizen, Rétaux de Villette, in Stücke gerissen hatte.

Um die Wahrheit zu sagen, war allein die Halterung authentisch. Rétaux de Villette hatte sie behalten, während der Graf de la Motte und seine Frau die von Böhmer so sorgfältig ausgesuchten schönen Steine in alle Winde verstreuten. Später verkaufte er die Fassung an Gaston de Dreux-Soubise, Neffe und Erbe des Kardinals, der die wenigen Diamanten, die im Besitz des englischen Juweliers Jeffreys verblieben waren, zurückkaufte, sie mit anderen Steinen gleicher Größe, aber von viel geringerer Qualität ergänzte und so das wunderbare Collier wieder in die Form brachte, in der es aus den Händen von Böhmer und Bossange gekommen war.

Fast ein Jahrhundert lang war das Haus Dreux-Soubise stolz auf den Besitz dieses historischen Juwels gewesen. Obwohl widrige Umstände ihr Vermögen stark reduziert hatten, zogen sie es vor, ihre Haushaltsausgaben zu kürzen, anstatt sich von diesem Relikt des Königtums zu trennen. Vor allem der jetzige Graf klammerte sich daran wie ein Mann an das Haus seiner Vorfahren. Vorsichtshalber hatte er bei der *Crédit Lyonnais* ein Bankschließfach gemietet, in dem er es aufbewahrte. Er selbst holte es am Nachmittag des Tages, an dem seine Frau es tragen wollte, und er selbst trug es am nächsten Morgen zurück.

An diesem Abend, beim Empfang im *Palais de Castille*, hatte die Gräfin einen bemerkenswerten Erfolg, und König Christian, zu dessen Ehren das Fest stattfand, lobte ihre Anmut und Schönheit. Die tausend Facetten des Diamanten funkelten und leuchteten wie Feuerflammen um ihren wohlgeformten Hals und ihre Schultern, und man kann mit Sicherheit sagen, dass niemand außer ihr das Gewicht eines solchen Ornaments mit so viel Leichtigkeit und Anmut hätte tragen können.

Dies war ein doppelter Triumph, und der Graf de Dreux war hocherfreut, als sie in ihre Kammer im alten Haus des Faubourg Saint-Germain zurückkehrten. Er war stolz auf seine Frau und vielleicht ebenso stolz auf das Collier, das seinem edlen Haus seit Generationen zusätzlichen Glanz verliehen hatte. Auch seine Frau betrachtete das Collier mit einer fast kindlichen Eitelkeit, und nicht ohne Bedauern nahm sie es von ihren Schultern und reichte es ihrem Mann, der es so leidenschaftlich bewunderte, als hätte er es nie zuvor gesehen. Dann legte er es in sein Etui aus rotem Leder, das mit dem Wappen des Kardinals versehen war, und ging in ein angrenzendes Zimmer, das lediglich eine von ihrem Gemach abgetrennte Nische oder ein Kabinett war, das nur durch eine Tür am Fußende ihres Bettes betreten werden konnte. Wie schon bei früheren Gelegenheiten versteckte er es auf einem hohen Regal zwischen Hutschachteln und Wäschestapeln. Er schloss die Tür und zog sich zurück.

Am nächsten Morgen stand er gegen neun Uhr auf, da er vor dem Frühstück zur *Crédit Lyonnais* gehen wollte. Er zog sich an, trank eine Tasse Kaffee und ging zu den Ställen, um seine Anweisungen zu geben. Der Zustand eines der Pferde beunruhigte ihn und er begutachtete es auf dem Hof etwas genauer. Dann kehrte er zu seiner Frau zurück, die das Gemach noch nicht verlassen hatte. Ihr Dienstmädchen war dabei, ihr Haar zu frisieren. Als ihr Mann eintrat, fragte sie:

„Gehst du aus?"

„Ja, bis zur Bank."

„Natürlich. Das ist klug."

Er betrat den Schrank, aber nach ein paar Sekunden fragte er, ohne ein Zeichen von Erstaunen:

„Hast du es genommen, meine Liebe?"

„Was? ... Nein, ich habe nichts genommen."

„Du musst es aber genommen haben."

„Ganz und gar nicht. Ich habe nicht einmal die Tür geöffnet."

Er erschien verunsichert an der Tür und stammelte mit kaum verständlicher Stimme:

„Du hast nicht ... Du warst es nicht? ... Dann ... "

Sie eilte ihm zu Hilfe, und gemeinsam durchsuchten sie alles, warfen die Kisten auf den Boden und warfen die Wäschestapel um. Dann sagte der Graf ziemlich entmutigt:

„Es ist zwecklos, weiter zu suchen. Ich habe es hierher gelegt, auf dieses Regal."

„Du musst dich irren."

„Nein, nein, es war auf diesem Regal - nirgendwo sonst."

Sie zündeten eine Kerze an, da das Zimmer ziemlich dunkel war, und trugen dann alle Wäsche und anderen Gegenstände heraus, die sich im Zimmer befanden. Und als das Zimmer geleert war, gestanden sie verzweifelt, dass die berühmte Halskette verschwunden war. Ohne Zeit mit vergeblichen Klagen zu verlieren, benachrichtigte die Gräfin den Polizeipräsidenten, Monsieur Valorbe, der sofort kam und sich, nachdem er ihre Geschichte gehört hatte, beim Grafen erkundigte:

„Sind Sie sicher, dass in der Nacht niemand durch Ihre Kammer gegangen ist?"

„Absolut sicher, denn ich habe einen sehr leichten Schlaf. Außerdem war die Kammertür verriegelt, und ich erinnere mich, dass ich sie heute Morgen aufgeschlossen habe, als meine Frau nach ihrem Dienstmädchen läutete."

„Und es gibt keinen anderen Eingang zum Kabinett?"

„Nein."

„Keine Fenster?"

„Ja, aber es ist verschlossen."

„Ich werde es mir ansehen."

Kerzen wurden angezündet, und Monsieur Valorbe bemerkte sofort, dass die untere Hälfte des Fensters von einem Schrank verdeckt war, der jedoch so schmal war, dass er den Fensterflügel auf beiden Seiten nicht berührte.

„Wohin öffnet sich dieses Fenster?“

„Auf einen kleinen Innenhof.“

„Und darüber haben Sie noch eine Etage?“

„Zwei; aber auf Höhe der Dienstbotenebene befindet sich ein dichtes Gitter über dem Hof. Deshalb ist dieser Raum so dunkel.“

Als sie den Schrank bewegten, stellten sie fest, dass das Fenster verschlossen war, was nicht der Fall gewesen wäre, wenn jemand auf diese Weise eingetreten wäre.

„Es sei denn“, sagte der Graf, „sie sind durch unsere Kammer hinausgegangen.“

„In diesem Fall hätten Sie die Tür unverriegelt vorgefunden.“

Der Kommissar überlegte einen Moment, dann fragte er die Gräfin:

„Wusste einer Ihrer Bediensteten, dass Sie das Collier gestern Abend trugen?“

„Gewiss; ich habe es nicht verheimlicht. Aber niemand wusste, dass es in diesem Schrank versteckt war.“

„Niemand?“

„Niemand ... es sei denn ...“

„Seien Sie ganz sicher, Madam, denn es ist ein sehr wichtiger Punkt.“

Sie wandte sich an ihren Mann und sagte:

„Ich habe an Henriette gedacht.“

„Henriette? Sie wusste nicht, wo wir es aufbewahren.“

„Bist du sicher?“

„Wer ist diese Frau Henriette?“, fragte Monsieur Valorbe.

„Eine Schulkameradin, die von ihrer Familie verstoßen wurde, weil sie unter ihrem Stand geheiratet hat. Nach dem Tod ihres Mannes habe ich für sie und ihren Sohn eine Wohnung in diesem Haus eingerichtet. Sie ist geschickt mit der Nadel und hat einige Arbeiten für mich erledigt.“

„In welchem Stockwerk wohnt sie?“

„Auf demselben wie wir ... am Ende des Flurs ... und ich glaube ... das Fenster ihrer Küche ..."

„Es öffnet sich auf diesen kleinen Hof, nicht wahr?"

„Ja, genau gegenüber von unserem."

Monsieur Valorbe bat dann darum, Henriette zu sehen. Sie gingen in ihre Wohnung; sie war am Nähen, während ihr Sohn Raoul, etwa sechs Jahre alt, neben ihr saß und las. Der Kommissar war erstaunt, die erbärmliche Wohnung zu sehen, die man der Frau zur Verfügung gestellt hatte. Sie bestand aus einem Zimmer ohne Kamin und einem sehr kleinen Raum, der als Küche diente. Der Kommissar fuhr fort, sie zu befragen. Sie schien überwältigt zu sein, als sie von dem Diebstahl erfuhr. Am letzten Abend hatte sie selbst die Gräfin angezogen und ihr das Collier auf die Schultern gelegt.

„Großer Gott!", rief sie aus, „das kann doch nicht möglich sein!"

„Und Sie haben keine Ahnung? Nicht den geringsten Verdacht? Ist es möglich, dass der Dieb durch Ihr Zimmer gekommen ist?"

Sie lachte herzhaft, denn sie hätte nie gedacht, dass sie ein Objekt des Verdachts sein könnte.

„Aber ich habe mein Zimmer nicht verlassen. Ich gehe nie aus. Und vielleicht haben Sie es nicht gesehen?"

Sie öffnete das Küchenfenster und sagte:

„Sehen Sie, es sind mindestens drei Meter bis zum Sims des gegenüberliegenden Fensters."

„Wer hat Ihnen gesagt, dass der Diebstahl auf diese Weise begangen wurde?"

„Aber ... die Halskette war doch in dem Schrank, oder?"

„Woher wissen Sie das?"

„Nun, ich habe immer gewusst, dass sie nachts dort aufbewahrt wurde. Es war in meiner Gegenwart erwähnt worden."

Ihr Gesicht, obwohl noch jung, trug unverkennbare Spuren von Kummer und Resignation. Und jetzt nahm es einen Ausdruck von Besorgnis an, als ob ihr eine Gefahr drohte. Sie zog ihren Sohn zu sich heran. Das Kind nahm ihre Hand und küsste sie zärtlich.

Als sie wieder allein waren, sagte der Graf zu dem Kommissar:

„Ich nehme nicht an, dass Sie Henriette verdächtigen. Ich kann für sie einstehen. Sie ist die Ehrlichkeit selbst."

„Ich bin ganz Ihrer Meinung", antwortete Monsieur Valorbe. „Ich dachte höchstens, dass es eine unbewusste Komplizenschaft gegeben haben könnte. Aber ich muss gestehen, dass auch diese Theorie aufgegeben werden muss, da sie nicht zur Lösung des Problems beiträgt, das wir jetzt vor uns haben."

Der Kommissar gab die Untersuchung auf, die nun vom Untersuchungsrichter aufgenommen und abgeschlossen wurde. Er befragte die Bediensteten, untersuchte den Zustand des Riegels, experimentierte mit dem Öffnen und Schließen des Schrankfensters und erkundete den kleinen Hof von oben bis unten. Alles war vergeblich. Der Riegel war intakt. Das Fenster ließ sich von außen weder öffnen noch schließen.

Die Nachforschungen betrafen vor allem Henriette, denn sie richteten sich trotz allem in ihre Richtung. Sie untersuchten ihr bisheriges Leben gründlich und stellten fest, dass sie in den letzten drei Jahren nur viermal das Haus verlassen hatte, und ihre Geschäfte wurden bei diesen Gelegenheiten zufriedenstellend erklärt. Tatsächlich war sie als Zimmermädchen und Näherin für die Gräfin tätig, die sie mit großer Strenge und sogar Härte behandelte.

Am Ende einer Woche hatte der Untersuchungsrichter keine genaueren Informationen erhalten als der Polizeikommissar. Der Richter sagte:

„Angenommen, wir kennen den Schuldigen, was wir nicht tun, so sind wir mit der Tatsache konfrontiert, dass wir nicht wissen, wie der Diebstahl begangen wurde. Wir werden mit zwei Hindernissen konfrontiert: eine Tür und ein Fenster - beide geschlossen und verriegelt. Es handelt sich also um ein doppeltes Rätsel. Wie konnte jemand eindringen, und wie konnte jemand entkommen, der eine verriegelte Tür und ein verschlossenes Fenster hinter sich ließ?"

Am Ende von vier Monaten war die insgeheime Meinung des Richters, dass der Graf und die Gräfin, die in Geldnot waren, was ihr normaler

Zustand war, die Halskette der Königin verkauft hatten. Er stellte die Ermittlungen ein.

Der Verlust des berühmten Juwels war ein schwerer Schlag für die Dreux-Soubise. Da ihr Kredit nicht mehr durch eine Reserve gestützt wurde, den ein solcher Schatz darstellte, sahen sie sich mit anspruchsvollen Gläubigern und Geldverleihern konfrontiert. Sie waren gezwungen, alles zu verkaufen oder zu verpfänden, was einen wirtschaftlichen Wert besaß. Kurzum, es wäre ihr Ruin gewesen, wenn nicht zwei große Vermächtnisse von einigen entfernten Verwandten sie gerettet hätten.

Auch ihr Stolz erlitt einen Niedergang, als hätten sie einen Viertel ihres Wappens verloren. Und seltsamerweise war es ihre ehemalige Schulkameradin Henriette, an der die Gräfin ihren Zorn ausließ. Ihr gegenüber zeigte die Gräfin die gehässigsten Gefühle und beschuldigte sie sogar offen. Henriette wurde zunächst in die Dienstbotenstube verbannt und danach entlassen.

Für einige Zeit führten der Graf und die Gräfin ein ereignisloses Leben. Sie reisten sehr viel. In dieser Zeit gab es nur ein einziges Ereignis, das in die Geschichte einging. Einige Monate nach der Abreise von Henriette war die Gräfin überrascht, als sie den folgenden, von Henriette unterzeichneten Brief erhielt und las:

> *Madame,*
>
> *Ich weiß nicht, wie ich Ihnen danken soll; denn Sie waren es doch, der mir das geschickt hat? Es kann niemand anders gewesen sein. Keiner außer Ihnen weiß, wo ich wohne. Wenn ich mich geirrt habe, entschuldigen Sie mich, und nehmen Sie meinen aufrichtigen Dank für Ihre vergangenen Gefälligkeiten an ...*

Was hatte der Brief zu bedeuten? Die gegenwärtigen oder vergangenen Gunstbezeugungen der Gräfin bestanden vor allem aus Ungerechtigkeit und Vernachlässigung. Warum also dieser Dankesbrief?

Als Henriette um eine Erklärung gebeten wurde, antwortete sie, dass sie auf dem Postweg einen Brief erhalten habe, dem zwei Banknoten zu je tausend Franken beigefügt waren. Der Umschlag, den sie ihrer Antwort beifügte, trug den Pariser Poststempel und war mit einer offensichtlich verstellten Handschrift adressiert. Woher kamen nun diese zweitausend Francs? Wer hatte sie geschickt? Und warum hatte man sie geschickt?

Zwölf Monate später erhielt Henriette einen ähnlichen Brief und eine ähnliche Summe. Und ein drittes Mal; und ein viertes Mal; und jedes Jahr für einen Zeitraum von sechs Jahren, mit dem Unterschied, dass im fünften und sechsten Jahr die Summe verdoppelt wurde. Es gab noch einen weiteren Unterschied: Nachdem die Postbehörde einen der Briefe unter dem Vorwand beschlagnahmt hatte, dass er nicht eingeschrieben war, wurden die letzten beiden Briefe ordnungsgemäß nach den Postvorschriften verschickt, der erste datiert in *Saint-Germain*, der andere in *Suresnes*. Der Schreiber unterzeichnete den ersten mit „Anquety" und den anderen mit „Péchard". Die Adressen, die er angab, waren falsch.

Am Ende von sechs Jahren starb Henriette, und das Rätsel blieb ungelöst.

* * *

Alle diese Ereignisse sind der Öffentlichkeit bekannt. Der Fall gehörte zu denen, die das öffentliche Interesse erregen, und es war ein seltsamer Zufall, dass dieses Collier, das am Ende des achtzehnten Jahrhunderts in Frankreich eine so große Aufregung verursacht hatte, ein Jahrhundert später eine ähnliche Aufregung hervorrufen sollte. Aber was ich jetzt erzähle, ist nur den direkt Beteiligten und einigen anderen bekannt, von denen der Graf ein Versprechen der Geheimhaltung verlangte. Da es wahrscheinlich ist, dass dieses Versprechen eines Tages gebrochen wird, zögere ich nicht, den Schleier zu zerreißen und so den Schlüssel zum Geheimnis zu enthüllen und eine Erklärung des Briefes, der vor zwei Tagen in den Morgenzeitungen veröffentlicht wurde; ein außergewöhnlicher Brief, der, wenn überhaupt möglich, die Nebel und Schatten vergrößerte, die dieses undurchschaubare Drama umhüllen.

Vor fünf Tagen speiste eine Reihe von Gästen mit dem Grafen de Dreux-Soubise. Es waren mehrere Damen anwesend, darunter seine beiden Nichten und seine Cousine, und folgende Herren: der Präsident von Essaville, der Abgeordnete Bochas, der Ritter Floriani, den der Graf in

Sizilien kennengelernt hatte, und General Marquis de Rouzières, ein alter Klassenkamerad.

Nach dem Mahl wurde Kaffee von den Damen serviert, die den Herren die Erlaubnis gaben, ihre Zigaretten zu rauchen, sofern sie den Salon nicht verlassen würden. Die Unterhaltung war allgemein, und schließlich kam einer der Gäste zufällig auf berühmte Verbrechen zu sprechen. Das gab dem Marquis de Rouzières, der es liebte, den Grafen zu necken, die Gelegenheit, die Affäre um die Halskette der Königin zu erwähnen, ein Thema, das dem Grafen zuwider war.

Jeder äußerte seine eigene Meinung zu der Angelegenheit; und natürlich waren ihre verschiedenen Theorien nicht nur widersprüchlich, sondern unmöglich.

„Und Sie, Monsieur", sagte die Gräfin zu Floriani, "was ist Ihre Meinung?“

„Oh! Ich - ich habe keine Meinung, Madame.“

Alle Gäste protestierten; denn der Ritter hatte vorher auf unterhaltsame Weise verschiedene Abenteuer erzählt, welche er mit seinem Vater, einem Magistrat[7] in Palermo, erlebt hatte.

„Ich gebe zu“, sagte er, „dass es mir manchmal gelungen ist, Rätsel zu lösen, auf die die klügsten Detektive nicht gekommen sind; dennoch erhebe ich nicht den Anspruch, Herlock Sholmes zu sein. Außerdem weiß ich sehr wenig über die Affäre um die Halskette der Königin.“

Alle wandten sich nun an den Grafen, der so gezwungen war, alle mit dem Diebstahl verbundenen Umstände zu erzählen. Der Ritter hörte zu, dachte nach, stellte ein paar Fragen und sagte:

„Es ist sehr merkwürdig ... auf den ersten Blick scheint das Problem ein sehr einfaches zu sein.“

Der Graf zuckte mit den Schultern. Die anderen traten näher an den Graf heran, der in einem dogmatischen Ton fortfuhr:

„Um den Urheber eines Verbrechens oder eines Diebstahls zu finden, muss man in der Regel feststellen, wie das Verbrechen oder der Diebstahl

---

[7] Magistrat bezeichnet einen hochrangigen Amtsträger in Italien, z.B. Richter und Staatsanwälte

begangen wurde oder zumindest, wie es hätte begangen werden können. Im vorliegenden Fall ist nichts einfacher, denn wir haben es nicht mit mehreren Theorien zu tun, sondern mit einer positiven Tatsache, nämlich: Der Dieb konnte nur durch die Kammertür oder das Fenster einsteigen. Nun kann ein Mensch eine verriegelte Tür nicht von außen öffnen. Daher muss er durch das Fenster eingestiegen sein."

„Aber es war geschlossen und verriegelt, und wir haben es auch verriegelt vorgefunden", erklärte der Graf.

„Um das zu tun", fuhr Floriani fort, ohne auf die Unterbrechung zu achten, „musste er einfach ein Brett oder eine Leiter zwischen dem Küchenbalkon und dem Fenstersims errichten, und da das Schmuckkästchen ... "

„Aber ich wiederhole, das Fenster war verriegelt", rief der Graf ungeduldig aus.

Diesmal war Floriani gezwungen, zu antworten. Er tat dies mit der größten Ruhe, als ob der Einwand die unbedeutendste Angelegenheit der Welt wäre.

„Ich gebe zu, dass es so war; aber befindet sich nicht im oberen Teil des Fensters ein Querbalken?"

„Woher wissen Sie das?"

„Erstens war das in Häusern dieser Zeit üblich, und zweitens ist der Diebstahl ohne einen solchen Sprossenbalken nicht zu erklären."

„Ja, es gibt einen, aber er war geschlossen, genau wie das Fenster. Deshalb haben wir ihn nicht beachtet."

„Das war ein Fehler, denn wenn Sie ihn untersucht hätten, hätten Sie festgestellt, dass er geöffnet war."

„Aber wie?"

„Ich nehme an, dass er wie alle anderen mit einem Draht geöffnet wird, der am unteren Ende einen Ring hat."

„Ja, aber ich sehe nicht..."

„Nun, durch ein Loch im Fenster könnte eine Person mit Hilfe eines Instruments, sagen wir eines Schürhakens mit einem Haken am Ende, den Ring greifen, nach unten ziehen und den Riegel öffnen."

Der Graf lachte und sagte:

„Vorzüglich! vorzüglich! Ihr Plan ist sehr klug konstruiert, aber Sie übersehen eines, Monsieur, es ist kein Loch im Fenster."

„Da war ein Loch."

„Unsinn, wir hätten es gesehen."

„Um es zu sehen, muss man danach suchen, und niemand hat danach gesucht. Das Loch ist da; es muss da sein, an der Seite des Fensters, im Fensterkitt. In vertikaler Richtung natürlich."

Der Graf erhob sich. Er war sehr aufgeregt. Er ging zwei- oder dreimal nervös im Zimmer auf und ab, dann wandte er sich an Floriani und sagte:

„Seitdem ist niemand mehr in diesem Zimmer gewesen; es wurde nichts verändert."

„Nun gut, Monsieur, Sie können sich leicht davon überzeugen, dass meine Erklärung richtig ist."

„Sie stimmt nicht mit den Tatsachen überein, die der Untersuchungsrichter festgestellt hat. Sie haben nichts gesehen, und doch widersprechen Sie allem, was wir gesehen haben und was wir wissen."

Floriani schenkte der Gereiztheit des Grafen keine Beachtung. Er lächelte einfach und sagte:

„Mein Gott, Monsieur, ich nur trage meine Theorie vor; das ist alles. Sollte ich mich irren, so können Sie das leicht beweisen."

„Das werde ich sofort tun ... Ich gestehe, dass Ihre Beschreibung ... "

Der Graf murmelte noch ein paar Worte, eilte dann plötzlich zur Tür und ging hinaus. In seiner Abwesenheit wurde kein Wort gesprochen, und diese tiefe Stille verlieh der Situation eine fast tragische Bedeutung. Schließlich kehrte der Graf zurück. Er war blass und nervös. Er sagte zu seinen Freunden mit zitternder Stimme:

„Ich bitte um Verzeihung ... die Enthüllungen des Ritters waren so unerwartet ... ich hätte nie gedacht ... "

Seine Frau fragte ihn:

„Sprich ... was ist los?"

Er stammelte: „Das Loch ist dort, genau an der Stelle, an der Seite des Fensters ...“

Er ergriff den Arm des Ritters und sagte in einem gebieterischen Ton zu ihm:

„Nun, Monsieur, fahren Sie fort. Ich gebe zu, dass Sie bis jetzt recht haben, aber jetzt ... das ist noch nicht alles ... fahren Sie fort ... erzählen Sie uns den Rest der Sache.“

Floriani löste sanft seinen Arm und fuhr nach einem Moment fort:

„Nun, meiner Meinung nach ist folgendes passiert. Der Dieb, der wusste, dass die Gräfin das Collier an diesem Abend tragen würde, hatte während Ihrer Abwesenheit das Brett oder eine Leiter vorbereitet. Er beobachtete Sie durch das Fenster und sah, wie Sie die Halskette versteckten. Danach machte er das Loch und zog den Ring heraus.“

„Ah! Aber die Entfernung war so groß, dass es ihm unmöglich war, die Fensterbefestigung durch den Querbalken zu erreichen."

„Nun, wenn er das Fenster nicht durch den Querbalken öffnen konnte, muss er durch den Querbalken gekrochen sein.“

„Unmöglich, er ist zu klein. Kein Mensch könnte hindurchkriechen.“

„Dann war es kein Mensch“, erklärte Floriani.

„Was?“

„Wenn der Riegel zu klein ist, um einen Mann durchzulassen, muss es ein Kind gewesen sein.“

„Ein Kind!“

„Hast du nicht gesagt, dass deine Freundin Henriette einen Sohn hat?“

„Ja; einen Sohn namens Raoul.“

„Dann war es aller Wahrscheinlichkeit nach Raoul, der den Diebstahl begangen hat.“

„Welchen Beweis haben Sie dafür?“

„Welche Beweise! Eine Menge davon ... zum Beispiel ... “

Er hielt inne, dachte einen Moment nach und fuhr dann fort:

„Zum Beispiel dieses Brett oder eine Leiter. Es ist unwahrscheinlich, dass das Kind es von außerhalb des Hauses hereingebracht und wieder weggetragen haben kann, ohne beobachtet zu werden. Es muss etwas benutzt haben, das in der Nähe war. Gab es in dem kleinen Zimmer, das Henriette als Küche benutzte, nicht einige Regale an der Wand, auf denen sie ihre Pfannen und ihr Geschirr abstellte?“

„Zwei Regale, wenn ich mich recht erinnere.“

„Sind Sie sicher, dass diese Regale wirklich an den hölzernen Klammern befestigt sind, die sie tragen? Denn wenn nicht, könnten wir annehmen, dass das Kind sie entfernt, zusammengeschraubt und so seine Brücke gebildet hat. Vielleicht finden wir auch, da ein Ofen vorhanden war, den gebogenen Schürhaken, den er zum Öffnen des Riegels benutzt hat.“

Ohne ein Wort zu sagen, verließ der Graf den Raum, und diesmal spürten die Anwesenden nicht die nervöse Unruhe, die sie beim ersten Mal erlebt hatten. Sie waren überzeugt, dass Floriani recht hatte, und niemand war überrascht, als der Graf zurückkam und erklärte:

„Es war das Kind. Alles beweist es.“

„Sie haben die Regale und den Schürhaken gesehen?“

„Ja. Die Nägel sind von den Regalen entfernt und der Schürhaken ist noch da.“

Aber die Gräfin rief aus:

„Sie sollten besser sagen, dass es seine Mutter war. Henriette ist die Schuldige. Sie muss ihren Sohn gezwungen haben ... “

„Nein“, erklärte der Ritter, „die Mutter hatte nichts damit zu tun.“

„Unsinn! Sie bewohnten das gleiche Zimmer. Das Kind kann es nicht ohne das Wissen der Mutter getan haben.“

„Stimmt, sie wohnten im selben Zimmer, aber das Ganze geschah im Nebenzimmer, in der Nacht, während die Mutter schlief.“

„Und die Halskette?“, fragte der Graf. „Man würde sie bei den Sachen des Kindes gefunden haben.“

„Pardon! Er war ausgegangen. An dem Morgen, an dem Sie ihn lesend fanden, kam er gerade von der Schule, und vielleicht hätte der Polizeikommissar, statt seine Zeit mit der unschuldigen Mutter zu verschwenden, besser daran getan, den Schreibtisch des Kindes unter seinen Schulbüchern zu durchsuchen."

„Aber wie erklären Sie sich die zweitausend Francs, die Henriette jedes Jahr erhielt? Sind sie nicht ein Beweis für ihre Mittäterschaft?"

„Wenn sie eine Komplizin gewesen wäre, hätte sie sich dann für das Geld bedankt? Und wurde sie dann nicht genau beobachtet? Aber das Kind konnte, da es frei war, leicht in eine benachbarte Stadt gehen, mit irgendeinem Händler verhandeln und ihm einen oder zwei Diamanten verkaufen, wie er wollte, unter der Bedingung, dass das Geld aus Paris geschickt wurde, und dieses Verfahren konnte von Jahr zu Jahr wiederholt werden."

Eine unbeschreibliche Unruhe bedrückte die Dreux-Soubise und ihre Gäste. Da war etwas im Ton und in der Haltung von Floriani, die den Grafen von Anfang an verärgert hatte. Da war ein Hauch von Ironie, der eher feindselig als sympathisch wirkte. Aber der Graf musste lachen, als er sagte:

„Das ist alles sehr einfallsreich und interessant, und ich gratuliere Ihnen zu Ihrer lebhaften Phantasie."

„Nein, ganz und gar nicht", antwortete Floriani mit größtem Ernst, „ich bilde mir nichts ein. Ich beschreibe einfach die Ereignisse, wie sie sich zugetragen haben müssen."

„Aber was wissen Sie darüber?"

„Was Sie mir selbst gesagt haben. Ich stelle mir das Leben der Mutter und des Kindes dort unten auf dem Lande vor; die Krankheit der Mutter, die Pläne und Tricks des Kindes, die Edelsteine zu verkaufen, um das Leben seiner Mutter zu retten oder wenigstens ihre letzten Momente zu lindern. Ihre Krankheit überwältigt sie. Sie stirbt. Die Jahre vergehen. Das Kind wird zum Manne; und dann – und jetzt will ich meiner Phantasie freien Lauf lassen – nehmen wir an, dass der Mann den Wunsch verspürt, in das Haus seiner Kindheit zurückzukehren, dass er das tut, und dass er dort gewissen Leuten begegnet, die seine Mutter verdächtigen und anklagen ..., können Sie sich den Kummer und die Qualen eines solchen Gesprächs in dem Haus vorstellen, in dem das ursprüngliche Drama gespielt wurde?"

Seine Worte schienen einige Sekunden lang in der darauffolgenden Stille nachzuhallen, und man konnte in den Gesichtern des Grafen und der Gräfin de Dreux das verwirrte Bemühen lesen, seine Bedeutung zu begreifen, und gleichzeitig die Angst und die Qualen eines solchen Verständnisses. Endlich ergriff der Graf das Wort und sagte:

„Wer sind Sie, Monsieur?"

„Ich? Der Ritter Floriani, den Sie in Palermo kennengelernt haben und den Sie schon mehrmals in Ihr Haus eingeladen haben."

„Und was hat diese Geschichte zu bedeuten?"

„Oh! Überhaupt nichts! Es ist einfach ein Zeitvertreib, soweit es mich betrifft. Ich bemühe mich, das Vergnügen darzustellen, das Henriettes Sohn, wenn er noch lebt, daran hätte, Ihnen zu erzählen, dass er der Schuldige war und dass er es getan hat, weil seine Mutter unglücklich war, da sie im Begriff war, die Stelle einer ... Dienerin zu verlieren, von der sie lebte, und weil das Kind beim Anblick des Kummers seiner Mutter litt."

Er sprach mit unterdrückter Rührung, erhob sich teilweise und neigte sich der Gräfin zu. Es konnte kein Zweifel daran bestehen, dass der Ritter Floriani der Sohn von Henriette war. Seine Haltung und seine Worte verkündeten es. Außerdem war es nicht seine offensichtliche Absicht und sein Wunsch, als solcher erkannt zu werden?

Der Graf zögerte. Was würde er gegen den dreisten Gast unternehmen? Klingeln? Einen Skandal provozieren? Den Mann demaskieren, der ihn einst beraubt hatte? Aber das ist doch schon lange her! Und wer würde diese absurde Geschichte über das schuldige Kind glauben? Nein; es war weitaus besser, die Situation zu akzeptieren und so zu tun, als ob man den wahren Sinn der Sache nicht begreifen würde. Der Graf wandte sich also an Floriani und rief aus:

„Ihre Geschichte ist sehr merkwürdig, sehr unterhaltsam; ich habe sie sehr genossen. Aber was, glauben Sie, ist aus diesem jungen Mann, diesem Mustersohn, geworden? Ich hoffe, er hat die Karriere nicht aufgegeben, in der er ein so glänzendes Debüt hatte."

„Oh! Gewiss nicht."

„Nach so einem Debüt! Mit sechs Jahren das Collier der Königin zu stehlen; das berühmte Collier, das von Marie-Antoinette begehrt wurde!“

„Und es zu stehlen“, bemerkte Floriani, der sich in die Stimmung des Grafen einfügte, "ohne dass es ihn die geringste Mühe gekostet hätte, ohne dass jemand auf die Idee gekommen wäre, den Zustand des Fensters zu untersuchen oder zu bemerken, dass die Fensterbank zu sauber war - jene Fensterbank, die er abgewischt hatte, um die Spuren zu verwischen, die er im dicken Staub hinterlassen hatte. Wir müssen zugeben, dass es ausreichte, um einem Jungen in diesem Alter den Kopf zu verdrehen. Es war alles so einfach. Er musste nur das Ding begehren und seine Hand danach ausstrecken.“

„Und er streckte seine Hand aus.“

„Beide Hände“, antwortete der Ritter und lachte.

Seine Begleiter bekamen einen Schock. Welches Geheimnis umgab das Leben des sogenannten Floriani? Wie wundervoll musste das Leben dieses Abenteurers sein, der mit sechs Jahren ein Dieb war und der heute, auf der Suche nach Aufregung oder zumindest zur Befriedigung eines Gefühls des Grolls, gekommen war, um seinem Opfer in ihrem eigenen Haus zu trotzen, dreist, töricht und doch mit der ganzen Anmut und Delikatesse eines höflichen Gastes!

Er stand auf und näherte sich der Gräfin, um ihr Adieu zu sagen. Sie wich zurück, ohne es zu merken. Er lächelte.

„Oh! Madame, Sie haben Angst vor mir! Bin ich in meiner Rolle als Salonmagier einen Schritt zu weit gegangen?“

Sie beherrschte sich und antwortete mit ihrer gewohnten Leichtigkeit:

„Ganz und gar nicht, Monsieur. Die Legende von dem pflichtbewussten Sohn hat mich sehr interessiert, und ich bin erfreut zu wissen, dass meine Halskette ein so glänzendes Schicksal hatte. Aber glauben Sie nicht, dass der Sohn dieser Frau, dieser Henriette, bei der Wahl seiner Berufung einem erblichen Einfluss zum Opfer gefallen ist?“

Er schauderte, als er die Bemerkung hörte, und antwortete:

„Ich bin mir dessen sicher; und außerdem muss seine natürliche Neigung zum Verbrechen sehr stark gewesen sein, sonst wäre er entmutigt worden.“

„Warum das?“

„Weil, wie Sie wissen müssen, die Mehrzahl der Diamanten falsch war. Die einzigen echten Steine waren die wenigen, die von dem englischen Juwelier gekauft wurden, die anderen wurden einer nach dem anderen verkauft, um die grausamen Notwendigkeiten des Lebens zu erfüllen.“

„Es war immer noch das Collier der Königin, Monsieur“, erwiderte die Gräfin hochmütig, „und das ist etwas, das er, Henriettes Sohn, nicht zu schätzen wusste.“

„Er war in der Lage zu begreifen, Madame, dass die Halskette, ob wahr oder falsch, nichts weiter war als ein Objekt der Parade, ein Emblem des sinnlosen Stolzes.“

Der Graf machte eine drohende Geste, aber seine Frau hielt ihn auf.

„Monsieur“, sagte sie, „wenn der Mann, auf den Sie anspielen, auch nur den geringsten Sinn für Ehre hat ... “

Sie hielt inne, eingeschüchtert von Florianis kühler Art.

„Wenn dieser Mann auch nur das geringste Ehrgefühl hat“, wiederholte er.

Sie fühlte, dass sie nichts gewinnen würde, wenn sie so mit ihm sprach, und trotz ihrer Wut und Empörung, zitternd vor gedemütigtem Stolz, sagte sie zu ihm, fast höflich:

„Monsieur, die Legende besagt, dass Rétaux de Villette, als er im Besitz der Halskette der Königin war, die Fassung nicht verunstaltet hat. Er verstand, dass die Diamanten nur das Ornament, das Accessoire waren, und dass die Fassung das wesentliche Werk, die Schöpfung des Künstlers war, und er respektierte sie entsprechend. Glauben Sie, dass dieser Mann das gleiche Gefühl hatte?“

„Ich zweifle nicht daran, dass die Fassung noch existiert. Das Kind hat sie respektiert.“

„Nun, Monsieur, wenn Sie ihn zufällig treffen sollten, sagen Sie ihm, dass er ungerechterweise eine Reliquie besitzt, die das Eigentum und der Stolz einer bestimmten Familie ist, und dass, obwohl die Steine entfernt wurden, das Collier der Königin immer noch dem Haus Dreux-Soubise gehört. Sie gehört uns genauso wie unser Name oder unsere Ehre.“

Der Ritter erwiderte schlicht:

„Ich werde es ihm sagen, Madame."

Er verbeugte sich vor ihr, grüßte den Grafen und die anderen Gäste und entfernte sich.

* * *

Vier Tage später fand die Gräfin de Dreux auf dem Tisch in ihrem Gemach ein rotes Lederetui mit dem Wappen des Kardinals. Sie öffnete es und fand die Halskette der Königin.

Aber da im Leben eines Mannes, der nach Einheit und Logik strebt, alle Dinge auf das gleiche Ziel zulaufen müssen – und da ein wenig Werbung nie schadet –, veröffentlichte das *Echo de France* am nächsten Tag diese sensationellen Zeilen:

> *Die Halskette der Königin, der berühmte historische Schmuck, der der Familie von Dreux-Soubise gestohlen wurde, ist von Arsène Lupin wiedergefunden worden, der sich beeilte, sie ihrem rechtmäßigen Besitzer zurückzugeben. Wir können eine solch delikate und ritterliche Tat nicht hoch genug loben.*

VI. Die Herz Sieben

Diese Frage wird mir oft gestellt: "Wie haben Sie die Bekanntschaft von Arsène Lupin gemacht?"

Meine Verbindung zu Arsène Lupin war wohl bekannt. Die Einzelheiten, die ich über diesen geheimnisvollen Mann zusammentrage, die unwiderlegbaren Tatsachen, die ich vorlege, die neuen Beweise, die ich erbringe, die Deutung, die ich bestimmten Handlungen gebe, von denen die Öffentlichkeit nur die äußeren Erscheinungsformen gesehen hat, ohne die geheimen Gründe oder den unsichtbaren Mechanismus entdecken zu können, all das begründet, wenn nicht eine Intimität, so doch zumindest freundschaftliche Beziehungen und regelmäßige Vertraulichkeiten.

Aber wie habe ich seine Bekanntschaft gemacht? Warum wurde ich ausgewählt, sein Historiograph[8] zu sein? Warum ich, und nicht jemand anders?

Die Antwort ist einfach: Der Zufall allein hat meine Wahl bestimmt; meine Verdienste wurden nicht berücksichtigt. Es war der Zufall, der mich ihm in den Weg stellte. Es war der Zufall, dass ich an einem seiner seltsamsten und geheimnisvollsten Abenteuer teilnahm; und es war der Zufall, dass ich ein Schauspieler in einem Drama war, dessen wunderbarer Regisseur er war; ein undurchsichtiges und verwickeltes Drama, das vor so aufregenden Ereignissen strotzte, dass ich eine gewisse Verlegenheit empfinde, wenn ich es zu beschreiben versuche.

Der erste Akt findet in jener denkwürdigen Nacht des 22. Juni statt, von der schon so viel gesagt wurde. Und ich für meinen Teil schreibe das anomale Verhalten, dessen ich mich bei dieser Gelegenheit schuldig gemacht habe, der ungewöhnlichen Gemütsverfassung zu, in der ich mich bei meiner Heimkehr befand. Ich hatte mit einigen Freunden im Cascade-Restaurant zu Abend gegessen, und den ganzen Abend, während wir rauchten und das Orchester melancholische Walzer spielte, sprachen wir nur von Verbrechen und Diebstählen und dunklen und schrecklichen Intrigen. Das ist immer eine schlechte Ouvertüre für eine Nachtruhe.

Die Saint-Martins fuhren in einem Automobil davon. Jean Daspry – jener reizende, unbekümmerte Daspry, der sechs Monate später an der

---

[8] Geschichtsschreiber

Grenze zu Marokko auf so tragische Weise ums Leben kam – Jean Daspry und ich gingen zu Fuß durch die dunkle, warme Nacht zurück. Als wir vor dem kleinen Haus ankamen, in dem ich ein Jahr lang in Neuilly, auf dem Boulevard Maillot, gewohnt hatte, sagte er zu mir:

„Hast du Angst?"

„Was für eine Idee!"

„Aber dieses Haus ist so einsam ... keine Nachbarn ... leere Grundstücke ... Ich bin wirklich kein Feigling, und doch ... "

„Nun, du bist sehr aufmunternd, muss ich sagen."

„Oh! Ich sage das so, wie ich alles andere sagen würde. Die Saint-Martins haben mich mit ihren Geschichten von Räubern und Dieben beeindruckt."

Wir schüttelten uns die Hände und sagten gute Nacht. Ich nahm meinen Schlüssel heraus und öffnete die Tür.

„Nun, das ist gut", murmelte ich, „Antoine hat vergessen, eine Kerze anzuzünden."

Dann erinnerte ich mich an die Tatsache, dass Antoine verreist war; ich hatte ihm eine kurze Beurlaubung gegeben. Die Dunkelheit und die Stille der Nacht bedrückten mich nun unangenehm. Ich stieg auf Zehenspitzen die Treppe hinauf und erreichte so schnell wie möglich mein Zimmer; dann drehte ich, entgegen meiner Gewohnheit, den Schlüssel um und drückte den Riegel.

Das Licht meiner Kerze gab mir neuen Mut. Dennoch nahm ich vorsichtig meinen Revolver aus dem Etui – eine große, starke Waffe – und legte ihn neben mein Bett. Diese Vorsichtsmaßnahme vervollständigte meine Beruhigung. Ich legte mich hin und nahm, wie immer, ein Buch von meinem Nachttisch, um mich in den Schlaf zu lesen. Dann erlebte ich eine große Überraschung. Anstelle des Papierlesezeichens fand ich einen Umschlag, der mit fünf Siegeln aus rotem Wachs verschlossen war. Ich ergriff ihn eifrig. Er war an mich adressiert und beschriftet: *Dringend*.

Ein Brief! Ein an mich adressierter Brief! Wer konnte ihn an diesen Ort legen? Nervös riss ich den Umschlag auf und las:

Von dem Moment an, in dem Sie diesen Brief öffnen, was immer auch geschieht, was immer Sie hören mögen, rühren Sie sich nicht, stoßen Sie keinen einzigen Schrei aus. Sonst sind Sie verloren.

Ich bin kein Feigling, und ich kann mich genauso gut wie jeder andere der realen Gefahr stellen. Aber, ich wiederhole, ich war in einem anormalen Geisteszustand, meine Nerven waren durch die Ereignisse des Abends angespannt. Gab es in meiner gegenwärtigen Situation nicht auch etwas Erschreckendes und Geheimnisvolles, das den mutigsten Geist zu beunruhigen vermochte?

Meine fiebrigen Finger umklammerten das Blatt Papier, und ich las und las wieder und wieder diese drohenden Worte: „Bewegen Sie sich nicht, stoßen Sie keinen einzigen Schrei aus. Sonst sind Sie verloren."

„Blödsinn!" dachte ich. „Es ist ein Scherz; das Werk eines fröhlichen Idioten."

Ich war kurz davor zu lachen – ein gutes, lautes Lachen. Wer hinderte mich daran? Welche quälende Angst drückte meine Kehle zusammen?

Wenigstens würde ich die Kerze ausblasen. Nein, ich konnte es nicht tun. „Bewegen Sie sich nicht, sonst sind Sie verloren", waren die Worte, die er geschrieben hatte.

Diese Autosuggestionen sind oft zwingender als die positivsten Realitäten; aber warum sollte ich gegen sie ankämpfen? Ich brauchte nur die Augen zu schließen. Ich tat es.

In diesem Moment hörte ich ein leises Geräusch, gefolgt von knisternden Klängen, die aus einem großen Raum kamen, der mir als Bibliothek diente. Zwischen der Bibliothek und meinem Schlafgemach befand sich ein kleines Zimmer oder Vorzimmer.

Das Herannahen einer tatsächlichen Gefahr erregte mich sehr, und ich verspürte den Wunsch, aufzustehen, meinen Revolver zu ergreifen und in die Bibliothek zu eilen. Ich stand nicht auf; ich sah, wie sich einer der Vorhänge des linken Fensters bewegte. Es gab keinen Zweifel: Der Vorhang hatte sich bewegt. Er bewegte sich immer noch. Und ich sah – ich sah ganz deutlich – in dem engen Raum zwischen den Vorhängen und dem Fenster eine menschliche Gestalt; eine sperrige Masse, die verhinderte, dass die Vorhänge gerade hingen. Und es ist ebenso sicher, dass der Mann mich durch die großen Maschen des Vorhangs sah. Dann verstand ich die Situation. Seine Aufgabe war es, mich zu bewachen, während die anderen ihre Beute wegtrugen. Sollte ich aufstehen und meinen Revolver ergreifen? Unmöglich! Er war da! Bei der kleinsten Bewegung, beim kleinsten Schrei war ich verloren.

Dann kam ein furchtbares Geräusch, das das Haus erschütterte; darauf folgten zwei oder drei leichtere Töne, wie von einem Hammer, der zurückschlägt. Zumindest war das der Eindruck, der sich in meinem verwirrten Gehirn bildete. Diese vermischten sich mit anderen Geräuschen und erzeugten so einen regelrechten Aufruhr, der bewies, dass die Eindringlinge nicht nur dreist waren, sondern sich auch sicher fühlten, nicht gestört zu werden.

Sie hatten Recht. Ich bewegte mich nicht. War es Feigheit? Nein, eher Schwäche, die totale Unfähigkeit, irgendeinen Teil meines Körpers zu bewegen, verbunden mit Diskretion; denn warum sollte ich mich wehren? Hinter diesem Mann standen zehn andere, die ihm zu Hilfe kommen würden. Sollte ich mein Leben riskieren, um ein paar Wandteppiche und Bibeln zu retten?

Die ganze Nacht hindurch hielt meine Folter an. Unerträgliche Qualen, schreckliche Qualen! Die Geräusche hatten aufgehört, aber ich war in ständiger Angst vor ihrer Erneuerung. Und der Mann! Der Mann, der mich bewachte, die Waffe in der Hand. Meine ängstlichen Augen blieben in seine Richtung gerichtet. Und mein Herz klopfte! Und aus jeder Pore meines Körpers sickerte ein Schweißtropfen!

Plötzlich erlebte ich eine ungeheure Erleichterung; ein Milchwagen, dessen Geräusch mir vertraut war, fuhr auf dem Boulevard vorbei, und gleichzeitig hatte ich den Eindruck, dass sich das Licht eines neuen Tages durch die geschlossenen Fensterjalousien zu stehlen versuchte.

Endlich drang das Tageslicht ins Zimmer, andere Fahrzeuge fuhren auf dem Boulevard vorbei, und alle Gespenster der Nacht verschwanden. Dann streckte ich einen Arm aus dem Bett, langsam und behutsam. Meine Augen waren auf den Vorhang gerichtet und suchten den genauen Punkt, auf den ich schießen musste; ich berechnete genau die Bewegungen, die ich machen musste; dann, schnell, ergriff ich meinen Revolver und schoss.

Mit einem Schrei der Erlösung sprang ich vom Bett auf und eilte zum Fenster. Die Kugel war durch den Vorhang und das Fensterglas gedrungen, aber sie hatte den Mann nicht berührt – aus dem sehr guten Grund, dass dort niemand war. Niemand! So war ich die ganze Nacht hindurch durch eine Falte des Vorhangs hypnotisiert worden. Und während dieser Zeit hatten die Übeltäter ... Wütend, mit einem Enthusiasmus, den nichts hätte aufhalten können, drehte ich den Schlüssel um, öffnete die Tür, durchquerte das Vorzimmer, öffnete eine weitere Tür und stürzte in die Bibliothek. Aber das Erstaunen hielt mich auf der Schwelle auf, keuchend, erstaunt, noch mehr erstaunt als ich durch die Abwesenheit des Mannes gewesen war. All die Dinge, von denen ich annahm, dass sie gestohlen worden waren, Möbel, Bücher, Bilder, alte Wandteppiche, alles war an seinem Platz.

Es war unglaublich. Ich konnte meinen Augen nicht trauen. Ungeachtet dieses Aufruhrs, dieser Geräusche des Umzugs ... ich machte einen Rundgang, inspizierte die Regale, machte eine gedankliche Bestandsaufnahme aller vertrauten Gegenstände. Nichts fehlte. Und, was noch beunruhigender war, es gab keinen Hinweis auf die Eindringlinge, kein Schild, kein umgeworfener Stuhl, nicht die Spur eines Schrittes.

„Nun! Na!" sagte ich zu mir selbst und presste die Hände auf meinen verwirrten Kopf, „ich bin doch nicht verrückt! Ich höre etwas!"

Zentimeter für Zentimeter untersuchte ich vorsichtig den Raum. Es war vergeblich. Es sei denn, ich könnte dies als eine Entdeckung betrachten: Unter einem kleinen Perserteppich fand ich eine Karte – eine gewöhnliche Spielkarte. Es war die Herz Sieben; sie war wie jede andere Herz Sieben auf französischen Spielkarten, mit dieser kleinen, aber merkwürdigen Ausnahme: Die äußerste Spitze jedes der sieben roten Punkte oder Herzen war von einem Loch durchbohrt, rund und regelmäßig, als ob es mit der Spitze einer Ahle gemacht wurde.

Nichts weiter. Eine Karte und ein Brief, gefunden in einem Buch. Aber reichte das nicht aus, um zu bestätigen, dass ich nicht der Spielball eines Traums gewesen war?

* * *

Den ganzen Tag über setzte ich meine Nachforschungen in der Bibliothek fort. Es war ein großer Raum, viel zu groß für die Anforderungen eines solchen Hauses, und die Dekoration zeugte von dem bizarren Geschmack seines Gründers. Der Fußboden war ein Mosaik aus vielfarbigen Steinen, die zu großen symmetrischen Mustern geformt waren. Die Wände waren mit einem ähnlichen Mosaik bedeckt, angeordnet in Tafeln, pompejanischen Allegorien, byzantinischen Kompositionen, Fresken des Mittelalters. Ein Bacchus, der ein Fass reitet. Ein Kaiser, der eine goldene Krone und einen wallenden Bart trägt und ein Schwert in der rechten Hand hält.

Ziemlich hoch, nach Art eines Künstlerateliers, befand sich ein großes Fenster – das einzige im Raum. Da dieses Fenster nachts immer offen stand, war es wahrscheinlich, dass die Männer mit Hilfe einer Leiter durch dieses Fenster eingestiegen waren. Aber auch dafür gab es keine Beweise. Der Fuß der Leiter hätte einige Spuren in der weichen Erde unter dem Fenster hinterlassen, aber es gab keine. Es gab auch keine Spuren von Fußstapfen in irgendeinem Teil des Hofes.

Ich kam nicht auf die Idee, die Polizei zu informieren, weil die Fakten, die ich vor mir hatte, so absurd und widersprüchlich waren. Sie würden mich auslachen. Da ich aber damals als Reporter bei der *Gil Blas* angestellt war, schrieb ich einen langen Bericht über mein Abenteuer, der am zweiten Tag danach in der Zeitung veröffentlicht wurde. Der Artikel erregte einige Aufmerksamkeit, aber niemand nahm ihn ernst. Sie hielten ihn eher für ein Werk der Fiktion als für eine Geschichte aus dem wirklichen Leben. Die Saint-Martins spotteten über mich. Aber Daspry, der sich für solche Dinge interessierte, kam zu mir, untersuchte die Angelegenheit, kam aber zu keinem Ergebnis.

Ein paar Morgen später klingelte es an der Tür, und Antoine kam, um mir mitzuteilen, dass ein Herr mich zu sehen wünsche. Er wollte seinen Namen nicht nennen. Ich wies Antoine an, ihn vorzuführen. Es war ein Mann von etwa vierzig Jahren, mit sehr dunklem Teint, lebhaften Gesichtszügen und dessen korrekte, leicht ausgefranste Kleidung einen Geschmack verriet, der in seltsamem Kontrast zu seinen eher vulgären Manieren stand. Ohne jede Vorrede sagte er zu mir – mit einer rauen Stimme, die meinen Verdacht bezüglich seiner gesellschaftlichen Stellung bestätigte:

„Monsieur, während ich in einem Café saß, habe ich ein Exemplar des *Gil Blas* in die Hand genommen und Ihren Artikel gelesen. Er hat mich sehr interessiert."

„Ich danke Ihnen."

„Und hier bin ich."

„Ah!"

„Ja, um mit Ihnen zu sprechen. Sind alle Fakten, die Sie mir erzählt haben, korrekt?"

„Absolut richtig."

„Nun, in diesem Fall kann ich Ihnen vielleicht einige Informationen geben."

„Sehr gut; fahren Sie fort."

„Nein, noch nicht. Zuerst muss ich sicher sein, dass die Fakten genauso sind, wie Sie sie geschildert haben."

„Ich habe Ihnen mein Wort gegeben. Welchen Beweis wollen Sie noch?"

„Ich muss allein in diesem Raum bleiben."

„Ich verstehe nicht", sagte ich überrascht.

„Es ist eine Idee, die mir beim Lesen Ihres Artikels kam. Gewisse Details ergaben eine außerordentliche Übereinstimmung mit einem anderen Fall, der mir zu Ohren gekommen war. Wenn ich mich irre, werde ich nichts weiter sagen. Und das einzige Mittel, die Wahrheit herauszufinden, ist, dass ich allein im Zimmer bleibe."

Was steckte hinter dieser Behauptung? Später erinnerte ich mich daran, dass der Mann äußerst nervös war; aber gleichzeitig fand ich, obwohl ich etwas erstaunt war, nichts besonders Abnormales an dem Mann oder der Bitte, die er gestellt hatte. Außerdem war meine Neugierde geweckt; also antwortete ich:

„Sehr gut. Wie viel Zeit brauchen Sie?"

„Oh! Drei Minuten – nicht länger. In drei Minuten werde ich mich wieder bei Ihnen melden."

Ich verließ das Zimmer und ging die Treppe hinunter. Ich nahm meine Uhr heraus. Eine Minute verging. Zwei Minuten. Warum fühlte ich mich so deprimiert? Warum wirkten diese Momente so pathetisch und seltsam? Zwei Minuten und eine Halbe ... Zwei Minuten und drei Viertel. Dann hörte ich einen Pistolenschuss.

Ich hüpfte die Treppe hinauf und betrat das Zimmer. Ein Schrei des Entsetzens entkam mir. In der Mitte des Raumes lag der Mann auf der linken Seite, regungslos. Blut floss aus einer Wunde an seiner Stirn. Neben seiner Hand lag ein Revolver, der noch rauchte.

Aber zusätzlich zu diesem schrecklichen Anblick wurde meine Aufmerksamkeit von einem anderen Objekt angezogen. Zwei Fuß von der Leiche entfernt, auf dem Boden, sah ich eine Spielkarte. Es war die Herz Sieben. Ich hob sie auf. Das untere Ende jedes der sieben Punkte war mit einem kleinen runden Loch durchbohrt.

* * *

Eine halbe Stunde später kam der Kommissar der Polizei, dann der Gerichtsmediziner und der Chef der *Sûreté*, Monsieur Dudouis. Ich hatte mich davor gehütet, die Leiche anzufassen. Die vorläufige Untersuchung war sehr kurz und brachte nichts zutage. Es gab keine Papiere in den Taschen des Verstorbenen, keinen Namen auf seiner Kleidung, keine Initialen auf seiner Wäsche, nichts, was einen Hinweis auf seine Identität gegeben hätte. Das Zimmer war in der gleichen perfekten Ordnung wie zuvor. Die Möbel waren nicht angerührt worden. Doch dieser Mann war nicht nur deshalb in mein Haus gekommen, um sich umzubringen, oder weil er meinen Ort als den geeignetsten für seinen Selbstmord ansah! Es muss ein Motiv für seine Verzweiflungstat gegeben haben, und dieses Motiv war zweifellos das Ergebnis einer neuen Tatsache, die er in den drei Minuten, in denen er allein war, feststellte.

Was war das für eine Tatsache? Was hatte er gesehen? Welches schreckliche Geheimnis war ihm offenbart worden? Es gab keine Antwort auf diese Fragen. Doch im letzten Moment ereignete sich ein Vorfall, der uns von erheblicher Bedeutung zu sein schien. Als zwei Polizisten die Leiche anhoben, um sie auf eine Bahre zu legen, und die linke Hand dabei bewegt wurde, fiel eine zerknitterte Karte von ihr herunter. Die Karte trug diese Worte: „*Georges Andermatt, Rue de Berry 37*".

Was bedeutete das? Georges Andermatt war ein reicher Bankier in Paris, der Gründer und Präsident der Metallbörse, die der Metallindustrie in Frankreich einen massiven Aufschwung gegeben hatte. Er lebte in fürstlichem Stil, besaß zahlreiche Automobile, Kutschen und einen teuren Rennstall. Seine gesellschaftlichen Verhältnisse waren sehr erlesen, und Madame Andermatt war bekannt für ihre Anmut und Schönheit.

„Kann das der Name des Mannes sein?" fragte ich.

Der Chef der *Sûreté* beugte sich über ihn.

„Er ist es nicht. Monsieur Andermatt ist ein dünner Mann, und etwas grau."

„Aber warum diese Karte?"

„Haben Sie ein Telefon, Monsieur?"

„Ja, im Vestibül. Kommen Sie mit mir."

Er sah im Telefonbuch nach und fragte dann nach der Nummer 41521.

„Ist Monsieur Andermatt zu Hause? ... Bitte sagen Sie ihm, dass Monsieur Dudouis ihn bitte, sofort zum Boulevard Maillot 102 zu kommen. Es ist sehr wichtig."

Zwanzig Minuten später kam Monsieur Andermatt in seinem Automobil an. Nachdem ihm die Umstände erklärt worden waren, wurde er hereingeführt, um die Leiche zu sehen. Er zeigte beträchtliche Emotionen und sprach leise und scheinbar unwillig:

„Etienne Varin", sagte er.

„Kennen Sie ihn?"

„Nein ... oder, zumindest, ja ... nur vom Sehen. Sein Bruder ..."

„Ah! Er hat einen Bruder?"

„Ja, Alfred Varin. Er kam einmal zu mir in einer geschäftlichen Angelegenheit ... ich habe vergessen, was es war."

„Wo wohnt er?"

„Die beiden Brüder leben zusammen ... Rue de Provence, glaube ich."

„Kennen Sie einen Grund, warum er Selbstmord begehen sollte?“

„Keinen.“

„Er hielt eine Karte in seiner Hand. Es war Ihre Karte mit Ihrer Adresse.“

„Das verstehe ich nicht. Sie muss durch einen Zufall dagewesen sein, wie sich bei der Untersuchung noch herausstellen wird.“

Ein sehr seltsamer Zufall, dachte ich, und ich spürte, dass die anderen denselben Eindruck hatten.

Denselben Eindruck fand ich am nächsten Tag in den Zeitungen und bei allen meinen Freunden, mit denen ich die Affäre besprach. Inmitten der Geheimnisse, die sie umgaben, nach der doppelten Entdeckung der Herz Sieben mit sieben Löchern, nach den beiden undurchschaubaren Ereignissen, die sich in meinem Haus zugetragen hatten, versprach diese Visitenkarte, etwas Licht auf die Affäre zu werfen. Durch sie könnte die Wahrheit enthüllt werden. Aber wider Erwarten lieferte Monsieur Andermatt keine Erklärung ab. Er sagte:

„Ich habe Ihnen alles gesagt, was ich weiß. Was kann ich noch tun? Ich bin sehr erstaunt, dass meine Karte an einem solchen Ort gefunden wurde, und ich hoffe aufrichtig, dass die Sache aufgeklärt wird.“

Das tat es nicht. Die offiziellen Ermittlungen ergaben, dass die Brüder Varin aus der Schweiz stammten, unter verschiedenen Namen ein unstetes Leben führten, sich in Spielhöllen aufhielten und mit einer Bande von Ausländern verkehrten, die von der Polizei mit einer Reihe von Raubüberfällen in Verbindung gebracht wurden, an denen ihre Beteiligung nachgewiesen werden konnte. In der Rue de Provence 24, wo die Brüder Varin sechs Jahre zuvor gewohnt hatten, wusste niemand, was aus ihnen geworden war.

Ich gestehe, dass mir der Fall so kompliziert und rätselhaft erschien, dass ich nicht glaubte, dass das Problem jemals gelöst werden würde, und so beschloss ich, keine Zeit mehr damit zu verschwenden. Aber Jean Daspry, den ich zu dieser Zeit häufig traf, interessierte sich von Tag zu Tag mehr dafür. Er war es, der mich auf jenen Artikel aus einer ausländischen Zeitung hinwies, der von der gesamten Presse aufgenommen und kommentiert wurde. Er lautete wie folgt:

Die erste Erprobung eines neuen Modells eines Unterseebootes, das die Seekriegsführung revolutionieren soll, wird in Anwesenheit des ehemaligen Kaisers an einem bis zur letzten Minute geheim gehaltenen Ort stattfinden. Durch eine Indiskretion wurde sein Name verraten; er lautet 'Herz Sieben'.

Die *Herz Sieben*! Das stellte ein neues Problem dar. Könnte es eine Verbindung zwischen dem Namen des U-Boots und den Ereignissen geben, die wir erzählt haben? Aber welcher Art war die Verbindung? Was hier geschah, konnte nichts mit dem U-Boot zu tun haben.

„Was wissen Sie darüber?", sagte Daspry zu mir. „Die unterschiedlichsten Auswirkungen gehen oft von derselben Ursache aus."

Am nächsten Tag wurde die folgende Meldung veröffentlicht:

Es heißt, die Pläne des neuen Unterseebootes 'Herz Sieben' seien von französischen Ingenieuren ausgearbeitet worden, die, nachdem sie sich vergeblich um die Unterstützung ihrer Landsleute bemüht hatten, anschließend in Verhandlungen mit der britischen Admiralität traten.

Ich möchte gewisse heikle Angelegenheiten, die einst für beträchtliche Aufregung sorgten, nicht übermäßig publik machen. Da nun aber alle Gefahr einer Schädigung hierdurch vorüber ist, muss ich von dem Artikel sprechen, der im *Echo de France* erschien, der damals so viel Aufsehen erregte und der ein beträchtliches Licht auf das Geheimnis der *Herz Sieben* warf. Dies ist der Artikel, wie er mit der Unterschrift von Salvator veröffentlicht wurde:

DIE AFFÄRE DER HEZ SIEBEN. SCHLEIERS GELÜFTET.

Wir werden uns kurz fassen. Vor zehn Jahren kündigte ein junger Bergbauingenieur, Louis Lacombe, der seine Zeit und sein Vermögen bestimmten Studien widmen wollte, seine damalige Stellung und mietete ein kleines Haus am Boulevard Maillot Nummer 102, das kürzlich für einen italienischen Grafen gebaut und eingerichtet worden war. Durch die Vermittlung der Gebrüder Varin aus Lausanne, von denen der eine bei den Vorversuchen half und der andere als Finanzagent fungierte, wurde der junge Ingenieur mit Georges Andermatt, dem Gründer der Metallbörse, bekannt gemacht.

Nach mehreren Gesprächen gelang es ihm, den Bankier für ein Unterseeboot zu interessieren, an dem er arbeitete, und es wurde vereinbart, dass, sobald die Erfindung vervollkommnet war, Monsieur Andermatt seinen Einfluss auf den Marineminister geltend machen würde, um eine Reihe von Versuchen unter der Leitung der Regierung zu erreichen. Zwei Jahre lang war Louis Lacombe ein häufiger Besucher in Andermatts Haus und legte dem Bankier die verschiedenen Verbesserungen vor, die er an seinen ursprünglichen Plänen vorgenommen hatte, bis er eines Tages, als er mit der Vollkommenheit seiner Arbeit zufrieden war, Monsieur Andermatt bat, mit dem Marineminister zu sprechen. An diesem Tag dinierte Louis Lacombe bei Monsieur Andermatt zu Abend. Er verließ das Haus gegen halb zwölf Uhr nachts. Seitdem wurde er nicht mehr gesehen.

Ein Blick in die Zeitungen jener Zeit zeigt, dass die Familie des jungen Mannes alle möglichen Nachforschungen anstellte, aber ohne Erfolg; und es war die allgemeine Meinung, dass Louis Lacombe - der als origineller und visionärer junger Mann bekannt war - still und leise in unbekannte Gegenden abgereist sei.

Nehmen wir diese Theorie an - so unwahrscheinlich sie auch sein mag - und betrachten wir eine andere Frage, die für unser Land sehr wichtig ist: Was ist aus den Plänen des U-Boots geworden? Hat Louis Lacombe sie weggeschafft? Sind sie zerstört?

Nach einer gründlichen Untersuchung können wir mit Bestimmtheit behaupten, dass die Pläne existieren und sich jetzt im Besitz der beiden Brüder Varin befinden. Wie sind sie in diesen Besitz gekommen? Das ist eine Frage, die noch nicht geklärt ist; wir wissen auch nicht, warum sie nicht schon früher versucht haben, sie zu verkaufen. Befürchteten sie, dass ihr Eigentumsrecht an ihnen in Frage gestellt werden könnte? Wenn ja, haben sie diese Angst verloren, und wir können definitiv verkünden, dass die Pläne von Louis Lacombe nun Eigentum einer fremden Macht sind, und wir sind in der Lage, die Korrespondenz zu veröffentlichen, die zwischen den Brüdern Varin und dem Vertreter dieser fremden Macht bestand. Die von Louis Lacombe erfundene ‚Herz Sieben' ist tatsächlich von unserem Nachbarn konstruiert worden.

Wird die Erfindung die optimistischen Erwartungen derer erfüllen, die an dieser verräterischen Tat beteiligt waren?

Und ein Postskriptum fügt hinzu:

Später … Unser Sonderkorrespondent teilt uns mit, dass die erste Erprobung der ‚Herz Sieben' nicht zufriedenstellend verlaufen ist. Es ist sehr wahrscheinlich, dass die von den Gebrüdern Varin verkauften und gelieferten Pläne nicht das endgültige Dokument enthielten, das Louis Lacombe am Tag des Treffens mit Monsieur Andermatt und am Tag seines Verschwindens mitnahm, ein Dokument, das für ein gründliches Verständnis der Erfindung unerlässlich war. Es enthielt eine Zusammenfassung der letzten Schlussfolgerungen des Erfinders sowie Schätzungen und Zahlen, die in den anderen Papieren nicht enthalten waren. Ohne dieses Dokument sind die Pläne unvollständig; andererseits ist das Dokument ohne die Pläne wertlos.

Jetzt ist es an der Zeit zu handeln und zurückzuholen, was uns gehört. Es mag eine schwierige Angelegenheit sein, aber wir verlassen uns auf die Hilfe von Monsieur Andermatt. Es wird in seinem Interesse sein, sein bisher so seltsames und undurchschaubares Verhalten zu erklären. Er wird nicht nur erklären, warum er diese Tatsachen zum Zeitpunkt des Selbstmordes von Etienne Varin verschwiegen hat, sondern auch, warum er das Verschwinden des Papiers nie aufgedeckt hat - eine Tatsache, die ihm wohl bekannt war. Er wird erzählen, warum er in den letzten sechs Jahren Spione bezahlt hat, um die Bewegungen der Varin-Brüder zu beobachten. Wir erwarten von ihm nicht nur Worte, sondern Taten. Und zwar sofort. Sonst …

Die Drohung war klar und deutlich formuliert. Aber woraus bestand sie? Welche Peitsche hielt Salvator, der anonyme Verfasser des Artikels, über den Kopf von Monsieur Andermatt?

Ein Heer von Reportern stürzte sich auf den Bankier, und zehn Interviewer gaben bekannt, wie verächtlich sie behandelt wurden. Daraufhin verkündete das *Echo de France* seinen Standpunkt mit diesen Worten:

Ob Monsieur Andermatt willig ist oder nicht, er wird von nun an unser Mitarbeiter sein, bei der Arbeit die wir begonnen haben.

* * *

Daspry und ich waren an dem Tag, an dem diese Ankündigung erschien, zusammen beim Essen. An diesem Abend, während die Zeitungen auf meinem Tisch ausgebreitet waren, besprachen wir die Angelegenheit und untersuchten sie von allen Seiten mit jener Verzweiflung, die ein Mensch empfindet, wenn er im Dunkeln geht und immer wieder über dieselben Hindernisse stolpert. Plötzlich, ohne jede Vorwarnung, öffnete sich die Tür und eine Dame trat ein. Ihr Gesicht war hinter einem dicken Schleier verborgen. Ich erhob mich sofort und ging auf sie zu.

„Sind Sie es, Monsieur, der hier wohnt?", fragte sie.

„Ja, Madame, aber ich verstehe nicht … "

„Das Tor war nicht verschlossen", erklärte sie.

„Aber die Tür zum Vestibül?"

Sie antwortete nicht, und mir kam in den Sinn, dass sie den Dienstboteneingang benutzt hatte. Woher kannte sie den Weg? Dann herrschte eine Stille, die ziemlich peinlich war. Sie sah Daspry an, und ich war gezwungen, ihn vorzustellen. Ich bat sie, sich zu setzen und mir den Grund ihres Besuchs zu erklären. Sie hob ihren Schleier, und ich sah, dass sie brünett war, mit ebenmäßigen Zügen, und obwohl sie nicht schön war, war sie attraktiv – vor allem wegen ihrer traurigen, dunklen Augen.

„Ich bin Madame Andermatt", sagte sie.

„Madame Andermatt!" wiederholte ich mit Erstaunen.

Nach einer kurzen Pause fuhr sie mit einer Stimme und einem Verhalten fort, die ganz leicht und natürlich wirkten:

„Ich bin gekommen, um Sie in dieser Angelegenheit zu sehen – Sie wissen schon. Ich dachte, ich könnte vielleicht Informationen erhalten …"

„Mein Gott, Madame, ich weiß nichts, außer dem, was bereits in den Zeitungen erschienen ist. Aber wenn Sie mir sagen würden, wie ich Ihnen helfen kann …"

„Ich weiß es nicht … ich weiß es nicht."

Erst da ahnte ich, dass ihre ruhige Haltung nur gespielt war und dass sich unter dieser Ruhe ein tiefer Kummer verbarg. Einen Moment lang waren wir still und verlegen. Dann trat Daspry nach vorne und sagte:

„Erlauben Sie mir, Ihnen ein paar Fragen zu stellen?"

„Ja, ja", rief sie. „Ich werde antworten."

„Sie werden antworten …, was auch immer diese Fragen sein mögen?"

„Ja."

„Kannten Sie Louis Lacombe?", fragte er.

„Ja, durch meinen Mann."

„Wann haben Sie ihn zum letzten Mal gesehen?“

„An dem Abend, als er mit uns zu Abend aß.“

„Gab es damals irgendetwas, das Sie glauben ließ, dass Sie ihn nie wiedersehen würden?“

„Nein. Aber er hatte von einer Reise nach Russland gesprochen ... auf eine vage Art und Weise."

„Dann erwarteten Sie, ihn wiederzusehen?“

„Ja. Er sollte zwei Tage später mit uns zu Abend essen.“

„Wie erklären Sie sich sein Verschwinden?“

„Ich kann es nicht erklären.“

„Und Monsieur Andermatt?“

„Das weiß ich nicht.“

„Aber der Artikel im *Echo de France* zeigt ...“

„Ja, dass die Brüder Varin etwas mit seinem Verschwinden zu tun haben.“

„Ist das Ihre Meinung?“

„Ja.“

„Worauf stützen Sie Ihre Meinung?“

„Als er unser Haus verließ, trug Louis Lacombe eine Tasche mit allen Papieren zu seiner Erfindung bei sich. Zwei Tage später erfuhr mein Mann in einem Gespräch mit einem der Varin-Brüder, dass die Papiere in ihrem Besitz waren.“

„Und er hat sie nicht denunziert?“

„Nein.“

„Warum nicht?“

„Weil sich in der Tasche noch etwas anderes befand, außer den Papieren von Louis Lacombe.“

„Was war es?“

Sie zögerte, wollte gerade etwas sagen, schwieg aber schließlich. Daspry fuhr fort:

„Ich nehme an, das ist der Grund, warum Ihr Mann ihre Bewegungen genau beobachtet hat, anstatt die Polizei zu informieren. Er hoffte, die Papiere wiederzubekommen und gleichzeitig jenen kompromittierenden Artikel, der es den beiden Brüdern ermöglicht hat, ihn mit Drohungen und Erpressung zu überziehen."

„Über ihn, und über mich."

„Ah! Über Sie auch?"

„Über mich, im Besonderen."

Die letzten Worte sprach sie mit hohler Stimme aus. Daspry beobachtete sie; er ging einen Moment lang hin und her, dann wandte er sich an sie und fragte:

„Haben Sie an Louis Lacombe geschrieben?"

„Natürlich. Mein Mann hatte geschäftlich mit ihm zu tun ... "

„Abgesehen von diesen Geschäftsbriefen, haben Sie an Louis Lacombe geschrieben ... andere Briefe? Verzeihen Sie meine Hartnäckigkeit, aber ich muss unbedingt die Wahrheit wissen. Haben Sie noch andere Briefe geschrieben?"

„Ja", antwortete sie und errötete.

„Und diese Briefe gelangten in den Besitz der Brüder Varin?"

„Ja."

„Weiß Monsieur Andermatt Bescheid?"

„Er hat sie nicht gesehen, aber Alfred Varin hat ihm von ihrer Existenz erzählt und gedroht, sie zu veröffentlichen, falls mein Mann etwas gegen ihn unternehmen sollte. Mein Mann hatte Angst ... ein Skandal."

„Aber er hat versucht, die Briefe zurückzuholen?"

„Ich glaube schon; aber ich weiß es nicht. Sehen Sie, nach dem letzten Gespräch mit Alfred Varin und nach einigen harschen Worten zwischen mir und meinem Mann, in denen er mich zur Rechenschaft zog, leben wir wie Fremde."

„In diesem Fall, da Sie nichts zu verlieren haben, was fürchten Sie?"

„Ich mag ihm jetzt gleichgültig sein, aber ich bin die Frau, die er geliebt hat, die er immer noch lieben würde – oh! Da bin ich mir ganz sicher", murmelte sie mit inbrünstiger Stimme, „er würde mich immer noch lieben, wenn er nicht in den Besitz dieser verfluchten Briefe gekommen wäre ... "

„Was! Ist es ihm gelungen? ... Aber die beiden Brüder haben sich ihm noch widersetzt?"

„Ja, und sie brüsteten sich damit, ein sicheres Versteck zu haben."

„Und?"

„Ich glaube, mein Mann hat dieses Versteck entdeckt."

„Ah! Wo war es?"

„Hier."

„Hier!", rief ich erschrocken aus.

„Ja. Diesen Verdacht hatte ich schon immer. Louis Lacombe war sehr erfinderisch und vergnügte sich in seinen Mußestunden, indem er Tresore und Schlösser baute. Zweifellos waren sich die Varin-Brüder dieser Tatsache bewusst und nutzten einen von Lacombes Tresoren, in dem sie vielleicht die Briefe ... und andere Dinge versteckten."

„Aber sie haben nicht hier gewohnt", sagte ich.

„Bevor Sie kamen, vor vier Monaten, stand das Haus schon seit einiger Zeit leer. Und sie mögen gedacht haben, dass Ihre Anwesenheit hier sie nicht stören würde, wenn sie die Papiere holen wollten. Aber sie rechneten nicht mit meinem Mann, der in der Nacht des 22. Juni hierher kam, den Tresor aufbrach, das Gesuchte an sich nahm und seine Karte hinterließ, um den beiden Brüdern mitzuteilen, dass er sie nicht mehr fürchtete und dass ihre Positionen nun umgekehrt seien. Zwei Tage später, nachdem er den Artikel im *Gil Blas* gelesen hatte, kam Etienne Varin hierher, blieb allein in diesem Zimmer, fand den Tresor leer, und ... brachte sich um."

Nach einem Moment sagte Daspry:

„Eine sehr einfache Theorie ... Hat Monsieur Andermatt seither mit Ihnen gesprochen?"

„Nein."

„Hat sich seine Haltung Ihnen gegenüber in irgendeiner Weise verändert? Wirkt er düsterer, ängstlicher?"

„Nein, ich habe keine Veränderung bemerkt."

„Und doch denken Sie, dass er die Briefe sichergestellt hat. Meiner Meinung nach hat er die Briefe nicht, und er war es auch nicht, der in der Nacht des 22. Juni hierhergekommen ist."

„Wer war es dann?"

„Das geheimnisvolle Individuum, das diese Affäre leitet, das alle Fäden in der Hand hält und dessen unsichtbare, aber weitreichende Macht wir von Anfang an gespürt haben. Er war es, der mit seinen Freunden am 22. Juni dieses Haus betrat; er war es, der das Versteck der Papiere entdeckte; er war es, der Monsieur Andermatts Karte hinterlegte; er ist es, der jetzt die Korrespondenz und die Beweise für den Verrat der Brüder Varin besitzt."

„Wer ist er?" fragte ich ungeduldig.

„Der Mann, der die Briefe an das *Echo de France* ... schreibt. Salvator! Haben wir nicht überzeugende Beweise für diese Tatsache? Erwähnt er nicht in seinen Briefen gewisse Einzelheiten, die niemand wissen kann, außer dem Mann, der auf diese Weise die Geheimnisse der beiden Brüder entdeckt hat?"

„Nun denn", stammelte Madame Andermatt in großer Sorge, „er hat auch meine Briefe, und er ist es, der jetzt meinen Mann bedroht. Mein Gott! Was soll ich nur tun?"

„Schreiben Sie ihm", erklärte Daspry. „Vertrauen Sie sich ihm vorbehaltlos an. Sagen Sie ihm alles, was Sie wissen und was Sie in Zukunft erfahren werden. Ihr Interesse und sein Interesse sind das gleiche. Er arbeitet nicht gegen Monsieur Andermatt, sondern gegen Alfred Varin. Helfen Sie ihm."

„Wie?"

„Hat Ihr Mann das Dokument, das die Pläne von Louis Lacombe vervollständigt?"

„Ja."

„Sagen Sie das dem Salvator, und wenn möglich, beschaffen Sie ihm das Dokument. Schreiben Sie ihm sofort. Sie riskieren nichts."

Der Rat war kühn, auf den ersten Blick sogar gefährlich, aber Madame Andermatt hatte keine Wahl. Außerdem ging sie, wie Daspry gesagt hatte, kein Risiko ein. Wenn der unbekannte Schriftsteller ein Feind wäre, würde dieser Schritt die Situation nicht verschlimmern. Wäre er ein Fremder, der einen bestimmten Zweck zu erreichen suchte, so würde er diesen Briefen nur eine untergeordnete Bedeutung beimessen. Was auch immer geschehen mochte, es war die einzige Lösung, die sich ihr bot, und sie war in ihrer Angst nur zu gerne bereit, danach zu handeln. Sie dankte uns überschwänglich und versprach, uns auf dem Laufenden zu halten.

Tatsächlich schickte sie uns zwei Tage später den folgenden Brief, den sie von Salvator erhalten hatte:

„Habe die Briefe nicht gefunden, aber ich werde sie besorgen. Bleiben Sie ruhig. Ich beobachte alles. S."

Ich sah mir den Brief an. Er war in der gleichen Handschrift geschrieben wie die Notiz, die ich in der Nacht des 22. Juni in meinem Buch gefunden hatte.

Daspry hatte recht. Salvator war in der Tat der Urheber dieser Affäre.

* * *

Wir fingen an, ein wenig Licht aus der uns umgebenden Dunkelheit kommen zu sehen, und ein unerwartetes Licht wurde auf bestimmte Punkte geworfen; aber andere Punkte blieben noch im Dunkeln - zum Beispiel der Fund der beiden Herz Sieben. Vielleicht war ich unnötig beunruhigt über diese beiden Karten, deren sieben durchstochene Punkte mir unter so verblüffenden Umständen erschienen waren! Dennoch konnte ich nicht umhin, mich zu fragen: Welche Rolle werden sie in dem Drama spielen? Welche Bedeutung haben sie? Welche Schlussfolgerung muss aus der Tatsache gezogen werden, dass das nach den Plänen von Louis Lacombe konstruierte Unterseeboot den Namen "Herz Sieben" trug?

Daspry kümmerte sich wenig um die beiden anderen Karten; er widmete seine ganze Aufmerksamkeit einem anderen Problem, das er für dringlicher hielt; er suchte das berühmte Versteck.

„Und wer weiß“, sagte er, „vielleicht finde ich die Briefe, die Salvator nicht gefunden hat - vielleicht durch ein Versehen. Es ist unwahrscheinlich, dass die Brüder Varin die für sie so wertvolle Waffe von einem Ort entfernt hätten, den sie für unzugänglich hielten.“

Und er suchte weiter. Nach kurzer Zeit barg der große Raum keine Geheimnisse mehr für ihn, also weitete er seine Untersuchungen auf die anderen Räume aus. Er untersuchte das Innere und das Äußere, die Steine des Fundaments, die Ziegel in den Wänden; er hob die Schieferplatten des Daches an.

Eines Tages kam er mit einer Spitzhacke und einem Spaten, gab mir den Spaten, behielt die Spitzhacke, zeigte auf die angrenzenden freien Grundstücke und sagte: „Komm.“

Ich folgte ihm, aber mir fehlte sein Enthusiasmus. Er teilte das unbebaute Land in mehrere Abschnitte ein, die er nacheinander untersuchte. Endlich, in einer Ecke, im Winkel, den die Mauern zweier benachbarter Eigentümer bildeten, erregte ein kleiner Haufen Erde und Kies, bedeckt mit Dornen und Gras, seine Aufmerksamkeit. Er griff ihn an. Ich war gezwungen, ihm zu helfen. Eine Stunde lang mühten wir uns unter der heißen Sonne erfolglos ab. Ich war entmutigt, aber Daspry trieb mich an. Sein Eifer war so stark wie immer.

Endlich förderte Dasprys Spitzhacke einige Knochen zutage – die Überreste eines Skeletts, an dem noch einige Kleidungsfetzen hingen. Plötzlich wurde ich blass. Ich hatte in der Erde ein kleines Stück Eisen entdeckt, das die Form eines Rechtecks hatte und auf dem ich rote Flecken zu sehen glaubte. Ich bückte mich und hob es auf. Das kleine Eisenplättchen hatte genau die Größe einer Spielkarte, und die roten Flecken, die mit Mennige[9] gemacht waren, waren darauf in einer Weise angeordnet, die der Herzsieben ähnelte, und jeder Fleck war mit einem runden Loch durchbohrt, das den Perforationen in den beiden Spielkarten ähnelte.

---

[9] Rote Malerfarbe aus Bleioxid, welche als Schutzanstrich gegen Rost verwendet wird.

„Hör zu, Daspry, ich habe genug von dem hier. Du kannst bleiben, wenn es dich interessiert. Aber ich gehe jetzt."

War das nur der Ausdruck meiner aufgeregten Nerven? Oder war es das Ergebnis einer mühsamen Aufgabe, ausgeführt unter einer brennenden Sonne? Ich weiß, dass ich zitterte, als ich ging, und dass ich zu Bett ging, wo ich achtundvierzig Stunden blieb, ruhelos und fiebrig, heimgesucht von Skeletten, die um mich herumtanzten und mir ihre blutenden Herzen an den Kopf warfen.

Daspry war mir treu. Er kam jeden Tag zu mir nach Hause und blieb drei oder vier Stunden, die er in dem großen Zimmer verbrachte, wühlend, klopfend, suchend.

„Die Briefe sind hier, in diesem Zimmer", sagte er von Zeit zu Zeit, „sie sind hier. Darauf verwette ich mein Leben."

Am Morgen des dritten Tages stand ich auf – noch kraftlos, aber geheilt. Ein ausgiebiges Frühstück munterte mich auf. Aber ein Brief, den ich an diesem Nachmittag erhielt, trug mehr als alles andere zu meiner vollständigen Genesung bei und erweckte in mir eine lebhafte Neugier. Dies war der Brief:

Monsieur,

Das Drama, dessen erster Akt sich in der Nacht des 22. Juni zugetragen hat, neigt sich nun dem Ende zu. Die Umstände zwingen mich, die beiden Hauptdarsteller dieses Dramas einander gegenüberzustellen, und ich wünsche, dass dieses Treffen in Ihrem Haus stattfindet, wenn Sie so freundlich sind, es mir für heute Abend von neun bis elf Uhr zur Verfügung zu stellen. Es wird ratsam sein, Ihren Diener für den Abend freizustellen, und vielleicht werden Sie so freundlich sein, den beiden Kontrahenten das Feld zu überlassen. Sie werden sich erinnern, dass ich bei meinem Besuch in Ihrem Haus in der Nacht des 22. Juni hervorragend auf Ihr Eigentum aufgepasst habe. Ich glaube, ich würde Ihnen Unrecht tun, wenn ich auch nur einen Moment lang an Ihrer absoluten

Diskretion in dieser Angelegenheit zweifeln würde. Ihr ergebener,

SALVATOR

Ich war amüsiert über den scherzhaften Ton seines Briefes und auch über die skurrile Natur seiner Bitte. Es lag eine charmante Zurschaustellung von Vertrauen und Offenheit in seiner Sprache, und nichts in der Welt hätte mich dazu bringen können, ihn zu täuschen oder sein Vertrauen mit Undankbarkeit zu vergelten.

Ich gab meinem Diener eine Theaterkarte, und er verließ um acht Uhr das Haus. Ein paar Minuten später kam Daspry. Ich zeigte ihm den Brief.

„Nun?", sagte er.

„Nun, ich habe das Gartentor unverschlossen gelassen, so dass jeder eintreten kann."

„Und du ... gehst du weg?"

„Ganz und gar nicht. Ich habe vor, hier zu bleiben."

„Aber er bittet Sie zu gehen ... "

„Aber ich werde nicht gehen. Ich werde diskret sein, aber ich bin entschlossen zu sehen, was passiert."

„Meine Güte!" rief Daspry lachend aus, „du hast recht, und ich werde bei dir bleiben. Ich möchte es nicht verpassen."

Wir wurden durch den Klang der Türglocke unterbrochen.

„Schon da?", sagte Daspry, „zwanzig Minuten vor der Zeit! Unglaublich!"

Ich ging zur Tür und geleitete den Besucher herein. Es war Madame Andermatt. Sie war schwach und nervös, und mit stotternder Stimme sagte sie:

„Mein Mann ... kommt ... er hat einen Termin ... sie wollen ihm die Briefe ... "

„Woher wissen Sie das?", fragte ich.

„Durch Zufall. Es kam eine Nachricht für meinen Mann, während wir beim Abendessen waren. Der Diener gab sie mir versehentlich. Mein Mann nahm sie schnell an sich, aber er kam zu spät. Ich hatte sie gelesen."

„Sie haben sie gelesen?"

„Ja. Er lautete ungefähr so: `Seien Sie heute Abend um neun Uhr am Boulevard Maillot mit den Papieren, die mit der Affäre zusammenhängen. Im Austausch dafür die Briefe.´ Also eilte ich nach dem Essen hierher."

„Unerkannt für Ihren Mann?"

„Ja."

„Was denken Sie darüber?", fragte Daspry und wandte sich an mich.

„Ich denke wie Sie, dass Monsieur Andermatt einer der geladenen Gäste ist."

„Ja, aber zu welchem Zweck?"

„Das werden wir gleich herausfinden."

Ich führte die Männer in einen großen Raum. Zu dritt konnten wir uns bequem hinter dem samtenen Kaminmantel verstecken und alles beobachten, was in dem Raum geschehen sollte. Wir setzten uns dorthin, mit Madame Andermatt in der Mitte.

Die Uhr schlug neun. Ein paar Minuten später knarrte das Gartentor in den Angeln. Ich gestehe, dass ich sehr aufgeregt war. Ich war im Begriff, den Schlüssel zum Geheimnis zu erfahren. Die erschreckenden Ereignisse der letzten Wochen sollten erklärt werden, und vor meinen Augen sollte die letzte Schlacht geschlagen werden. Daspry ergriff die Hand von Madame Andermatt und sagte zu ihr:

„Nicht ein Wort, nicht eine Bewegung! Was immer Sie auch sehen oder hören mögen, seien Sie still!"

Jemand trat ein. Es war Alfred Varin. Ich erkannte ihn sofort, da er seinem Bruder Etienne sehr ähnlich sah. Er hatte denselben hinkenden Gang, dasselbe leichenblasse Gesicht mit dem schwarzen Bart.

Er trat mit der nervösen Miene eines Mannes ein, der die Anwesenheit von Fallen und Hinterhalten zu fürchten gewohnt ist, der sie wittert und meidet. Er schaute sich im Zimmer um, und ich hatte den Eindruck, dass ihm der mit einer Samt-Portiere verdeckte Kamin nicht gefiel. Er machte drei Schritte in unsere Richtung, als ihn etwas veranlasste, sich umzudrehen und auf den alten Mosaikkönig mit dem wallenden Bart und dem flammenden Schwert zuzugehen, den er genau untersuchte, indem er sich auf einen Stuhl setzte und mit den Fingern die Umrisse der Schultern und des Kopfes nachfuhr und bestimmte Stellen des Gesichts betastete. Plötzlich sprang er von dem Stuhl auf und ging von ihm weg. Er hatte das Geräusch von sich nähernden Schritten gehört. Monsieur Andermatt erschien an der Tür.

„Sie! Sie!“, rief der Bankier aus. „Waren Sie es, der mich hierher gebracht hat?“

„Ich? Keineswegs“, protestierte Varin mit einer rauen, ruckeligen Stimme, die mich an seinen Bruder erinnerte, „im Gegenteil, es war Ihr Brief, der mich hierher gebracht hat.“

„Mein Brief?“

„Ein von Ihnen unterschriebener Brief, in dem Sie mir anboten ... “

„Ich habe nie an Sie geschrieben“, erklärte Monsieur Andermatt.

„Sie haben mir nicht geschrieben!?“

Instinktiv war Varin auf der Hut, nicht vor dem Bankier, sondern vor dem unbekannten Feind, der ihn in diese Falle gelockt hatte. Ein zweites Mal blickte er in unsere Richtung, dann ging er auf die Tür zu. Aber Monsieur Andermatt versperrte ihm den Weg.

„Nun, wo wollen Sie hin, Varin?“

„Irgendetwas an dieser Angelegenheit gefällt mir nicht. Ich gehe nach Hause. Guten Abend.“

„Einen Moment!“

„Das ist nicht nötig, Monsieur Andermatt. Ich habe Ihnen nichts zu sagen.“

„Aber ich habe Ihnen etwas zu sagen, und das ist ein guter Zeitpunkt dafür.“

„Lasst mich vorbei.“

„Nein, Sie werden nicht passieren.“

Varin wich vor der entschlossenen Haltung des Bankiers zurück, als dieser murmelte:

„Na, dann beeilen Sie sich."

Eines verwunderte mich, und ich habe keinen Zweifel, dass meine beiden Begleiter ein ähnliches Gefühl empfanden. Warum war Salvator nicht da? War er nicht ein notwendiger Teilnehmer an dieser Konferenz? Oder begnügte er sich damit, die beiden Kontrahenten alles unter sich ausfechten zu lassen? Auf jeden Fall war seine Abwesenheit eine große Enttäuschung, obwohl sie der Dramatik der Situation keinen Abbruch tat.

Nach einem Moment trat Monsieur Andermatt auf Varin zu und sagte, von Angesicht zu Angesicht, Auge in Auge:

„Jetzt, nach all den Jahren und wenn Sie nichts mehr zu befürchten haben, können Sie mir offen antworten: Was haben Sie mit Louis Lacombe gemacht?"

„Was für eine Frage! Als ob ich etwas über ihn wüsste!"

„Doch, Sie wissen es! Sie und Ihr Bruder waren seine ständigen Begleiter, lebten fast mit ihm in diesem Haus. Sie wussten alles über seine Pläne und seine Arbeit. Und in der letzten Nacht, in der ich Louis Lacombe sah, als ich mich von ihm an meiner Tür verabschiedete, sah ich zwei Männer im Schatten der Bäume davonschleichen. Das bin ich bereit zu beschwören."

„Nun, was hat das mit mir zu tun?"

„Die beiden Männer waren Sie und Ihr Bruder."

„Beweisen Sie es."

„Der beste Beweis ist, dass Sie mir zwei Tage später selbst die Papiere und Pläne zeigten, die Lacombe gehörten, und anboten, sie zu verkaufen. Wie sind diese Papiere in Ihren Besitz gekommen?"

„Ich habe Ihnen bereits gesagt, Monsieur Andermatt, dass wir sie am Morgen nach Lacombes Verschwinden auf seinem Tisch gefunden haben."

„Das ist eine Lüge!"

„Beweisen Sie es."

„Das Gesetz wird es beweisen."

„Warum sind Sie dann nicht vor Gericht gegangen?"

„Warum? Ah! Warum ... ", stammelte der Bankier emotional.

„Sie wissen sehr gut, Monsieur Andermatt, wenn Sie auch nur die geringste Gewissheit über unsere Schuld gehabt hätten, hätte Sie unsere kleine Drohung nicht aufgehalten."

„Welche Drohung? Diese Briefe? Glauben Sie, ich hätte je einen Gedanken an diese Briefe verschwendet?"

„Wenn Ihnen die Briefe egal waren, warum haben Sie mir dann Tausende von Francs für ihre Rückgabe angeboten? Und warum haben Sie meinen Bruder und mich wie wilde Tiere verfolgen lassen?"

„Um die Pläne wiederzubekommen."

„Blödsinn! Sie wollten die Briefe. Sie wussten, dass Sie uns verraten können, sobald Sie im Besitz der Briefe sind. Oh! Nein, ich konnte mich nicht von ihnen trennen!"

Er lachte herzhaft, hielt aber plötzlich inne und sagte:

„Aber, genug davon! Wir bewegen uns nur auf altem Terrain. Wir kommen nicht vorwärts. Wir sollten die Dinge so stehen lassen, wie sie sind."

„Wir werden die Dinge nicht so stehen lassen, wie sie sind", sagte der Bankier, „und da Sie sich auf die Briefe bezogen haben, lassen Sie mich Ihnen sagen, dass Sie dieses Haus nicht verlassen werden, bis Sie diese Briefe übergeben haben."

„Ich werde gehen, wann ich will."

„Das werden Sie nicht."

„Seien Sie vorsichtig, Monsieur Andermatt. Ich warne Sie ... "

„Ich sage, Sie werden nicht gehen."

„Das werden wir schon sehen", schrie Varin so wütend, dass Madame Andermatt einen Angstschrei nicht unterdrücken konnte. Varin muss ihn gehört haben, denn er versuchte nun, sich den Weg nach draußen zu bahnen. Monsieur Andermatt stieß ihn zurück. Dann sah ich, wie er die Hand in seine Manteltasche steckte.

„Zum letzten Mal, lasst mich vorbei“, rief er.

„Die Briefe, zuerst!“

Varin zog einen Revolver und richtete ihn auf Monsieur Andermatt und sagte:

„Ja oder nein?“

Der Bankier bückte sich schnell. Da ertönte ein Pistolenschuss. Die Waffe fiel Varin aus der Hand. Ich war erstaunt.

Der Schuss wurde in meiner Nähe abgefeuert. Es war Daspry, der ihn auf Varin abgefeuert hatte, so dass er den Revolver fallen ließ. Im nächsten Moment stand Daspry zwischen den beiden Männern und sah Varin an; er sagte zu ihm mit einem spöttischen Lächeln:

„Du hast Glück gehabt, mein Freund, sehr viel Glück. Ich habe auf Ihre Hand geschossen und nur den Revolver getroffen.“

Beide sahen ihn erstaunt an. Dann wandte er sich an den Bankier und sagte:

„Ich bitte um Verzeihung, Monsieur, dass ich mich in Ihre Angelegenheiten einmische; aber Sie spielen wirklich ein sehr schlechtes Spiel. Lassen Sie mich die Karten halten.“

Wieder zu Varin gewandt, sagte Daspry:

„Das ist eine Sache zwischen uns beiden, Genosse, und spielen Sie fair. Herz ist Trumpf, und ich spiele die Sieben.“

Dann hielt Daspry das kleine Eisenplättchen vor Varins fassungslosen Augen hoch, das mit den sieben roten Punkten markiert war. Es war ein furchtbarer Schock für Varin. Mit fahlem Gesicht, starrenden Augen und einem Hauch intensiver Agonie schien der Mann bei ihrem Anblick wie hypnotisiert zu sein.

„Wer sind Sie?“, keuchte er.

„Einer, der sich in die Angelegenheiten anderer Leute einmischt, bis ganz nach unten.“

„Was wollen Sie?“

„Was Sie heute Abend hierher gebracht haben.“

„Ich habe nichts mitgebracht."

„Doch, das haben Si, sonst wären Sie nicht gekommen. Heute Morgen haben Sie eine Einladung erhalten, um neun Uhr hierher zu kommen und alle Papiere mitzubringen, die Sie besitzen. Sie sind hier. Wo sind die Papiere?"

In Dasprys Stimme und Auftreten lag ein Ton der Autorität, den ich nicht verstand; seine Art war sonst recht mild und versöhnlich. Völlig überwältigt legte Varin seine Hand auf eine seiner Taschen und sagte:

„Die Papiere sind hier."

„Alle?"

„Ja."

„Alle, die Sie Louis Lacombe abgenommen und dann an Major von Lieben verkauft haben?"

„Ja."

„Sind das die Kopien oder die Originale?"

„Ich habe die Originale."

„Wie viel wollen Sie für sie?"

„Einhunderttausend Francs."

„Sie sind verrückt", sagte Daspry. „Der Major hat Ihnen doch nur zwanzigtausend gegeben, und das war wie ins Meer geworfenes Geld, da das Boot bei den Vorversuchen ein Fehlschlag war."

„Sie haben die Pläne nicht verstanden."

„Die Pläne sind nicht vollständig."

„Warum fragen Sie mich dann nach ihnen?"

„Weil ich sie haben will. Ich biete Ihnen 5.000 Francs - nicht einen Sou mehr."

„Zehntausend. Nicht einen Sou weniger."

„Einverstanden", sagte Daspry, der sich nun an Monsieur Andermatt wandte und sagte:

„Monsieur wird freundlicherweise einen Scheck über den Betrag unterschreiben."

„Aber ... ich habe nicht ... "

„Ihr Scheckbuch? Hier ist es."

Erstaunt untersuchte Monsieur Andermatt das Scheckbuch, das Daspry ihm reichte.

„Es ist meins", keuchte er. „Wie kann das sein?"

„Keine leeren Worte, Monsieur, wenn Sie so wollen. Sie müssen nur noch unterschreiben."

Der Bankier nahm seinen Füllfederhalter heraus, füllte den Scheck aus und unterschrieb ihn. Varin hielt ihm die Hand hin.

„Nehmen Sie die Hand runter", sagte Daspry, „da ist noch etwas." Dann sagte er zu dem Bankier: „Sie wollten ein paar Briefe, nicht wahr?"

„Ja, ein Paket mit Briefen."

„Wo sind sie, Varin?"

„Ich habe sie nicht bekommen."

„Wo sind sie, Varin?"

„Ich weiß es nicht. Mein Bruder hatte sie in der Hand."

„Sie sind in diesem Zimmer versteckt."

„Wenn das so ist, wissen Sie, wo sie sind."

„Woher soll ich das wissen?"

„Warst du es nicht, der das Versteck gefunden hat? Du scheinst genauso gut informiert zu sein wie Salvator."

„Die Briefe sind nicht in dem Versteck."

„Doch, sind sie."

„Öffne sie."

Varin sah ihn herausfordernd an. Waren Daspry und Salvator nicht ein und dieselbe Person? Alles deutete auf diesen Schluss hin. Wenn dem so war, riskierte Varin nichts, wenn er ein bereits bekanntes Versteck preisgab.

„Öffnen Sie es", wiederholte Daspry.

„Ich habe die *Herz Sieben* nicht."

„Ja, hier ist sie", sagte Daspry und reichte ihm die Eisenplatte. Varin zuckte erschrocken zurück und rief:

„Nein, nein, ich will nicht."

„Macht nichts", antwortete Daspry, ging auf den bärtigen König zu, kletterte auf einen Stuhl und legte die Herzsieben so auf den unteren Teil des Schwertes, dass die Kanten der Eisenplatte genau mit den beiden Kanten des Schwertes übereinstimmten. Dann drückte er mit Hilfe einer Ahle, die er abwechselnd in jedes der sieben Löcher einführte, auf sieben der Mosaiksteinchen. Als er auf das siebte drückte, ertönte ein klickendes Geräusch, und die gesamte Büste des Königs drehte sich um einen Zapfen und gab eine große, mit Stahl ausgekleidete Öffnung frei. Es war wirklich ein feuerfester Tresor.

„Sie sehen, Varin, der Safe ist leer."

„Das sehe ich. Dann hat mein Bruder die Briefe herausgenommen."

Daspry stieg vom Stuhl ab, ging auf Varin zu und sagte:

„Also, keinen Unsinn mehr mit mir. Es gibt noch ein anderes Versteck. Wo ist es?"

„Es gibt keins."

„Wollen Sie Geld? Wie viel?"

„Zehntausend."

„Monsieur Andermatt, sind diese Briefe für Sie zehntausend Francs wert?"

„Ja", sagte der Bankier mit fester Stimme.

Varin schloss den Tresor, nahm die *Herz Sieben* und legte sie wieder auf das Schwert, an dieselbe Stelle. Er stach die Ahle in jedes der sieben Löcher. Es gab dasselbe klickende Geräusch, aber diesmal war es seltsamerweise nur ein Teil des Tresors, der sich auf der Achse drehte und einen ziemlich kleinen Tresor offenbarte, der in die Tür des größeren eingebaut war. Das Päckchen mit den Briefen lag hier, mit einem Band verschnürt und versiegelt. Varin reichte das Päckchen Daspry. Dieser wandte sich an den Bankier und fragte:

„Ist der Scheck fertig, Monsieur Andermatt?"

„Ja."

„Und Sie haben auch das letzte Dokument, das Sie von Louis Lacombe erhalten haben – das, in dem die Pläne des U-Boots vervollständigt werden?"

„Ja."

Der Austausch war vollzogen. Daspry steckte das Dokument und die Schecks ein und bot das Paket mit den Briefen Monsieur Andermatt an.

„Das ist es, was Sie wollten, Monsieur."

Der Bankier zögerte einen Moment, als hätte er Angst, die verfluchten Briefe anzufassen, die er so sehnlichst gesucht hatte. Dann, mit einer nervösen Bewegung, nahm er sie an sich. In meiner Nähe hörte ich ein Stöhnen. Ich ergriff die Hand von Madame Andermatt. Sie war kalt.

„Ich glaube, Monsieur", sagte Daspry zu dem Bankier, „dass unser Geschäft beendet ist. Es war nur ein reiner Zufall, dass ich Ihnen einen guten Dienst erweisen konnte. Gute Nacht."

Monsieur Andermatt zog sich zurück. Er hatte die Briefe im Gepäck, die seine Frau an Louis Lacombe geschrieben hatte.

„Wunderbar!" rief Daspry erfreut aus. „Alles kommt auf uns zu. Jetzt müssen wir nur noch unsere kleine Angelegenheit abschließen, Genosse. Haben Sie die Papiere?"

„Hier sind sie, alle."

Daspry prüfte sie sorgfältig und steckte sie dann in seine Tasche.

„Ganz recht. Sie haben Ihr Wort gehalten", sagte er.

„Aber ... "

„Aber was?"

„Die beiden Schecks? Das Geld?", sagte Varin eifrig.

„Nun, Sie haben viel Selbstvertrauen, mein Mann. Wie können Sie es wagen, so etwas zu verlangen?“

„Ich verlange nur, was mir zusteht.“

„Können Sie Lohn für die Rückgabe von Papieren verlangen, die Sie gestohlen haben? Nun, ich denke nicht!“

Varin war außer sich. Er zitterte vor Wut; seine Augen waren blutunterlaufen.

„Das Geld ... die zwanzigtausend ...“, stammelte er.

„Unmöglich! Ich brauche es selbst.“

„Das Geld!“

„Kommen Sie, seien Sie vernünftig, und regen Sie sich nicht auf. Es wird nichts nützen.“

Daspry ergriff seinen Arm so heftig, dass Varin einen Schmerzensschrei ausstieß. Daspry fuhr fort:

„Jetzt können Sie gehen. Die Luft wird Ihnen gut tun. Vielleicht wollen Sie, dass ich Ihnen den Weg zeige. Ah! ja, wir werden zusammen zu dem leeren Grundstück in der Nähe gehen, und ich werde Ihnen einen kleinen Hügel aus Erde und Steinen zeigen, und darunter ... “

„Das ist falsch! Das ist falsch!“

„Oh! nein, es ist wahr. Die kleine Eisenplatte mit den sieben Punkten darauf kam von dort. Louis Lacombe trug sie immer bei sich, und Sie haben sie mit der Leiche vergraben – und mit einigen anderen Dingen, die sich für einen Richter und die Geschworenen als sehr interessant erweisen werden.“

Varin bedeckte sein Gesicht mit den Händen und murmelte:

„Na gut, ich bin geschlagen. Sagen Sie nichts mehr. Aber eine Frage möchte ich Ihnen stellen. Ich würde gerne wissen ... “

„Was ist es?“

„War da eine kleine Schatulle in dem großen Safe?“

„Ja.“

„War sie in der Nacht des 22. Juni dort?“

„Ja."

„Was enthielt sie?"

„Alles, was die Gebrüder Varin hineingelegt hatten... eine hübsche Sammlung von Diamanten und Perlen, die besagte Brüder hier und da gesammelt hatten."

„Und haben Sie es genommen?"

„Natürlich habe ich das. Können Sie mir das verübeln?"

„Ich verstehe ..., dass es das Verschwinden dieser Schatulle war, das meinen Bruder dazu brachte, sich umzubringen."

„Wahrscheinlich. Das Verschwinden Ihrer Korrespondenz war kein ausreichendes Motiv. Aber das Verschwinden der Schatulle ... ist das alles, was Sie mich fragen möchten?"

„Noch eine Sache: Ihren Namen?"

„Sie fragen das in der Absicht, sich zu rächen."

„Weiß Gott! Der Spieß lässt sich umdrehen. Heute bist du obenauf. Morgen ..."

„Wirst du es sein."

„Ich hoffe es. Ihr Name?"

„Arsène Lupin."

„Arsène Lupin!"

Der Mann taumelte, als hätte ihn ein schwerer Schlag betäubt. Diese zwei Worte hatten ihm jede Hoffnung genommen.

Daspry lachte und sagte:

„Ah! Haben Sie geglaubt, dass ein Monsieur Durand oder Dupont eine solche Angelegenheit regeln könnte? Nein, dazu bedurfte es der Geschicklichkeit und Gerissenheit von Arsène Lupin. Und da Sie nun meinen Namen kennen, gehen Sie und bereiten Sie Ihre Rache vor. Arsène Lupin wird auf Sie warten."

Dann schob er den fassungslosen Varin durch die Tür.

„Daspry! Daspry!“ rief ich und schob den Vorhang beiseite. Er rannte zu mir.

„Was? Was ist denn los?“

„Madame Andermatt ist krank.“

Er eilte zu ihr, ließ sie einige Salze einatmen und fragte mich, während er sich um sie kümmerte, aus:

„Nun, was war es?“

„Die Briefe von Louis Lacombe, die Sie ihrem Mann gegeben haben.“

Er schlug sich an die Stirn und sagte:

„Hat sie gedacht, dass ich so etwas tun könnte! ... Aber natürlich würde sie das. Ich Dummkopf, der ich bin!“

Madame Andermatt war nun wieder zu sich gekommen. Daspry holte aus seiner Tasche ein kleines Päckchen, das genau so aussah wie das, das Monsieur Andermatt weggetragen hatte.

„Hier sind Ihre Briefe, Madame. Das sind die echten Briefe.“

„Aber ... die anderen?“

„Die anderen sind die gleichen, von mir umgeschrieben und sorgfältig formuliert. Ihr Mann wird nichts Anstößiges daran finden und den Austausch nicht vermuten, da sie in seiner Gegenwart aus dem Safe genommen wurden.“

„Aber die Handschrift ... “

„Es gibt keine Handschrift, die nicht nachgeahmt werden kann.“

Sie bedankte sich mit denselben Worten, die sie auch einem Mann aus ihrem Bekanntenkreis gegenüber verwendet hätte, woraus ich schloss, dass sie die Schlussszene zwischen Varin und Arsène Lupin nicht miterlebt hatte. Aber diese überraschende Enthüllung brachte mich in Verlegenheit. Lupin! Mein Kamerad war kein anderer als Arsène Lupin. Ich konnte es nicht begreifen. Aber er sagte, ganz ungezwungen:

„Sie können sich von Jean Daspry verabschieden.“

„Ah!“

„Ja, Jean Daspry geht auf eine lange Reise. Ich werde ihn nach Marokko schicken. Dort findet er vielleicht einen Tod, der seiner würdig ist. Ich darf sagen, dass das seine Erwartung ist."

„Aber Arsène Lupin wird bleiben?"

„Oh! Ganz bestimmt. Arsène Lupin steht an der Schwelle seiner Karriere und er erwartet ..."

Die Neugierde zwang mich, ihn zu unterbrechen. Ich führte ihn von Madame Andermatt weg und fragte:

„Haben Sie den kleineren Tresor selbst entdeckt, in dem die Briefe waren?"

„Ja, nach vielen Mühen. Ich fand ihn gestern Nachmittag, als Sie schliefen. Und doch war es weiß Gott einfach genug! Aber die einfachsten Dinge sind die, die uns gewöhnlich entgehen." Dann zeigte er mir die *Herz Sieben* und fügte hinzu: „Natürlich habe ich geahnt, dass diese Karte auf das Schwert des Mosaikkönigs gelegt werden muss, um den größeren Tresor zu öffnen."

„Wie haben Sie das erraten?"

„Ganz einfach. Durch private Informationen wusste ich diese Tatsache, als ich am Abend des 22. Juni hierher kam ..."

„Nachdem Sie mich verlassen hatten ... "

„Ja, nachdem ich das Thema unserer Unterhaltung auf Geschichten über Verbrechen und Raubüberfälle gelenkt hatte, die Sie sicher in einen so nervösen Zustand versetzen würden, dass Sie Ihr Bett nicht verlassen würden, sondern mir erlauben würden, meine Suche ungestört zu beenden."

„Der Plan funktionierte perfekt."

„Nun, ich wusste, als ich hierher kam, dass eine Schatulle in einem Tresor mit einem geheimen Schloss versteckt war, und dass die *Herz Sieben* der Schlüssel zu diesem Schloss war. Ich brauchte die Karte nur an die Stelle zu legen, die offensichtlich dafür vorgesehen war. Eine einstündige Untersuchung zeigte mir, wo die Stelle war."

„Eine Stunde!"

„Sehen Sie sich den Kerl im Mosaik an."

„Der alte Kaiser?"

„Der alte Kaiser ist eine exakte Darstellung des Herzkönigs auf allen Spielkarten."

„Das ist richtig. Aber wie kann die *Herz Sieben* einmal den größeren und einmal den kleineren Tresor öffnen? Und warum haben Sie zunächst nur den größeren Safe geöffnet? Ich meine in der Nacht des 22. Juni."

„Weil ich die Herzsieben immer auf dieselbe Weise platziert habe. Ich habe die Position nie verändert. Aber gestern habe ich beobachtet, dass durch das Umdrehen der Karte, durch das Umstülpen, die Anordnung der sieben Punkte auf dem Mosaik verändert wurde."

„Wahrhaftig!"

„Natürlich! Aber ein Mensch muss an solche Dinge denken."

„Da ist noch etwas: Sie kannten die Geschichte dieser Briefe nicht, bis Madame Andermatt ... "

„Vor mir von ihnen sprach? Nein. Denn ich fand im Tresor außer der Schatulle nichts als die Korrespondenz der beiden Brüder, die ihren Verrat an den Plänen offenbarte."

„Dann war es Zufall, dass Sie zuerst die Geschichte der beiden Brüder recherchierten und dann nach den Plänen und Dokumenten des U-Boots suchten?"

„Einfach Zufall."

„Zu welchem Zweck haben Sie die Suche durchgeführt?"

„Mein Gott!", rief Daspry lachend aus, „wie sehr interessiert Sie das Thema!"

„Das Thema fasziniert mich."

„Nun gut, nachdem ich Madame Andermatt zu einer Kutsche begleitet und eine kurze Geschichte an das *Echo de France* geschickt habe, werde ich zurückkommen und Ihnen alles darüber erzählen."

Er setzte sich hin und schrieb einen jener kurzen, klaren Artikel, die zur Belustigung und Verblüffung des Publikums dienten. Wer erinnert sich nicht an die Sensation, die dieser Artikel in der ganzen Welt auslöste?

Arsène Lupin hat das kürzlich von Salvator vorgelegte Problem gelöst. Nachdem er in den Besitz aller Dokumente und Originalpläne des Ingenieurs Louis Lacombe gelangt ist, hat er sie dem Marineminister zur Verfügung gestellt und eine Subskriptionsliste angeführt, um der Nation das erste nach diesen Plänen konstruierte Unterseeboot zu präsentieren. Seine Subskription beträgt zwanzigtausend Francs.

„Zwanzigtausend Francs! Die Schecks von Mon. Andermatt?“ rief ich aus, als er mir das Papier zum Lesen gab.

"Genau. Es war ganz richtig, dass Varin seinen Verrat einlöste."

* * *

Und so machte ich die Bekanntschaft von Arsène Lupin. So erfuhr ich, dass Jean Daspry, ein Mitglied meines Clubs, kein anderer war als Arsène Lupin, der Gentleman-Dieb. So entstand eine sehr angenehme Freundschaft mit diesem berühmten Mann, und dank des Vertrauens, mit dem er mich beehrte, wurde ich sein sehr bescheidener und treuer Historiograph.

VII. Der Tresor von Madame Imbert

Um drei Uhr morgens stand noch ein halbes Dutzend Kutschen vor einem jener kleinen Häuser, die nur die Seite des *Boulevard Berthier* bilden. Die Tür dieses Hauses öffnete sich, und eine Reihe von Gästen, männliche und weibliche, traten heraus. Die meisten von ihnen stiegen in ihre Kutschen und wurden schnell weggefahren, nur zwei Männer blieben zurück, die die *Courcelles* hinuntergingen, wo sie sich trennten, da einer von ihnen in dieser Straße wohnte. Der andere beschloss, zu Fuß bis zur *Porte-Maillot* zurückzukehren. Es war eine schöne Winternacht, klar und kalt; eine Nacht, in der ein flotter Spaziergang angenehm und erfrischend ist.

Aber nach ein paar Minuten hatte er den unangenehmen Eindruck, dass er verfolgt wurde. Als er sich umdrehte, sah er einen Mann zwischen den Bäumen herumschleichen. Er war kein Feigling; dennoch hielt er es für ratsam, sein Tempo zu erhöhen. Dann begann sein Verfolger zu rennen, und er hielt es für klug, seinen Revolver zu ziehen und sich ihm zu stellen. Aber er hatte keine Zeit. Der Mann stürzte sich auf ihn und griff ihn heftig an. Sofort waren sie in einen verzweifelten Kampf verwickelt, bei dem er spürte, dass sein unbekannter Angreifer im Vorteil war. Er rief um Hilfe, wehrte sich und wurde auf einen Kieshaufen geworfen, an der Kehle gepackt und mit einem Taschentuch geknebelt, das ihm sein Angreifer in den Mund drückte. Seine Augen fielen zu, und der Mann, der ihn mit seinem Gewicht erdrückte, erhob sich, um sich gegen einen unerwarteten Angriff zu wehren. Ein Stockschlag und ein Stiefeltritt; der Mann stieß zwei Schmerzensschreie aus und floh humpelnd und fluchend. Ohne den Flüchtigen zu verfolgen, beugte sich der Neuankömmling über den am Boden Liegenden und erkundigte sich:

„Sind Sie verletzt, Monsieur?"

Er war nicht verletzt, aber er war benommen und unfähig, aufzustehen. Sein Retter besorgte einen Wagen, setzte ihn hinein und begleitete ihn zu seinem Haus in der *Avenue de la Grande-Armée*. Dort angekommen, etwas erholt, überhäufte er seinen Retter mit Dank.

„Ich verdanke Ihnen mein Leben, Monsieur, und ich werde es nicht vergessen. Ich möchte meine Frau um diese Zeit nicht beunruhigen, aber morgen wird sie sich gerne persönlich bei Ihnen bedanken. Kommen Sie und frühstücken Sie mit uns. Mein Name ist Ludovic Imbert. Darf ich Sie nach Ihrem fragen?"

„Gewiss, Monsieur."

Und er reichte Monsieur Imbert eine Karte mit dem Namen: **Arsène Lupin**.

* * *

Zu dieser Zeit genoss Arsène Lupin noch nicht die Berühmtheit, die ihm die Cahorn-Affäre, seine Flucht aus dem *Prison de la Santé* und andere brillante Taten später einbrachten. Er hatte nicht einmal den Namen Arsène Lupin benutzt. Der Name war eigens erfunden worden, um den Retter von Monsieur Imbert zu bezeichnen; das heißt, es war in dieser Angelegenheit, dass Arsène Lupin getauft wurde. Arsène Lupin war zwar bewaffnet und kampfbereit, aber ohne die Mittel und die Autorität, die zum Erfolg führen, war er damals nur ein Lehrling in einem Beruf, in dem er bald zum Meister wurde.

Mit welcher Freude er sich an die Einladung erinnerte, die er an jenem Abend erhalten hatte! Endlich hatte er sein Ziel erreicht! Endlich hatte er eine Aufgabe übernommen, die seiner Kraft und seinem Können würdig war! Die Imbert-Millionen! Was für ein herrliches Festmahl für einen Appetit wie den seinen!

Er hatte sich für diesen Anlass besonders herausgeputzt: ein schäbiger Gehrock, eine ausgebeulte Hose, ein ausgefranster Seidenhut, ein abgenutzter Kragen und Manschetten, alles ganz korrekt in der Form, aber mit dem unverkennbaren Stempel der Armut. Seine Krawatte war ein schwarzes Band, an dem ein falscher Diamant befestigt war. So gekleidet stieg er die Treppe des Hauses hinunter, in dem er am *Montmartre* wohnte. Im dritten Stock klopfte er, ohne anzuhalten, mit der Spitze seines Stocks an eine geschlossene Tür. Er ging zu den Außenboulevards. Ein Straßenbahnwaggon fuhr vorbei. Er stieg ein, und jemand, der ihm gefolgt war, nahm neben ihm Platz. Es war der Untermieter, der das Zimmer im dritten Stock bewohnte. Einen Moment später sagte dieser Mann zu Lupin:

„Nun, Herr?“

„Nun, es ist alles geregelt.“

„Wie?“

„Ich gehe dorthin zum Frühstück.“

„Sie frühstücken ... dort!?“

„Gewiss. Warum denn nicht? Ich rettete Monsieur Ludovic Imbert vor dem sicheren Tod durch Eure Hand. Monsieur Imbert ist nicht frei von Dankbarkeit. Er hat mich zum Frühstück eingeladen.“

Es herrschte ein kurzes Schweigen. Dann sagte der andere:

„Aber Sie werden den Plan nicht aufgeben?“

„Mein lieber Junge“, sagte Lupin, "als ich diesen kleinen Fall von Körperverletzung arrangierte, als ich mir um drei Uhr morgens die Mühe machte, Sie mit meinem Stock zu schlagen und mit meinem Stiefel zu treten, auf die Gefahr hin, meinen einzigen Freund zu verletzen, war es nicht meine Absicht, auf die Vorteile zu verzichten, die eine so gut arrangierte und ausgeführte Rettung mit sich bringen würde. Oh nein, ganz und gar nicht.“

„Aber die seltsamen Gerüchte, die man über ihr Vermögen hört?“

„Vergessen Sie das. Sechs Monate lang habe ich mich mit dieser Angelegenheit beschäftigt, sie untersucht, studiert, die Dienerschaft, die Geldverleiher und Strohmänner befragt; sechs Monate lang habe ich den Mann und die Frau beschattet. Folglich weiß ich, wovon ich spreche. Ob das Vermögen vom alten Brawford stammt, wie sie behaupten, oder aus einer anderen Quelle, ist mir egal. Ich weiß, dass es eine Realität ist, dass es existiert. Und eines Tages wird es mir gehören.“

„Donnerwetter! Einhundert Millionen!“

„Sagen wir zehn, oder auch fünf - das reicht! Sie haben einen Tresor voller Anleihen, und es wird den Teufel kosten, wenn ich sie nicht in die Hände bekomme.“

Der Straßenbahnwagen hielt an der *Place de l'Etoile*. Der Mann flüsterte zu Lupin:

„Was soll ich jetzt tun?“

„Nichts, im Moment. Sie werden von mir hören. Es gibt keinen Grund zur Eile.“ Fünf Minuten später stieg Arsène Lupin die prächtige Treppe in der Imbert-Villa hinauf, und Monsieur Imbert stellte ihn seiner Frau vor. Madame Gervaise Imbert war eine kleine, mollige Frau und sehr gesprächig. Sie bereitete Lupin einen herzlichen Empfang.

„Ich habe mir gewünscht, dass wir uns treffen, um unseren Retter zu feiern“, sagte sie.

Von Anfang an behandelten sie „unseren Retter“ wie einen alten und geschätzten Freund. Als das Dessert serviert wurde, war ihre Freundschaft bereits gefestigt, und es wurden private Vertraulichkeiten ausgetauscht. Arsène erzählte die Geschichte seines Lebens, das Leben seines Vaters als Magistrat, die Sorgen seiner Kindheit und seine gegenwärtigen Schwierigkeiten. Gervaise ihrerseits erzählte von ihrer Jugend, ihrer Heirat, der Güte des alten Brawford, den hundert Millionen, die sie geerbt hatte, den Hindernissen, die sie daran hinderten, in den Genuss ihres Erbes zu kommen, den Geldern, die sie zu einem exorbitanten Zinssatz hatte leihen müssen, ihren endlosen Streitigkeiten mit Brawfords Neffen und den Prozessen, den Verfügungen ... in der Tat, allem!

„Denken Sie nur, Monsieur Lupin, die Anleihen sind dort, im Büro meines Mannes, und wenn wir einen einzigen Kupon ablösen, verlieren wir alles! Sie sind dort, in unserem Safe, und wir wagen es nicht, sie anzufassen.“

Monsieur Lupin erschauderte bei der bloßen Vorstellung, so viel Reichtum in seiner Nähe zu haben. Doch er war sich sicher, dass Monsieur Lupin nie in die gleiche Notlage geraten würde wie seine schöne Gastgeberin, die erklärte, sie wage es nicht, das Geld anzurühren.

„Ah! sie sind da!“ wiederholte er sich selbst; „sie sind da!“

Eine Freundschaft, die unter solchen Umständen entstand, führte bald zu engeren Beziehungen. Auf ein diskretes Verhör hin gestand Arsène Lupin seine Armut und Not. Sofort wurde der unglückliche junge Mann zum Privatsekretär des Ehepaars Imberts ernannt, mit einem Gehalt von hundert Franken im Monat. Er sollte jeden Tag in das Haus kommen und Anweisungen für seine Arbeit erhalten, und ein Zimmer im zweiten Stock wurde als sein Büro eingerichtet. Dieses Zimmer befand sich direkt über Monsieur Imberts Büro.

Arsène erkannte bald, dass seine Position als Sekretär im Wesentlichen eine Sinekure[10] war. In den ersten zwei Monaten hatte er nur vier wichtige Briefe zu kopieren und wurde nur einmal in Monsieur Imberts Büro gerufen; folglich hatte er nur einmal die Gelegenheit, den Tresor von Imbert offiziell in Augenschein zu nehmen. Außerdem fiel ihm auf, dass der Sekretär nicht zu den gesellschaftlichen Anlässen des Arbeitgebers eingeladen wurde. Aber er beschwerte sich nicht, da er es vorzog, bescheiden im Schatten zu bleiben und seine Ruhe und Freiheit zu bewahren.

Er verschwendete jedoch keine Zeit. Von Anfang an machte er heimliche Besuche in Monsieur Imberts Büro und machte dem Tresor seine Aufwartung, der hermetisch verschlossen war. Es war ein riesiger Block aus Eisen und Stahl, kalt und streng im Aussehen, der mit den gewöhnlichen Werkzeugen des Einbrecherhandwerks nicht zu knacken war. Aber Arsène Lupin ließ sich nicht entmutigen.

„Wo Gewalt versagt, siegt die List", sagte er zu sich selbst. „Das Wichtigste ist, vor Ort zu sein, wenn sich die Gelegenheit ergibt. In der Zwischenzeit muss ich beobachten und warten."

Er traf sofort einige Vorbereitungen. Nach sorgfältigen Sondierungen auf dem Boden seines Zimmers führte er ein Bleirohr ein, das an einer Stelle durch die Decke von Monsieur Imberts Büro an einem Punkt zwischen den beiden Estrichen des Gesimses durchdrang. Durch dieses Rohr hoffte er zu sehen und zu hören, was in dem darunter liegenden Raum vor sich ging.

Von nun an verbrachte er seine Tage in voller Länge auf dem Boden. Oft sah er die Imberts vor dem Tresor eine Beratung abhalten und Bücher und Papiere untersuchen. Wenn sie das Zahlenschloss drehten, versuchte er, die Zahlen und die Anzahl der Umdrehungen zu lernen, die sie nach rechts und links machten. Er beobachtete ihre Bewegungen; er versuchte, ihre Worte zu erfassen. Es gab auch einen Schlüssel, der notwendig war, um die Öffnung des Tresors zu vollenden. Was taten sie damit? Haben sie ihn versteckt?

---

[10] Ein Amt mit Einnahmen aber praktisch ohne Amtspflichten

Eines Tages sah er, wie sie den Raum verließen, ohne den Tresor abzuschließen. Er stieg schnell die Treppe hinunter und betrat mutig das Zimmer. Aber sie waren schon zurück.

„Oh! Verzeihung“, sagte er, „ich habe mich in der Tür geirrt.“

„Kommen Sie herein, Monsieur Lupin, kommen Sie herein“, rief Madame Imbert, „sind Sie hier nicht zu Hause? Wir wollen Ihren Rat. Welche Anleihen sollen wir verkaufen? Die ausländischen Wertpapiere oder die Staatsanleihen?“

„Aber die Verfügung?“, sagte Lupin überrascht.

„Oh! Sie gilt nicht für alle Anleihen.“

Sie öffnete die Tür des Tresors und holte ein Paket mit Anleihen heraus. Aber ihr Mann protestierte.

„Nein, nein, Gervaise, es wäre töricht, die ausländischen Anleihen zu verkaufen. Sie steigen, während die Annuitäten so hoch sind, wie sie jemals sein werden. Was denkst du, mein lieber Freund?“

Der liebe Freund hatte keine Meinung; dennoch riet er, die Annuitäten zu opfern. Dann zog sie ein anderes Päckchen hervor und nahm daraus ein Papier heraus. Es erwies sich als eine dreiprozentige Annuität im Wert von zweitausend Franken. Ludovic steckte das Paket mit den Anleihen in seine Tasche. An diesem Nachmittag verkaufte er die Rentenpapiere in Begleitung seines Sekretärs an einen Börsenmakler und erzielte sechsundvierzigtausend Franken.

Was auch immer Madame Imbert dazu gesagt haben mochte, Arsène Lupin fühlte sich im Hause Imbert nicht zu Hause. Im Gegenteil, seine Stellung dort war eine ganz besondere. Er erfuhr, dass die Dienerschaft nicht einmal seinen Namen kannte. Sie nannten ihn *Monsieur*. Ludovic sprach immer auf die gleiche Weise von ihm: „Sie werden Monsieur sagen. Ist Monsieur schon da?“ Warum diese geheimnisvolle Anrede?

Außerdem sprachen die Imberts nach ihrem ersten Ausbruch von Begeisterung nur noch selten mit ihm, und obwohl sie ihn mit der einem Wohltäter gebührenden Rücksicht behandelten, schenkten sie ihm wenig oder gar keine Aufmerksamkeit. Sie schienen ihn als einen exzentrischen Charakter zu betrachten, der nicht gestört werden wollte, und sie respektierten seine Isolation, als wäre sie eine strenge Regel seinerseits. Einmal hörte er, als er durch das Vestibül ging, Madame Imbert zu den beiden Herren sagen:

„Er ist so ein Barbar!"

„Nun gut", sagte er zu sich selbst, „ich bin ein Barbar."

Und ohne sich um die Frage nach ihrem seltsamen Verhalten zu kümmern, fuhr er mit der Ausführung seiner eigenen Pläne fort. Er hatte beschlossen, sich weder auf den Zufall noch auf die Nachlässigkeit von Madame Imbert zu verlassen, die den Schlüssel zum Tresor bei sich trug und beim Verschließen des Tresors immer die Buchstaben zufällig verdrehte, die die Kombination für das Schloss bildeten. Folglich musste er selbst handeln.

Schließlich kam es zu einem Zwischenfall, der die Angelegenheit beschleunigte; es handelte sich um die vehemente Kampagne, die von einigen Zeitungen gegen die Imberts geführt wurde, die sie des Betrugs beschuldigten. Arsène Lupin war bei einigen Familienkonferenzen anwesend, als dieses neue Unglück besprochen wurde. Er beschloss, dass er alles verlieren würde, wenn er noch länger wartete. Während der nächsten fünf Tage schloss er sich in seinem Zimmer ein, anstatt das Haus gegen sechs Uhr zu verlassen, wie es seine Gewohnheit war. Es wurde angenommen, er sei ausgegangen. Aber er lag auf dem Boden und betrachtete das Büro von Monsieur Imbert. Während dieser fünf Abende fand die günstige Gelegenheit, die er erwartete, nicht statt. Er verließ das Haus gegen Mitternacht durch eine Seitentür, zu der er den Schlüssel hatte.

Aber am sechsten Tag erfuhr er, dass die Imberts, angetrieben von den böswilligen Unterstellungen ihrer Feinde, vorhatten, eine Inventur des Tresorinhalts vorzunehmen.

„Sie werden es heute Nacht tun", dachte Lupin.

Und tatsächlich, nach dem Abendessen zogen sich Imbert und seine Frau in das Büro zurück und begannen, die Geschäftsbücher und die im Tresor befindlichen Wertpapiere zu prüfen. So verging eine Stunde nach der anderen. Er hörte, wie die Bediensteten nach oben in ihre Zimmer gingen. Im ersten Stock hielt sich nun niemand mehr auf. Mitternacht! Die Imberts waren noch bei der Arbeit.

„Ich muss an die Arbeit", murmelte Lupin.

Er öffnete sein Fenster. Es öffnete sich auf einen Hof. Draußen war alles dunkel und still. Er nahm von seinem Schreibtisch ein geknotetes Seil, befestigte es an dem Balkon vor seinem Fenster und stieg leise bis zu dem Fenster darunter hinunter, das das von Imberts Büro war. Er stand einen Moment lang regungslos auf dem Balkon, mit aufmerksamem Ohr und wachsamem Auge, aber die schweren Vorhänge verbargen wirksam das Innere des Raumes. Vorsichtig schob er das Doppelfenster auf. Wenn es niemand gemerkt hatte, sollte es auf den geringsten Druck nachgeben, denn er hatte den Riegel im Laufe des Nachmittags so befestigt, dass er nicht in die Klammer eindringen konnte.

Das Fenster gab bei seiner Berührung nach. Dann drückte er es mit unendlicher Sorgfalt so weit auf, dass sein Kopf hineinkam. Er schob die Vorhänge ein paar Zentimeter auseinander, sah hinein und erblickte Monsieur Imbert und seine Frau, die vor dem Tresor saßen, tief in ihre Arbeit vertieft und in seltenen Abständen leise miteinander sprachen.

Er berechnete die Entfernung zwischen ihm und ihnen, überlegte sich die genauen Bewegungen, die er machen müsste, um sie nacheinander zu überwinden, bevor sie um Hilfe rufen könnten, und wollte sich gerade auf sie stürzen, als Madame Imbert sagte:

„Ah! das Zimmer wird ganz kalt. Ich gehe jetzt zu Bett. Und Sie, mein Lieber?“

„Ich bleibe hier und mache fertig.“

„Fertigmachen?! Das wird die ganze Nacht dauern.“

„Ganz und gar nicht. Höchstens eine Stunde.“

Sie zog sich zurück. Zwanzig Minuten, dreißig Minuten vergingen. Arsène schob das Fenster noch ein wenig weiter auf. Die Vorhänge zitterten. Er schob noch einmal. Monsieur Imbert drehte sich um, und als er sah, dass die Vorhänge vom Wind geweht wurden, stand er auf, um das Fenster zu schließen.

Es gab keinen Schrei, nicht die Spur eines Kampfes. In wenigen präzisen Augenblicken und ohne ihm die geringste Verletzung zuzufügen, betäubte Arsène ihn, wickelte ihm den Vorhang um den Kopf, fesselte ihn an Händen und Füßen und tat dies alles auf eine Weise, dass Monsieur Imbert keine Gelegenheit hatte, seinen Angreifer zu erkennen.

Schnell näherte er sich dem Tresor, ergriff zwei Pakete, die er sich unter den Arm klemmte, verließ das Büro und öffnete das Tor der Bediensteten. Auf der Straße stand eine Kutsche bereit.

„Nehmen Sie die zuerst - und folgen Sie mir“, sagte er zu dem Kutscher. Er kehrte in das Büro zurück, und in zwei Fahrten leerten sie den Safe. Dann ging Arsène in sein eigenes Zimmer, entfernte den Strick und alle anderen Spuren seiner heimlichen Arbeit.

Ein paar Stunden später untersuchten Arsène Lupin und sein Assistent das Diebesgut. Lupin war nicht enttäuscht, denn er hatte vorausgesehen, dass das Vermögen der Imberts stark übertrieben war. Es bestand nicht aus Hunderten von Millionen, nicht einmal aus zehn Millionen. Dennoch handelte es sich um eine sehr ansehnliche Summe, und Lupin zeigte sich zufrieden.

„Natürlich“, sagte er, „wird es einen beträchtlichen Verlust geben, wenn wir die Anleihen verkaufen müssen, da wir sie heimlich zu reduzierten Preisen veräußern müssen. In der Zwischenzeit werden sie ruhig in meinem Schreibtisch ruhen und auf einen günstigen Moment warten.“

Arsène sah keinen Grund, warum er am nächsten Tag nicht zum Haus von Imbert gehen sollte. Doch ein Blick in die morgendlichen Zeitungen enthüllte diese erschreckende Tatsache: Ludovic und Gervaise Imbert waren verschwunden.

Als die Gesetzeshüter den Safe beschlagnahmten und öffneten, fanden sie darin, was Arsène Lupin hinterlassen hatte - nichts.

* * *

Das sind die Tatsachen; und ich erfuhr die Fortsetzung davon, eines Tages, als Arsène Lupin in einer vertraulichen Stimmung war. Er ging in meinem Zimmer hin und her, mit einem nervösen Schritt und einem fiebrigen Blick, der für ihn ungewöhnlich war.

„Immerhin“, sagte ich zu ihm, „war es Ihr erfolgreichstes Unternehmen.“

Ohne eine direkte Antwort zu geben, sagte er:

„Es gibt einige undurchdringliche Geheimnisse, die mit dieser Affäre verbunden sind; einige obskure Punkte, die sich meinem Verständnis entziehen. Zum Beispiel: Was war die Ursache ihrer Flucht? Warum haben sie die Hilfe, die ich ihnen unbewusst gegeben habe, nicht in Anspruch genommen? Es wäre so einfach gewesen, zu sagen: `Die hundert Millionen waren im Safe. Sie sind nicht mehr da, weil sie gestohlen worden sind.´"

„Sie haben die Nerven verloren."

„Ja, das ist es - sie haben die Nerven verloren ... Andererseits ist es wahr ... "

„Was ist wahr?"

„Oh! Nichts."

Was hatte Lupins Zurückhaltung zu bedeuten? Es war ganz offensichtlich, dass er mir nicht alles gesagt hatte; es gab etwas, das er nicht sagen wollte. Sein Verhalten machte mich stutzig. Es musste in der Tat eine sehr ernste Angelegenheit sein, die einen Mann wie Arsène Lupin auch nur einen Augenblick zögern ließ. Ich warf wahllos ein paar Fragen in den Raum.

„Haben Sie sie seitdem gesehen?"

„Nein."

„Und haben Sie nie den geringsten Grad von Mitleid mit diesen unglücklichen Menschen empfunden?"

„Ich!", rief er mit einem Aufschrei aus.

Seine plötzliche Erregung erstaunte mich. Hatte ich ihn an einem wunden Punkt berührt? Ich fuhr fort:

„Gewiss. Hätten Sie sie nicht allein gelassen, so hätten sie der Gefahr begegnen können oder wären wenigstens mit vollen Taschen davongekommen."

„Was meinen Sie?", sagte er entrüstet. „Ich nehme an, Sie haben eine Vorstellung davon, dass meine Seele von Reue erfüllt sein sollte?"

„Nennen Sie es Reue oder Bedauern ... wie Sie wollen ... "

„Sie sind es nicht wert."

„Haben Sie kein Bedauern oder Reue, weil Sie ihr Vermögen gestohlen haben?"

„Welches Vermögen?"

„Die Pakete mit Anleihen aus ihrem Safe"

„Oh! Ich habe ihre Anleihen gestohlen, ja? Ich habe sie um einen Teil ihres Vermögens beraubt? Ist das mein Verbrechen? Ah! Mein lieber Junge, Sie kennen die Wahrheit nicht. Sie haben sich nie vorgestellt, dass diese Anleihen nicht das Papier wert sind, auf dem sie geschrieben wurden. Diese Schuldverschreibungen waren falsch, sie waren gefälscht, jede einzelne, verstehst du? SIE WAREN GEFÄLSCHT!"

Ich sah ihn verblüfft an.

„Fälschungen! Die vier oder fünf Millionen?"

„Ja, gefälscht!", rief er in einem Anfall von Wut aus. „Nur viele Papierschnipsel! Ich konnte nicht mal einen Sou für die ganzen Scheine erlösen! Und Sie fragen mich, ob ich irgendwelche Gewissensbisse habe. *Sie* sind diejenigen, die Reue und Mitleid haben sollten. Sie haben mich für einen Einfaltspinsel gehalten, und ich bin in ihre Falle getappt. Ich war ihr letztes Opfer, ihre dümmste Möwe!"

Er war von echter Wut betroffen - das Ergebnis von Bosheit und verletztem Stolz. Er fuhr fort:

„Von Anfang bis Ende habe ich das Schlimmste abbekommen. Wissen Sie, welche Rolle ich in dieser Affäre gespielt habe, oder besser gesagt, welche Rolle man mich spielen ließ? Die des André Brawford! Ja, mein Junge, das ist die Wahrheit, und ich habe es nie geahnt. Erst im Nachhinein, beim Lesen der Zeitungen, dämmerte es meinem dummen Hirn. Während ich mich als sein `Retter´ ausgab, als der Gentleman, der sein Leben riskiert hatte, um Monsieur Imbert aus den Klauen eines Mörders zu befreien, gaben sie mich als Brawford aus. War das nicht fabelhaft? Dieses exzentrische Individuum, das ein Zimmer im zweiten Stock hatte, dieser Barbar, der nur aus der Ferne zu sehen war, war Brawford, und Brawford war ich! Dank mir und dem Vertrauen, das ich unter dem Namen Brawford erweckte, waren sie in der Lage, Geld von den Bankiers und anderen Geldverleihern zu leihen. Ha! Was für eine Erfahrung für einen Anfänger! Und ich schwöre Ihnen, dass ich aus dieser Lektion gelernt habe!"

Er blieb stehen, ergriff meinen Arm und sagte in einem Ton der Verzweiflung zu mir:

„Mein lieber Freund, in diesem Augenblick schuldet mir Gervaise Imbert fünfzehnhundert Francs."

Ich konnte mir ein Lachen nicht verkneifen, so grotesk war seine Wut. Er machte einen Elefanten aus einer Mücke. Im nächsten Moment lachte er selbst und sagte:

„Ja, mein Junge, fünfzehnhundert Francs. Du musst wissen, dass ich nicht einen Sou meines versprochenen Gehalts erhalten hatte, und darüber hinaus hatten sie von mir die Summe von fünfzehnhundert Franken geliehen. Meine ganzen jugendlichen Ersparnisse! Und weißt du, warum? Um das Geld der Wohltätigkeit zu widmen! Ich erzähle Ihnen die ganze Geschichte. Sie wollte es für ein paar arme Leute, die sie unterstützte, ohne dass ihr Mann davon wusste. Und mein hart verdientes Geld wurde mir durch diesen albernen Vorwand entrissen! Ist das nicht amüsant? Arsène Lupin, der von der Dame, der er vier Millionen gestohlen hat, um 1.500 Franc betrogen wurde! Und wie viel Zeit, Geduld und List ich aufwenden musste, um dieses Ergebnis zu erzielen! Es war das erste Mal in meinem Leben, dass ich zum Narren gehalten wurde, und ich gestehe freimütig, dass ich damals regelrecht ausgeraubt wurde, und zwar sauber!"

VIII. Die schwarze Perle

Ein heftiges Klingeln weckte die Concierge von Nummer neun, *Avenue Hoche*. Sie zog murrend an der Türschnur:

„Ich dachte, alle sind schon da. Es muss drei Uhr sein!"

„Vielleicht ist es jemand für den Doktor", murmelte ihr Mann.

„Dritter Stock, links. Aber der Doktor geht doch nachts nicht raus."

„Er musste wohl heute Nacht gehen."

Der Besucher betrat das Vestibül, stieg in den ersten Stock, in den zweiten, in den dritten, und ohne an der Tür des Doktors anzuhalten, ging er weiter in den fünften Stock. Dort probierte er zwei Schlüssel aus. Einer von ihnen passte ins Schloss.

„Ah! gut!" murmelte er, „das vereinfacht die Sache wunderbar. Aber bevor ich mit der Arbeit beginne, sollte ich besser meinen Rückzug vorbereiten. Lassen Sie mich sehen ... habe ich genügend Zeit gehabt, den Doktor zu wecken und von ihm entlassen zu werden? Noch nicht ... ein paar Minuten mehr."

Nach zehn Minuten stieg er die Treppe hinunter und schimpfte lautstark über den Arzt. Die Concierge öffnete ihm die Tür und hörte sie hinter ihm klicken. Aber die Tür schloss nicht, denn der Mann hatte schnell ein Stück Eisen so in das Schloss gesteckt, dass der Riegel nicht eindringen konnte. Dann betrat er unbemerkt von der Concierge wieder das Haus. Im Falle eines Alarms war sein Rückzug gesichert. Geräuschlos stieg er noch einmal in den fünften Stock hinauf. Im Vorzimmer legte er im Schein seiner elektrischen Laterne Hut und Mantel auf einen der Stühle, nahm auf einem anderen Platz und überzog seine schweren Schuhe mit Filzpantoffeln.

„Uff! Hier bin ich - und wie einfach das war! Ich frage mich, warum nicht mehr Leute den einträglichen und angenehmen Beruf des Einbrechers ergreifen. Mit ein wenig Sorgfalt und Überlegung wird es ein höchst reizvoller Beruf. Natürlich nicht zu ruhig und eintönig, denn dann würde er ermüdend werden."

Er entfaltete einen detaillierten Plan der Wohnung.

„Lassen Sie mich damit beginnen, mich zu orientieren. Hier sehe ich das Vestibül, in dem ich sitze. An der Straßenfront der Salon, das Boudoir[11] und das Esszimmer. Es ist sinnlos, dort Zeit zu verschwenden, denn es scheint, dass die Gräfin einen beklagenswerten Geschmack hat ... nicht ein Schmuckstück von irgendeinem Wert! ... Nun, kommen wir zur Sache! ... Ah! Hier ist ein Korridor; er muss zu den Schlafgemächern führen. In drei Metern Entfernung müsste ich auf die Tür des Kleiderschranks stoßen, der mit der Kammer der Gräfin verbunden ist."

Er klappte seinen Plan zusammen, löschte seine Laterne und ging den Korridor hinunter, wobei er die Entfernung zählte:

„Ein Meter ... zwei Meter ... drei Meter ... Hier ist die Tür ... Mein Gott, wie einfach ist das! Nur noch ein kleiner, einfacher Riegel trennt mich von der Kammer, und ich weiß, dass der Riegel genau einen Meter und dreiundvierzig Zentimeter vom Boden entfernt ist. Dank eines kleinen Schnitts, den ich gleich machen werde, kann ich den Bolzen also bald loswerden."

Er holte die notwendigen Instrumente aus seiner Tasche. Dann kam ihm eine Idee:

„Angenommen, die Tür ist zufällig nicht verriegelt. Ich werde es zuerst versuchen."

Er drehte den Knauf, und die Tür öffnete sich.

„Mein tapferer Lupin, das Glück ist Ihnen gewiss hold ... Was ist nun zu tun? Sie kennen die Lage der Zimmer, Sie kennen den Ort, an dem die Gräfin die schwarze Perle versteckt. Um also die schwarze Perle zu

---

[11] Das Boudoir ist ein elegant eingerichteter Raum für die Dame des Hauses, allgemein meistens ein Ankleidezimmer.

sichern, müssen Sie einfach stiller sein als die Stille, unsichtbarer als die Dunkelheit selbst."

Arsène Lupin war eine halbe Stunde damit beschäftigt, die zweite Tür zu öffnen – eine Glastür, die zum Schlafgemach der Gräfin führte. Aber er schaffte es mit so viel Geschick und Vorsicht, dass die Gräfin, selbst wenn sie wach gewesen wäre, nicht das geringste Geräusch gehört hätte. Nach dem Plan der Zimmer, den er in Händen hielt, brauchte er nur an einem Lehnstuhl und danach an einem kleinen Tisch in der Nähe des Bettes vorbeizugehen. Auf dem Tisch befand sich eine Schachtel mit Briefpapier, und in dieser Schachtel war die schwarze Perle versteckt.

Er bückte sich und schlich vorsichtig über den Teppich, wobei er den Umrissen des Lehnstuhls folgte. Als er das Ende des Sessels erreichte, blieb er stehen, um das Pochen seines Herzens zu unterdrücken. Obwohl ihn kein Gefühl der Angst bewegte, war es ihm unmöglich, die nervöse Unruhe zu überwinden, die man gewöhnlich inmitten einer tiefen Stille empfindet. Dieser Umstand verwunderte ihn, denn er hatte schon viele feierlichere Momente ohne die geringste Spur von Emotion durchlebt. Keine Gefahr drohte ihm. Warum pochte dann sein Herz wie eine Alarmglocke? War es diese schlafende Frau, die ihn berührte? War es die Nähe eines anderen pulsierenden Herzens?

Er lauschte und glaubte, das rhythmische Atmen einer schlafenden Person wahrnehmen zu können. Es gab ihm Vertrauen, wie die Anwesenheit eines Freundes. Er suchte und fand den Sessel; dann ging er mit langsamen, vorsichtigen Bewegungen auf den Tisch zu und tastete mit dem ausgestreckten Arm vor sich hin. Seine Rechte hatte einen der Füße des Tisches berührt. Ah! jetzt brauchte er nur aufzustehen, die Perle zu nehmen und zu entkommen. Das war ein Glück, denn sein Herz hüpfte in seiner Brust wie ein wildes Tier und machte so viel Lärm, dass er fürchtete, die Gräfin zu wecken. Mit einer gewaltigen Willensanstrengung unterdrückte er das wilde Pochen seines Herzens und wollte sich gerade vom Boden erheben, als seine linke Hand auf einen Gegenstand stieß, der auf dem Boden lag und den er als Kerzenständer erkannte - ein umgestürzter Kerzenständer. Einen Moment später stieß seine Hand auf einen weiteren Gegenstand: eine Uhr - eine dieser kleinen, mit Leder überzogenen Reiseuhren.

Was war geschehen? Er konnte es nicht verstehen. Dieser Kerzenständer, diese Uhr; warum waren diese Gegenstände nicht an ihrem gewohnten Platz? Was war in der schrecklichen Stille der Nacht geschehen?

Plötzlich entrang sich ihm ein Schrei. Er hatte ein seltsames, unsagbares Ding berührt! „Nein! nein!“ dachte er, „das kann nicht sein. Es ist eine Phantasie meines aufgeregten Gehirns.“ Zwanzig, dreißig Sekunden lang verharrte er regungslos und erschrocken, seine Stirn war schweißgebadet, und in seinen Fingern spürte er noch immer die furchtbare Berührung.

Mit einer verzweifelten Anstrengung wagte er es, den Arm wieder auszustrecken. Noch einmal traf seine Hand auf dieses seltsame, unsagbare Ding. Er fühlte es. Er musste es fühlen und herausfinden, was es war. Er fand, dass es Haar war, menschliches Haar, und ein menschliches Gesicht; und dieses Gesicht war kalt, fast eisig.

Wie furchtbar die Umstände auch sein mögen, ein Mann wie Arsène Lupin beherrscht sich und beherrscht die Situation, sobald er erfährt, was es ist. Also brachte Arsène Lupin schnell seine Laterne zum Einsatz. Vor ihm lag eine Frau, die mit Blut bedeckt war. Ihr Hals und ihre Schultern waren mit klaffenden Wunden übersät. Er beugte sich über sie und untersuchte sie genauer. Sie war tot.

„Tot! Tot!“, wiederholte er mit fassungsloser Miene.

Er starrte auf die starren Augen, den grimmigen Mund, das fahle Fleisch und das Blut - all das Blut, das über den Teppich geflossen und dort in dicken, schwarzen Flecken erstarrt war. Er erhob sich und schaltete das elektrische Licht ein. Dann erblickte er alle Spuren eines verzweifelten Kampfes. Das Bett war in einem Zustand großer Unordnung. Auf dem Boden der Kerzenständer und die Uhr, deren Zeiger zwanzig Minuten nach elf zeigten, weiter weg ein umgestürzter Stuhl, und überall war Blut, Blutflecken und Blutlachen.

„Und die schwarze Perle?“, murmelte er.

Die Schachtel mit dem Briefpapier war an ihrem Platz. Er öffnete es eifrig. Das Schmuckkästchen war da, aber es war leer.

„Verdammt!“, murmelte er. „Sie haben sich Ihres Glücks viel zu früh gerühmt, mein Freund Lupin. Jetzt, wo die Gräfin kalt und tot ist und die schwarze Perle verschwunden, ist die Situation alles andere als angenehm. Verschwinden Sie so schnell wie möglich von hier, sonst bekommen Sie ernsthafte Schwierigkeiten.“

Doch er rührte sich nicht.

„Von hier verschwinden? Ja, natürlich. Das würde jeder Mensch tun, außer Arsène Lupin. Er hat etwas Besseres zu tun. Nun, um geordnet vorzugehen. Auf jeden Fall haben Sie ein reines Gewissen. Nehmen wir an, Sie seien der Polizeipräsident und würden eine Untersuchung in dieser Angelegenheit durchführen ... dazu braucht es einen klaren Kopf. Meiner ist ein einziges Chaos! "

Er fiel in einen Stuhl, die geballten Fäuste gegen die brennende Stirn gepresst.

* * *

Der Mord in der *Avenue Hoche* ist einer von denen, die in letzter Zeit die Pariser Öffentlichkeit überrascht und verwirrt haben, und ich hätte die Angelegenheit sicherlich nie erwähnt, wenn der Schleier des Geheimnisses nicht von Arsène Lupin selbst gelüftet worden wäre. Niemand kannte die genaue Wahrheit in diesem Fall.

Wer kannte nicht – weil er sie im *Bois* getroffen hatte – die schöne Léotine Zalti, die einst berühmte Sängerin, Frau und Witwe des Grafen d'Andillot; die Zalti, deren Luxus vor etwa zwanzig Jahren ganz Paris blendete; die Zalti, die durch die Pracht ihrer Diamanten und Perlen einen europäischen Ruf erlangte?

Es hieß, dass sie das Kapital mehrerer Bankhäuser und die Goldminen zahlreicher australischer Gesellschaften auf ihren Schultern trug. Geschickte Juweliere arbeiteten für Zalti, wie sie früher für Könige und Königinnen gewirkt hatten. Und wer erinnert sich nicht an die Katastrophe, in der all dieser Reichtum verschluckt wurde? Von all der wunderbaren Sammlung blieb nichts übrig, außer der berühmten schwarzen Perle. Die schwarze Perle! Das heißt, ein Vermögen, wenn sie sich davon hätte trennen wollen.

Aber sie zog es vor, sie zu behalten, in einer gewöhnlichen Wohnung mit ihrem Begleiter, ihrer Köchin und einem Diener zu leben, als dieses unschätzbare Juwel zu verkaufen. Es gab einen Grund dafür; einen Grund, den sie sich nicht scheute, preiszugeben: die schwarze Perle war das Geschenk eines Kaisers! Beinahe ruiniert und auf ein höchst mittelmäßiges Dasein reduziert, blieb sie dem Gefährten ihrer glücklichen und glänzenden Jugend treu. Die schwarze Perle verließ nie ihren Besitz. Sie trug sie tagsüber und verbarg sie nachts an einem Ort, den nur sie kannte.

Alle diese Tatsachen, die in den Spalten der öffentlichen Presse veröffentlicht wurden, dienten dazu, die Neugierde anzuregen; seltsam, dass die Verhaftung des mutmaßlichen Mörders die Fragen nur verkomplizierte. Zwei Tage später veröffentlichten die Zeitungen die folgende Meldung:

> *Wir sind über die Verhaftung von Victor Danègre, dem Diener der Gräfin d'Andillot, informiert worden. Die Beweise gegen ihn sind klar und überzeugend. Auf dem glänzenden Ärmel seiner Livree-Weste, den Kriminalhauptkommissar Dudouis in seiner Mansarde zwischen den Matratzen seines Bettes fand, wurden mehrere Blutflecken entdeckt. Außerdem fehlte ein mit Stoff überzogener Knopf an diesem Kleidungsstück, und dieser Knopf wurde unter dem Bett des Opfers gefunden.*
>
> *"Es wird angenommen, dass Danègre nach dem Abendessen, anstatt in sein eigenes Zimmer*

zu gehen, in den Kleiderschrank geschlüpft ist und durch die Glastür gesehen hat, wie die Gräfin die kostbare schwarze Perle versteckt hat. Dies ist lediglich eine Theorie, für die es noch keine Beweise gibt. Es gibt noch einen weiteren obskuren Punkt. Um sieben Uhr morgens ging Danègre in den Tabakladen auf dem Boulevard de Courcelles; sowohl der Portier als auch der Ladenbesitzer bestätigen diese Tatsache. Der Begleiter der Gräfin und die Köchin, die am Ende des Flurs schlafen, erklären hingegen beide, dass, als sie um acht Uhr aufstanden, die Tür des Vorzimmers und die Tür der Küche verschlossen waren. Diese beiden Personen stehen seit zwanzig Jahren im Dienst der Gräfin und sind über jeden Verdacht erhaben. Die Frage ist: Wie hat Danègre die Wohnung verlassen? Hatte er einen anderen Schlüssel? Das sind Fragen, die die Polizei untersuchen wird.

Die polizeilichen Ermittlungen brachten tatsächlich kein Licht in das Geheimnis. Man erfuhr, dass Victor Danègre ein gefährlicher Verbrecher, ein Trunkenbold und ein Ausschweifer war. Doch im Laufe der Ermittlungen verstärkte sich das Rätsel und es ergaben sich neue Seltsamkeiten. Erstens erklärte eine junge Frau, Mademoiselle de Sinclèves, die Cousine und Alleinerbin der Gräfin, dass die Gräfin einen Monat vor ihrem Tod einen Brief an sie geschrieben und darin die Art und Weise beschrieben habe, wie die schwarze Perle versteckt worden sei. Der Brief sei am Tag nach seinem Erhalt verschwunden. Wer hatte ihn gestohlen?

Wieder erzählte die Concierge, wie sie einer Person, die nach Doktor Harel gefragt hatte, die Tür geöffnet hatte. Auf Befragen sagte der Arzt aus, dass niemand bei ihm geklingelt habe. Wer war dann diese Person? Und ein Komplize?

Die Theorie eines Komplizen wurde daraufhin von der Presse und der Öffentlichkeit, aber auch von Ganimard, dem berühmten Inspektor, übernommen.

„Lupin steckt hinter dieser Affäre", sagte er zum Richter.

„Pah!", rief der Richter aus, „Sie haben Lupin im Kopf. Sie sehen ihn überall."

„Ich sehe ihn überall, weil er überall ist."

„Sagen Sie lieber, dass Sie ihn jedes Mal sehen, wenn Sie auf etwas stoßen, das Sie sich nicht erklären können. Außerdem übersehen Sie, dass das Verbrechen um zwanzig Minuten nach elf Uhr abends begangen wurde, wie die Uhr zeigt, während der nächtliche Besuch, den der Concierge erwähnt, um drei Uhr morgens stattfand."

Justizbeamte bilden sich häufig eine voreilige Überzeugung von der Schuld einer verdächtigen Person und verzerren dann alle nachfolgenden Entdeckungen so, dass sie mit ihrer etablierten Theorie übereinstimmen. Die beklagenswerte Vorgeschichte von Victor Danègre, einem Gewohnheitsverbrecher, Trunkenbold und Wüstling, beeinflusste den Richter, und trotz der Tatsache, dass nichts Neues entdeckt wurde, das die ersten Hinweise bestätigte, blieb seine offizielle Meinung fest und unerschüttert. Er schloss seine Untersuchung ab, und ein paar Wochen später begann der Prozess.

Der Prozess erwies sich als langsam und langwierig. Der Richter war lustlos, und der Staatsanwalt präsentierte den Fall auf nachlässige Weise. Unter diesen Umständen hatte Danègres Verteidiger eine leichte Aufgabe. Er wies auf die Mängel und Ungereimtheiten der Anklage hin und argumentierte, dass die Beweise für eine Verurteilung des Angeklagten völlig unzureichend waren. Wer hatte den Schlüssel angefertigt, den unentbehrlichen Schlüssel, ohne den Danègre beim Verlassen der Wohnung die Tür nicht hinter sich hätte abschließen können? Wer hatte jemals einen solchen Schlüssel gesehen, und was war aus ihm geworden? Wer hatte das Messer des Mörders gesehen, und wo ist es jetzt?

„Auf jeden Fall", argumentierte der Verteidiger des Gefangenen, „muss die Staatsanwaltschaft ohne jeden Zweifel beweisen, dass der Gefangene den Mord begangen hat. Die Anklage muss beweisen, dass die mysteriöse Person, die um drei Uhr morgens das Haus betrat, nicht der Schuldige ist. Sicher, die Uhr zeigte elf Uhr an. Aber was beweist das? Ich behaupte, das beweist gar nichts. Der Mörder konnte die Zeiger der Uhr auf jede beliebige Stunde drehen und uns so über die genaue Uhrzeit des Verbrechens täuschen."

Victor Danègre wurde freigesprochen.

* * *

Er verließ das Gefängnis an einem Freitag in der Abenddämmerung, geschwächt und deprimiert durch die sechsmonatige Gefangenschaft. Die Untersuchung, die Einsamkeit, der Prozess und die Beratungen der Geschworenen hatten ihn mit Schrecken erfüllt. Nachts wurde er von schrecklichen Albträumen geplagt und von unheimlichen Visionen des Schafotts heimgesucht. Er war ein geistiges und körperliches Wrack.

Unter dem Decknamen Anatole Dufour mietete er ein kleines Zimmer auf den Höhen von *Montmartre* und lebte von Gelegenheitsarbeiten, wo immer er sie finden konnte. Er führte ein erbärmliches Dasein. Dreimal bekam er eine reguläre Anstellung, nur um erkannt und dann entlassen zu werden. Manchmal ahnte er, dass ihm Männer folgten – zweifellos Polizisten, die ihm eine Falle stellen und ihn denunzieren wollten. Er konnte fast spüren, wie die starke Hand des Gesetzes ihn am Kragen packte.

Eines Abends, als er in einem benachbarten Restaurant zu Abend aß, kam ein Mann herein und setzte sich an denselben Tisch. Er war etwa vierzig Jahre alt und trug einen Gehrock von zweifelhafter Sauberkeit. Er bestellte eine Suppe, Gemüse und eine Flasche Wein. Nachdem er seine Suppe gegessen hatte, richtete er seinen Blick auf Danègre und schaute ihn aufmerksam an. Danègre zuckte zusammen. Er war sich sicher, dass dies einer der Männer war, die ihn seit einigen Wochen verfolgten. Was wollte er? Danègre versuchte, sich zu erheben, aber es gelang ihm nicht. Seine Glieder weigerten sich, ihn zu tragen. Der Mann schenkte sich ein Glas Wein ein und füllte dann Danègres Glas. Der Mann hob sein Glas und sagte:

„Auf Ihre Gesundheit, Victor Danègre.“

Victor zuckte erschrocken zusammen und stammelte:

„Ich ... Ich ... nein, nein ... ich schwöre es Ihnen ... “

„Sie schwören was? Dass Sie nicht Sie selbst sind? Der Diener der Gräfin?“

„Welcher Diener? Mein Name ist Dufour. Fragen Sie die Besitzerin."

„Ja, Anatole Dufour für den Besitzer dieses Restaurants, aber Victor Danègre für die Beamten des Gesetzes."

„Das ist nicht wahr! Irgendjemand hat Sie angelogen."

Der Neuankömmling holte eine Karte aus seiner Tasche und reichte sie Victor, der darauf las:

> *Grimaudan, Ex-Inspektor der Kriminalpolizei.*
> *Private Angelegenheiten.*

Victor erschauderte, als er sagte:

„Sie sind mit der Polizei verbunden?"

„Nein, jetzt nicht mehr, aber ich habe eine Vorliebe für das Geschäft, und ich fahre fort, es auf eine profitablere Weise zu betreiben. Von Zeit zu Zeit stoße ich auf eine goldene Gelegenheit – wie in Ihrem Fall."

„Mein Fall?"

„Ja, Ihrer. Ich versichere Ihnen, es ist eine vielversprechende Angelegenheit, vorausgesetzt, Sie sind geneigt, vernünftig zu sein."

„Aber wenn ich nicht vernünftig bin?"

„Oh, mein guter Freund, Sie sind nicht in der Lage, mir etwas zu verweigern, was ich verlange."

„Was ist es ... was wollen Sie?" stammelte Victor ängstlich.

„Nun, ich werde es Ihnen in ein paar Worten sagen. Ich werde von Mademoiselle de Sinclèves geschickt, der Erbin der Gräfin d'Andillot."

„Weshalb?"

„Um die schwarze Perle zu bergen."

„Schwarze Perle?"

„Die Sie gestohlen haben."

„Aber ich habe sie nicht."

„Sie haben sie."

„Wenn ich sie hätte, dann wäre ich der Mörder."

„Du bist der Mörder."

Danègre zeigte ein gezwungenes Lächeln.

„Zum Glück für mich, Monsieur, war das Gericht nicht Ihrer Meinung. Die Geschworenen haben einstimmig auf Freispruch plädiert. Und wenn ein Mann ein reines Gewissen hat und zwölf gute Männer für ihn sprechen ... "

Der Ex-Inspektor packte ihn am Arm und sagte:

„Keine schönen Reden, mein Junge. Hören Sie mir zu und wägen Sie meine Worte sorgfältig ab. Sie werden sehen, sie sind es wert, dass sie bedacht werden. Nun, Danègre, drei Wochen vor dem Mord haben Sie den Schlüssel der Köchin für die Tür der Bediensteten entwendet und einen Nachschlüssel anfertigen lassen, und zwar von einem Schlosser namens Outard, *244 rue Oberkampf*."

„Das ist eine Lüge!", knurrte Victor. „Kein Mensch hat diesen Schlüssel gesehen. Es gibt keinen solchen Schlüssel."

„Hier ist er."

Nach einem Schweigen fuhr Grimaudan fort:

„Sie haben die Gräfin mit einem Messer getötet, das Sie am selben Tag im *Bazar de la Republique* gekauft haben, wo Sie auch den Nachschlüssel bestellt haben. Es hat eine dreieckige Klinge mit einer von Ende zu Ende verlaufenden Rille."

„Das ist alles Unsinn. Sie raten nur über etwas, das Sie nicht kennen. Keiner hat das Messer je gesehen."

„Hier ist es."

Victor Danègre zuckte zurück. Der Ex-Inspektor fuhr fort:

„Es sind einige Rostflecken darauf. Soll ich Ihnen sagen, wie sie dahin gekommen sind?"

„Nun ... Sie haben einen Schlüssel und ein Messer. Wer kann beweisen, dass sie mir gehören?"

„Der Schlosser und der Angestellte, bei dem Sie das Messer gekauft haben. Ich habe ihr Gedächtnis bereits aufgefrischt, und wenn Sie ihnen gegenüberstehen, werden sie Sie unweigerlich wiedererkennen."

Seine Rede war trocken und hart, mit einem Ton der Festigkeit und Präzision. Danègre zitterte vor Angst, und doch bemühte er sich verzweifelt, den Anschein von Gleichgültigkeit zu wahren.

„Ist das alles, was Sie an Beweisen haben?"

„Oh nein, ganz und gar nicht. Ich habe noch viel mehr. Zum Beispiel gingen Sie nach dem Verbrechen auf demselben Weg hinaus, auf dem Sie hereingekommen waren. Aber in der Mitte der Garderobe lehnten Sie sich, von einer plötzlichen Angst ergriffen, an die Wand, um sich abzustützen."

„Woher wissen Sie das? Niemand kann so etwas wissen", argumentierte der verzweifelte Mann.

„Die Polizei weiß natürlich nichts davon. Die kommen nie auf die Idee, eine Kerze anzuzünden und die Wände zu untersuchen. Hätten sie es aber getan, so hätten sie auf dem weißen Putz einen schwachen roten Fleck gefunden, ganz deutlich aber den Abdruck Ihres blutnassen Daumens, den Sie an die Wand gedrückt hatten. Nun sind, wie Sie wissen, nach dem Bertillon-System die Daumenabdrücke eines der wichtigsten Mittel zur Identifizierung."

Victor Danègre war bleich; große Schweißtropfen kullerten über sein Gesicht und fielen auf den Tisch. Er starrte mit einem wilden Blick auf den fremden Mann, der die Geschichte seines Verbrechens so getreu erzählt hatte, als wäre er ein unsichtbarer Zeuge davon gewesen. Überwältigt und kraftlos senkte Victor seinen Kopf. Er fühlte, dass es sinnlos war, gegen diesen Mann anzukämpfen. Also sagte er:

„Wie viel wollen Sie mir geben, wenn ich Ihnen die Perle gebe?"

„Nichts."

„Oh, Sie scherzen! Oder meinen Sie, dass ich Ihnen einen Gegenstand geben soll, der Tausende und Hunderttausende wert ist, und dafür nichts bekomme?"

„Sie werden Ihr Leben bekommen. Ist das nichts?"

Der unglückliche Mann schauderte. Dann fügte Grimaudan in einem milderen Ton hinzu:

„Kommen Sie, Danègre, diese Perle hat in Ihren Händen keinen Wert. Es ist völlig unmöglich, sie zu verkaufen; was nützt es Ihnen also, sie zu behalten?“

„Es gibt Pfandleiher ... und eines Tages werde ich etwas dafür bekommen können.“

„Aber dieser Tag könnte zu spät sein.“

„Warum?“

„Weil Sie dann vielleicht schon in den Händen der Polizei sind, und mit den Beweisen, die ich liefern kann – dem Messer, dem Schlüssel, dem Daumenabdruck –, was wird dann aus Ihnen?“

Victor stützte den Kopf auf seine Hände und dachte nach. Er fühlte, dass er verloren war, unwiderruflich verloren, und gleichzeitig überkam ihn ein Gefühl der Müdigkeit und Depression. Er murmelte leise:

„Wann muss ich sie Ihnen geben?“

„Heute Abend ... in einer Stunde.“

„Und wenn ich mich weigere?“

„Wenn Sie sich weigern, werde ich diesen Brief an den Staatsanwalt schicken; in diesem Brief denunziert Mademoiselle de Sinclèves Sie als den Mörder.“

Danègre schenkte zwei Gläser Wein ein, die er in rascher Folge trank, dann erhob er sich und sagte:

„Bezahlen Sie die Rechnung, und lassen Sie uns gehen. Ich habe genug von dieser verfluchten Angelegenheit.“

Die Nacht war hereingebrochen. Die beiden Männer gingen die *Rue Lepic* hinunter und folgten den äußeren Boulevards in Richtung *Place de l'Etoile*. Sie setzten ihren Weg schweigend fort; Victor hatte einen gebückten Gang und ein niedergeschlagenes Gesicht. Als sie den *Parc Monceau* erreichten, sagte er:

„Wir sind in der Nähe des Hauses.“

„Sie haben das Haus vor Ihrer Verhaftung nur einmal verlassen, und das war, um in den Tabakladen zu gehen.“

„Hier ist es“, sagte Danègre mit dumpfer Stimme.

Sie gingen an der Gartenmauer des Hauses der Gräfin entlang und überquerten eine Straße, an deren Ecke der Tabakladen lag. Ein paar Schritte weiter blieb Danègre stehen, seine Glieder zitterten und er sank auf eine Bank.

„Nun? was nun?“, fragte sein Begleiter.

„Es ist dort.“

„Wo? Nun kommen Sie, machen Sie keinen Unfug!“

„Dort - vor uns.“

„Wo?“

„Zwischen zwei Pflastersteinen.“

„Welche?“

„Sehen Sie nach.“

„Welche Steine?“

Victor gab keine Antwort.

„Ah, ich verstehe!“ rief Grimaudan aus, „Sie wollen, dass ich für die Information bezahle.“

„Nein ... aber ... ich habe Angst, dass ich verhungern werde.“

„So? Deshalb zögern Sie? Nun, ich werde nicht hart zu Ihnen sein. Wie viel wollen Sie?“

„Genug, um ein Ticket nach Amerika zu kaufen.“

„In Ordnung.“

„Und 100 Francs, um mich durchzubringen, bis ich dort Arbeit finde.“

„Du sollst zweihundert haben. Nun, sprich.“

„Zähle die Pflastersteine rechts vom Kanalisationsschacht. Die Perle ist zwischen dem zwölften und dem dreizehnten.“

„Im Rinnstein?“

„Ja, in der Nähe des Bürgersteigs.“

Grimaudan blickte sich um, um zu sehen, ob jemand hinsah. Einige Straßenbahnwagen fuhren vorbei und es gab ein paar Fußgänger, aber die werden nichts ahnen. Er öffnete sein Taschenmesser und steckte es zwischen den zwölften und dreizehnten Stein.

„Und wenn es nicht da ist?“, sagte er zu Victor.

„Es muss da sein, es sei denn, jemand hat gesehen, wie ich mich bückte und es versteckte.“

Konnte es sein, dass die schwarze Perle in den Dreck der Gosse geworfen worden war, um vom erstbesten Vorbeikömmling aufgehoben zu werden? Die schwarze Perle - ein Vermögen!

„Wie weit unten?“, fragte er.

„Etwa zehn Zentimeter.“

Er grub die nasse Erde auf. Die Spitze seines Messers stieß auf etwas. Er vergrößerte das Loch mit seinem Finger. Dann zog er die schwarze Perle aus ihrem schmutzigen Versteck.

„Gut! Hier sind deine zweihundert Francs. Ich werde Ihnen die Fahrkarte nach Amerika schicken.“

Am nächsten Tag erschien dieser Artikel im *Echo de France* und wurde von den führenden Zeitungen in der ganzen Welt übernommen:

Gestern kam die berühmte schwarze Perle in den Besitz von Arsène Lupin, der sie dem Mörder der Gräfin d'Andillot abgenommen hat. In Kürze werden Faksimiles dieses kostbaren Juwels in London, St. Petersburg, Kalkutta, Buenos Ayres und New York ausgestellt werden.

Arsène Lupin wird alle Vorschläge, die ihm durch seine Agenten unterbreitet werden, gerne prüfen.

* * *

„Und so wird das Verbrechen immer bestraft und die Tugend belohnt“, sagte Arsène Lupin, nachdem er mir die vorangegangene Geschichte der schwarzen Perle erzählt hatte.

„Und so wurden Sie, unter dem angenommenen Namen Grimaudan, ehemaliger Kriminalinspektor, vom Schicksal auserwählt, den Verbrecher um den Nutzen seines Verbrechens zu bringen.“

„Ganz genau. Und ich gestehe, dass die Angelegenheit mir unendliche Befriedigung und Stolz verschafft. Die vierzig Minuten, die ich in der Wohnung der Gräfin d'Andillot verbrachte, nachdem ich von ihrem Tod erfahren hatte, waren die aufregendsten und fesselndsten Momente meines Lebens. In diesen vierzig Minuten, in denen ich mich in einer höchst gefährlichen Lage befand, studierte ich in aller Ruhe den Tatort und kam zu dem Schluss, dass das Verbrechen von einem der Hausangestellten begangen worden sein musste. Ich beschloss auch, dass dieser Diener verhaftet werden musste, um die Perle zu bekommen, und so ließ ich den Knopf des Kittels unter dem Bett; es war auch wichtig für mich, einen überzeugenden Beweis für seine Schuld zu haben, also nahm ich das Messer mit, das ich auf dem Boden fand, und den Schlüssel, den ich im Schloss fand. Ich schloss und verriegelte die Tür und wischte die Fingerabdrücke auf dem Putz im Kleiderschrank weg. Meiner Meinung nach war das einer dieser Geistesblitze ... “

„Genial“, sagte ich und unterbrach ihn.

„ ... von Genialität, wenn Sie wollen. Aber ich fühle mich geschmeichelt, dass es einem Normalsterblichen nicht eingefallen wäre. Die beiden Elemente des Problems – eine Verhaftung und ein Freispruch – sofort zu kombinieren; die gewaltige Maschinerie des Gesetzes zu nutzen, um mein Opfer zu zermalmen und zu demütigen und ihn in einen Zustand zu versetzen, in dem er, wenn er frei wäre, sicher in die Falle tappen würde, die ich ihm stellte!“

„Armer Teufel ... “

„Armer Teufel, sagen Sie? Victor Danègre, der Meuchelmörder! Er hätte in die tiefsten Tiefen von Laster und Verbrechen hinabsteigen können, wenn er die schwarze Perle behalten hätte. Nun, er lebt! Stellen Sie sich das vor! Victor Danègre ist am Leben!“

„Und Sie haben die schwarze Perle.“

Er nahm sie aus einer der Geheimtaschen seiner Brieftasche, untersuchte sie, betrachtete sie zärtlich, streichelte sie mit liebevollen Fingern und seufzte, als er sagte:

„Welcher kalte russische Fürst, welcher eitle und törichte Rajah mag eines Tages diesen unschätzbaren Schatz besitzen! Oder vielleicht ist ein amerikanischer Millionär, dazu bestimmt, der Besitzer dieses Stücks erlesener Schönheit zu werden, das einst den schönen Busen von Leontine Zalti, der Gräfin d'Andillot, schmückte."

IX. Herlock Sholmes kommt zu spät

„Es ist wirklich bemerkenswert, Velmont, welch große Ähnlichkeit Sie mit Arsène Lupin haben!"

„Woher wissen Sie das?"

„Oh! Wie jeder andere auch, von Fotografien, von denen keine zwei gleich sind, aber jede von ihnen den Eindruck eines Gesichts ... etwa wie das Ihre ... hinterlässt."

Horace Velmont zeigte eine gewisse Verärgerung.

„Ganz recht, mein lieber Devanne. Und, glauben Sie mir, Sie sind nicht der Erste, dem das aufgefallen ist."

„Es ist so auffallend", beharrte Devanne, „dass ich, wenn Sie mir nicht von meinem Cousin d'Estevan empfohlen worden wären und wenn Sie nicht der berühmte Künstler wären, dessen schöne Meeresansichten ich so bewundere, zweifellos die Polizei vor Ihrer Anwesenheit in Dieppe gewarnt hätte."

Dieser Vorstoß wurde mit einem Ausbruch von Gelächter quittiert. Im großen Speisesaal des *Château de Thibermesnil* befanden sich bei dieser Gelegenheit außer Velmont die folgenden Gäste: Pater Gélis, der Gemeindepfarrer, und ein Dutzend Offiziere, deren Regimenter in der Nähe einquartiert waren und die der Einladung des Bankiers Georges Devanne und seiner Mutter gefolgt waren. Einer der Offiziere bemerkte dann:

„Ich habe gehört, dass eine genaue Beschreibung von Arsène Lupin seit seiner waghalsigen Tat im Expresszug Paris-Havre an alle Polizisten entlang der Küste übermittelt wurde."

„Das nehme ich an", sagte Devanne. „Das war vor drei Monaten; und eine Woche später machte ich die Bekanntschaft unseres Freundes Velmont im Casino, und seither hat er mich mit mehreren Besuchen beehrt – ein angenehmer Auftakt für einen ernsteren Besuch, den er mir eines Tages – oder besser gesagt, in einer dieser Nächte – abstatten wird."

Diese Rede rief weiteres Gelächter hervor, und die Gäste gingen dann in die alte Wachstube, einen riesigen Raum mit einer hohen Decke, der den gesamten unteren Teil des *Tour Guillaume* einnahm und in dem Georges Devanne die unvergleichlichen Schätze gesammelt hatte, die die

Herren von Thibermesnil im Laufe vieler Jahrhunderte angehäuft hatten. Er enthielt antike Truhen, Kredenzen, Kaminböcke und Kronleuchter. Die steinernen Wände waren mit prächtigen Wandteppichen überhängt. Die tiefen Schießscharten der vier Fenster waren mit Bänken ausgestattet, und die gotischen Fenster bestanden aus kleinen Scheiben aus farbigem Glas, die in einen bleiernen Rahmen eingesetzt waren. Zwischen der Tür und dem Fenster zur Linken stand ein riesiger Bücherschrank im Renaissance-Stil, auf dessen Giebel in goldenen Buchstaben das Wort *Thibermesnil* und darunter das stolze Familienwappen prangte: "Fais ce que veulx[12]". Als die Gäste ihre Zigarren angezündet hatten, nahm Devanne das Gespräch wieder auf.

„Und denken Sie daran, Velmont, Sie haben keine Zeit zu verlieren; in der Tat, heute Nacht ist die letzte Chance, die Sie haben werden."

„Wie das?", fragte der Maler, der die Angelegenheit für einen Scherz zu halten schien. Devanne wollte gerade antworten, als seine Mutter ihn zum Schweigen aufforderte, aber die Aufregung des Anlasses und der Wunsch, seine Gäste zu interessieren, drängten ihn zum Sprechen.

„Bah!", murmelte er. „Ich kann es jetzt sagen. Es wird keinen Schaden anrichten."

Die Gäste rückten näher, und er begann mit der zufriedenen Miene eines Mannes zu sprechen, der eine wichtige Ankündigung zu machen hat.

„Morgen Nachmittag um vier Uhr wird Herlock Sholmes, der berühmte englische Detektiv, für den es so etwas wie Geheimnisse nicht gibt, Herlock Sholmes, der bemerkenswerteste Rätsellöser, den die Welt je gekannt hat, dieser wunderbare Mann, der wie eine Schöpfung eines romantischen Romanciers wirkt - Herlock Sholmes wird mein Gast sein!"

Sofort war Devanne das Ziel zahlreicher eifriger Fragen. „Kommt Herlock Sholmes wirklich?" „Ist es denn so ernst?" „Ist Arsène Lupin wirklich in dieser Gegend?"

„Arsène Lupin und seine Bande sind nicht weit weg. Neben dem Raubüberfall auf den Baron Cahorn werden ihm die Diebstähle in *Montigny, Gruchet* und *Crasville* zugeschrieben."

---

[12] „Tu, was du willst"

„Hat er Ihnen eine Warnung geschickt, wie er es bei Baron Cahorn getan hat?"

„Nein", antwortete Devanne, „er kann nicht zweimal denselben Trick anwenden."

„Was dann?"

„Ich werde es Ihnen zeigen."

Er erhob sich und deutete auf eine kleine Lücke zwischen den beiden riesigen Folianten auf einem der Regale des Bücherregals:

„Dort stand einmal ein Buch - ein Buch aus dem sechzehnten Jahrhundert mit dem Titel *Chronique de Thibermesnil*, das die Geschichte des Schlosses seit seiner Errichtung durch Herzog Rollo an der Stelle einer früheren Feudalfestung enthielt. In dem Buch gab es drei gestochene Tafeln; eine davon war eine allgemeine Ansicht des gesamten Anwesens; eine andere der Plan der Gebäude; und die dritte - ich möchte Ihre Aufmerksamkeit besonders darauf lenken - die dritte war die Skizze eines unterirdischen Ganges, dessen Eingang sich außerhalb der ersten Linie der Festungsmauern befindet, während das andere Ende des Ganges hier, in diesem Raum, liegt. Nun, dieses Buch ist vor einem Monat verschwunden."

„Zum Teufel!", sagte Velmont, „das sieht schlimm aus. Aber es scheint kein ausreichender Grund zu sein, um Herlock Sholmes zu holen."

„Sicherlich war das an sich nicht ausreichend, aber es ist noch ein weiterer Vorfall passiert, der dem Verschwinden des Buches eine besondere Bedeutung verleiht. Es gab ein weiteres Exemplar dieses Buches in der Nationalbibliothek in Paris, und die beiden Bücher unterschieden sich in bestimmten Details, die den unterirdischen Gang betrafen; zum Beispiel enthielt jedes von ihnen Zeichnungen und Anmerkungen, die nicht gedruckt, sondern mit Tinte geschrieben und mehr oder weniger verwischt waren. Ich kannte diese Tatsachen, und ich wusste, dass die genaue Lage der Passage nur durch einen Vergleich der beiden Bücher bestimmt werden konnte. Jetzt, am Tag nach dem Verschwinden meines Buches, wurde das Buch in der Nationalbibliothek von einem Leser gesucht, der es weggetragen hat, und niemand weiß, wie der Diebstahl zustande gekommen ist."

Die Gäste stießen Ausrufe der Überraschung aus.

„Gewiss, die Angelegenheit sieht ernst aus“, sagte einer.

„Nun, die Polizei hat die Sache untersucht und wie üblich keinen Hinweis gefunden.“

„Das tun sie nie, wenn Arsène Lupin darin verwickelt ist.“

„Genau; und so beschloss ich, Herlock Sholmes um Hilfe zu bitten, der sich bereit erklärte, mit Arsène Lupin in Kontakt zu kommen.“

„Welch ein Ruhm für Arsène Lupin!“, sagte Velmont. „Aber wenn unser Nationaldieb, wie man ihn nennt, keine bösen Absichten gegen Ihr Schloss hegt, wird Herlock Sholmes seine Reise umsonst gemacht haben.“

„Es gibt andere Dinge, die ihn interessieren werden, zum Beispiel die Entdeckung des unterirdischen Ganges.“

„Aber Sie sagten uns doch, dass das eine Ende des Ganges außerhalb der Festungsmauern liegt und das andere in diesem Raum!“

„Ja, aber in welchem Teil des Raumes? Die Linie, die den Gang auf den Karten darstellt, endet hier, mit einem kleinen Kreis, der mit den Buchstaben *T.G.* markiert ist, die zweifellos für *Tour Guillaume* stehen. Aber der Turm ist rund, und wer kann schon genau sagen, an welcher Stelle der Durchgang den Turm berührt?“

Devanne zündete sich eine zweite Zigarre an und schenkte sich ein Glas Bénédictine[13] ein. Seine Gäste bedrängten ihn mit Fragen und er freute sich über das Interesse, das seine Ausführungen hervorgerufen hatten. Dann fuhr er fort:

„Das Geheimnis ist verloren. Keiner kennt es. Die Legende besagt, dass die früheren Schlossherren das Geheimnis auf dem Sterbebett von Vater zu Sohn weitergaben, bis Geoffroy, der letzte des Geschlechts, während der Revolution in seinem neunzehnten Lebensjahr enthauptet wurde.“

„Das ist über ein Jahrhundert her. Sicherlich hat seitdem jemand nach ihm gesucht?“

„Ja, aber man hat es nicht gefunden. Nachdem ich das Schloss gekauft hatte, suchte ich fleißig danach, aber ohne Erfolg. Sie müssen bedenken,

---

[13] Bénédictine ist ein Kräuterlikör aus Frankreich. Die Rezeptur soll auf alte Elixiere der Benediktinermönche zurückgehen.

dass dieser Turm von Wasser umgeben und nur durch eine Brücke mit dem Schloss verbunden ist; folglich muss sich der Durchgang unterhalb des alten Grabens befinden. Der Plan, der in dem Buch in der Nationalbibliothek war, zeigte eine Reihe von Treppen mit insgesamt achtundvierzig Stufen, was auf eine Tiefe von mehr als zehn Metern hinweist. Sie sehen, das Geheimnis liegt in den Mauern dieses Raumes, und dennoch möchte ich sie nicht einreißen."

„Gibt es nichts, was darauf hinweist, wo es ist?"

„Nichts."

„Monsieur Devanne, wir sollten unsere Aufmerksamkeit auf die beiden Zitate richten", schlug Pater Gélis vor.

„Oh!", rief Monsieur Devanne lachend aus, „unser werter Pater liest gerne Memoiren und stöbert in den muffigen Archiven des Schlosses. Alles, was mit Thibermesnil zu tun hat, interessiert ihn sehr. Aber die Zitate, die er anführt, dienen nur dazu, das Geheimnis zu verkomplizieren. Er hat irgendwo gelesen, dass zwei Könige von Frankreich den Schlüssel zum Rätsel gekannt haben."

„Zwei Könige von Frankreich? Wer waren sie?"

„Heinrich der Vierte und Ludwig der Sechzehnte. Und die Legende geht so: Am Vorabend der Schlacht von *Arques* verbrachte Heinrich der Vierte die Nacht in diesem Schloss. Um elf Uhr abends wurde Louise de Tancarville, die schönste Frau der Normandie, von Herzog Edgard durch den unterirdischen Gang ins Schloss gebracht, der gleichzeitig den König über den Geheimgang informierte. Danach vertraute der König das Geheimnis seinem Minister Sully an, der seinerseits die Geschichte in seinem Buch '*Royales Oeconomies d'État* ' erzählt, ohne sie zu kommentieren, aber mit dem unverständlichen Satz verbindet: \`Wende ein Auge auf die Biene, die zittert, das andere Auge wird zu Gott führen!´"

Nach einem kurzen Schweigen lachte Velmont und sagte:

„Gewiss, das wirft kein blendendes Licht auf das Thema."

„Nein; aber Pater Gélis behauptet, dass Sully den Schlüssel zum Geheimnis in diesem seltsamen Satz versteckt hat, um das Geheimnis vor den Sekretären zu wahren, denen er seine Memoiren diktierte."

„Das ist eine geniale Theorie", sagte Velmont.

„Ja, und vielleicht ist es nichts weiter; ich kann nicht erkennen, dass es Licht auf das mysteriöse Rätsel wirft."

„Und war es auch, um den Besuch einer Dame zu empfangen, dass Ludwig der Sechzehnte den Durchgang öffnen ließ?"

„Ich weiß es nicht", sagte Monsieur Devanne. „Alles, was ich sagen kann, ist, dass der König hier eines Nachts im Jahre 1784 Halt machte und dass die berühmte eiserne Schatulle, die im Louvre gefunden wurde, ein Papier enthielt, das diese Worte in der Handschrift des Königs trug: 'Thibermesnil 3-4-11. ' "

Horace Velmont lachte herzhaft und rief:

„Na endlich! Und jetzt, wo wir den Zauberschlüssel haben, wo ist der Mann, der ihn in das unsichtbare Schloss einbauen kann?"

„Lachen Sie, so viel Sie wollen, Monsieur", sagte Pater Gélis, „aber ich bin überzeugt, dass die Lösung in diesen beiden Sätzen enthalten ist, und eines Tages werden wir einen Mann finden, der sie deuten kann."

„Herlock Sholmes ist der Mann", sagte Monsieur Devanne, „es sei denn, Arsène Lupin kommt ihm zuvor. Was ist Ihre Meinung, Velmont?"

Velmont erhob sich, legte seine Hand auf Devannes Schulter und erklärte:

„Ich denke, dass die Informationen, die Ihr Buch und das Buch der Nationalbibliothek lieferten, in einem sehr wichtigen Detail mangelhaft waren, das Sie jetzt geliefert haben. Ich danke Ihnen dafür."

„Was ist es?"

„Der fehlende Schlüssel. Jetzt, wo ich ihn habe, kann ich mich sofort an die Arbeit machen", sagte Velmont.

„Natürlich; ohne eine Minute zu verlieren", sagte Devanne und lächelte.

„Nicht einmal eine Sekunde!", antwortete Velmont. „Heute Nacht, vor der Ankunft von Herlock Sholmes, muss ich Ihr Schloss plündern."

„Sie haben keine Zeit zu verlieren. Oh! Übrigens kann ich Sie heute Abend rüberfahren."

„Nach *Dieppe*?"

„Ja. Ich treffe mich mit Monsieur und Madame d'Androl und einer jungen Dame aus deren Bekanntenkreis, die mit dem Mitternachtszug ankommen werden."

Dann wandte sich Devanne an die Offiziere und fügte hinzu:

„Meine Herren, ich erwarte Sie alle morgen beim Frühstück zu sehen."

Die Einladung wurde angenommen. Die Gesellschaft zerstreute sich, und wenige Augenblicke später rasten Devanne und Velmont in einem Automobil in Richtung *Dieppe*. Devanne setzte den Künstler vor dem Casino ab und fuhr zum Bahnhof. Um zwölf Uhr stiegen seine Freunde aus dem Zug aus. Eine halbe Stunde später stand das Automobil vor dem Eingang des Schlosses. Um ein Uhr, nach einem leichten Abendessen, zogen sie sich zurück. Die Lichter wurden gelöscht, und das Schloss wurde in die Dunkelheit und Stille der Nacht gehüllt.

* * *

Der Mond schien durch einen Spalt in den Wolken und erfüllte den Salon mit seinem hellen weißen Licht. Aber nur für einen Augenblick. Dann zog sich der Mond wieder hinter seinen ätherischen Vorhang zurück, und es herrschte Dunkelheit und Stille. Kein Laut war zu hören, nur das monotone Ticken der Uhr. Sie schlug zwei und wiederholte dann endlos die Sekunden. Dann, drei Uhr.

Plötzlich klickte etwas, wie das Öffnen und Schließen einer Signalscheibe, die den vorbeifahrenden Zug warnt. Ein dünner Lichtstrahl blitzte in jede Ecke des Raumes, wie ein Pfeil, der eine Lichtspur hinter sich lässt. Er schoss aus der zentralen Kannelur[14] einer Säule, die den Giebel des Bücherregals stützte. Wie ein glitzernder Kreis aus poliertem Silber ruhte er einen Moment lang auf der gegenüberliegenden Tafel, dann blitzte er in alle Richtungen wie ein schuldbewusstes Auge, das jeden Schatten mustert. Es verschwand für kurze Zeit, brach aber wieder hervor, als sich ein ganzer Teil des Bücherregals auf einer Achse drehte und eine große Öffnung wie ein Gewölbe freigab.

---

[14] Senkrechte Rille an einer Säule

Ein Mann trat ein, der eine elektrische Laterne trug. Ihm folgte ein zweiter Mann, der eine Seilrolle und verschiedene Werkzeuge trug. Der Anführer inspizierte den Raum, hörte einen Moment in den Raum und sagte:

„Rufen Sie die anderen."

Dann betraten acht Männer, stämmige Burschen mit entschlossenen Gesichtern, den Raum und begannen sofort, das Mobiliar zu entfernen. Arsène Lupin ging schnell von einem Möbelstück zum anderen, untersuchte jedes, und je nach Größe oder künstlerischem Wert wies er seine Männer an, es zu nehmen oder zu lassen. Wurde der Befehl zum Mitnehmen gegeben, so wurde es zum klaffenden Tunnelmund getragen und rücksichtslos in die Eingeweide der Erde gestoßen. So erging es sechs Sesseln, sechs kleinen Ludwig-XV-Stühlen, einer Menge Aubusson-Wandteppiche, einigen Kerzenleuchtern, Gemälden von Fragonard und Nattier, einer Büste von Houdon und einigen Statuetten. Manchmal verweilte Lupin vor einer schönen Truhe oder einem prächtigen Bild und seufzte:

„Das ist zu schwer ... zu groß ... wie schade!"

In vierzig Minuten war das Zimmer abgebaut; und es war so ordentlich und mit so wenig Lärm vollbracht worden, als ob die verschiedenen Gegenstände für die Gelegenheit verpackt und gewickelt worden wären.

Lupin sagte zu dem letzten Mann, der sich durch den Tunnel entfernte:

„Sie brauchen nicht wiederzukommen. Sie verstehen, dass Sie, sobald der Wagen beladen ist, zur Scheune nach *Roquefort* fahren?."

„Aber Sie, Patron?"

„Lassen Sie mir das Motorrad."

Als der Mann verschwunden war, schob Arsène Lupin das Teil des Bücherregals an seinen Platz zurück, verwischte sorgfältig die Spuren der Schritte des Mannes, öffnete eine Tür und betrat eine Galerie, die die einzige Verbindung zwischen dem Turm und dem Schloss darstellte. In der Mitte dieser Galerie befand sich eine Glasvitrine, die Lupins Aufmerksamkeit erregt hatte. Sie enthielt eine wertvolle Sammlung von Uhren, Schnupftabakdosen, Ringen und Miniaturen von seltener und schöner Ausarbeitung. Er brach das Schloss mit einem kleinen Brecheisen auf und empfand eine große Freude daran, diese goldenen und silbernen Ornamente, diese erlesenen und zarten Kunstwerke zu berühren.

Er trug einen großen Leinensack bei sich, der speziell für den Abtransport von solchem Schnickschnack vorbereitet war. Er füllte ihn. Dann füllte er die Taschen seines Mantels, seiner Weste und seiner Hose. Und er war gerade dabei, eine Reihe von Perlenketten über seinen linken Arm zu legen, als er ein leises Geräusch hörte. Er lauschte. Nein, er ließ sich nicht täuschen. Das Geräusch hielt an. Dann erinnerte er sich, dass an einem Ende der Galerie eine Treppe war, die zu einer unbewohnten Wohnung führte, die aber in dieser Nacht wahrscheinlich von der jungen Dame bewohnt wurde, die Monsieur Devanne mit seinen anderen Besuchern aus *Dieppe* mitgebracht hatte.

Sofort löschte er seine Laterne und hatte kaum den freundlichen Schutz einer Fensterbrüstung erlangt, als die Tür am oberen Ende der Treppe geöffnet wurde und ein schwaches Licht die Galerie erhellte. Er konnte fühlen – denn durch einen Vorhang verborgen, konnte er nicht sehen –, dass eine Frau vorsichtig die oberen Stufen der Treppe hinunterging. Er hoffte, dass sie nicht näher kommen würde. Doch sie stieg weiter hinab und kam sogar ein Stück weit in den Raum hinein. Dann stieß sie einen schwachen Schrei aus. Zweifellos hatte sie den zerbrochenen und zerlegten Schrank entdeckt.

Sie rückte wieder vor. Jetzt konnte er das Parfüm riechen und das Pochen ihres Herzens hören, als sie sich dem Fenster näherte, hinter dem er sich versteckt hielt. Sie kam so nahe heran, dass ihr Rock den Fenstervorhang streifte, und Lupin spürte, dass sie hinter sich, im Schatten, die Anwesenheit eines anderen vermutete, der in Reichweite ihrer Hand lag. Er dachte: „Sie hat Angst. Sie wird weggehen.“ Aber sie ging nicht. Die Kerze, die sie in ihrer zitternden Hand hielt, wurde heller. Sie drehte sich um, zögerte einen Moment, schien zu lauschen, dann zog sie plötzlich den Vorhang zur Seite.

Sie standen sich Auge in Auge gegenüber. Arsène war verblüfft. Er murmelte, unwillkürlich:

„Sie ... Sie ... Mademoiselle.“

Es war Mademoiselle Nelly. Fräulein Nelly! seine Mitreisende auf dem transatlantischen Dampfer, von der er auf jener denkwürdigen Reise geträumt hatte, die Zeugin seiner Verhaftung gewesen war und die, anstatt ihn zu verraten, die Kodak, in dem er die Banknoten und Diamanten versteckt hatte, ins Wasser geworfen hatte. Miss Nelly! dieses reizende Geschöpf, dessen Erinnerung an ihr Gesicht die langen Stunden der Gefangenschaft mal erheitert, mal betrübt hatte.

Es war ein so unerwartetes Zusammentreffen, das sie zu dieser nächtlichen Stunde in diesem Schloss zusammenführte, dass sie sich weder bewegen noch ein Wort sagen konnten; sie waren erstaunt, hypnotisiert, jeder von ihnen von der plötzlichen Erscheinung des anderen. Zitternd vor Rührung taumelte Fräulein Nelly zu einem Sitz. Er blieb vor ihr stehen.

Allmählich begriff er die Situation und stellte sich den Eindruck vor, den er in diesem Moment mit seinen mit Nippes beladenen Armen und den mit Beute überquellenden Taschen und einem Leinensack gemacht haben musste. Die Verwirrung überkam ihn, und er errötete tatsächlich, weil er sich in der Lage eines auf frischer Tat ertappten Diebes wiederfand. Für sie war er von nun an ein Dieb, ein Mann, der seine Hand in die Tasche eines anderen steckt, der in Häuser eindringt und die Leute ausraubt, während sie schlafen.

Eine Uhr fiel auf den Boden, dann eine weitere. Es folgten weitere Gegenstände, die ihm einer nach dem anderen aus der Hand glitten. Dann, von einem plötzlichen Entschluss getrieben, ließ er die anderen Gegenstände in einen Sessel fallen, leerte seine Taschen und packte seinen Sack aus. Er fühlte sich in Nellys Gegenwart sehr unwohl und trat auf sie zu, in der Absicht, sie anzusprechen, aber sie schauderte, erhob sich schnell und floh in Richtung Salon. Die Portiere[15] schloss sich hinter ihr. Er folgte ihr. Sie stand zitternd und staunend vor dem Anblick des verwüsteten Zimmers. Er sagte zu ihr sofort:

„Morgen, um drei Uhr, wird alles zurückgebracht. Die Möbel werden zurückgebracht."

Sie gab keine Antwort, also wiederholte er:

„Ich verspreche es. Morgen, um drei Uhr. Nichts in der Welt könnte mich dazu bringen, dieses Versprechen zu brechen ... Morgen, um drei Uhr."

---

[15] schwerer Vorhang für eine Tür

Es folgte ein langes Schweigen, das er nicht zu brechen wagte, während die Aufregung des jungen Mädchens in ihm ein Gefühl des aufrichtigen Bedauerns hervorrief. Leise, ohne ein Wort, wandte er sich ab und dachte: „Ich hoffe, sie geht weg. Ich kann ihre Anwesenheit nicht ertragen." Aber das junge Mädchen begann plötzlich zu stammeln:

„Hör ... Schritte ... ich höre jemanden ... "

Er schaute sie erstaunt an. Sie schien von dem Gedanken an die nahende Gefahr überwältigt zu sein.

„Ich höre nichts", sagte er.

„Aber du musst gehen – du musst fliehen!"

„Warum sollte ich gehen?"

„Weil – du musst. Oh! Bleib nicht eine Minute länger hier. Geh!"

Sie lief schnell zur Tür, die zur Galerie führte, und lauschte. Nein, es war niemand da. Vielleicht war das Geräusch draußen. Sie wartete einen Moment und kehrte dann beruhigt zurück.

Aber Arsène Lupin war verschwunden.

* * *

Sobald Monsieur Devanne von der Plünderung seines Schlosses erfuhr, sagte er zu sich selbst: Es war Velmont, der es getan hat, und Velmont ist Arsène Lupin. Diese Theorie erklärte alles, und es gab keine andere plausible Erklärung. Und doch erschien ihm die Idee absurd. Es war lächerlich anzunehmen, dass Velmont jemand anderes war als Velmont, der berühmte Künstler und Klubkamerad seines Cousins d'Estevan. Als der Hauptmann der Gendarmerie eintraf, um die Angelegenheit zu untersuchen, dachte Devanne nicht einmal daran, seine absurde Theorie zu erwähnen.

Den ganzen Vormittag über herrschte im Schloss rege Betriebsamkeit. Die Gendarmen, die örtliche Polizei, der Polizeichef von *Dieppe*, die Dorfbewohner, alle liefen in den Sälen hin und her und untersuchten jeden Winkel, der sich ihnen bot. Das Herannahen der manövrierenden

Truppen, das knatternde Feuer der Musketen, trug zum malerischen Charakter der Szene bei.

Die erste Durchsuchung ergab keinen Anhaltspunkt. Weder an den Türen noch an den Fenstern gab es irgendwelche Anzeichen für einen Einbruch. Folglich muss der Abtransport der Waren durch den Geheimgang erfolgt sein. Es gab jedoch weder Hinweise auf Fußspuren auf dem Boden noch auf ungewöhnliche Spuren an den Wänden.

Die Nachforschungen ergaben jedoch eine merkwürdige Tatsache, die auf den skurrilen Charakter von Arsène Lupin hinwies: Die berühmte Chronik aus dem 16. Jahrhundert war wieder an ihrem gewohnten Platz in der Bibliothek aufgestellt worden, und daneben lag ein ähnliches Buch, das nichts anderes war als der aus der Nationalbibliothek gestohlene Band.

Um elf Uhr trafen die Offiziere ein. Devanne begrüßte sie mit seiner gewohnten Fröhlichkeit; denn wie sehr ihn der Verlust seiner Kunstschätze auch betrüben mochte, sein großer Reichtum ermöglichte es ihm, diesen Verlust philosophisch zu ertragen. Seine Gäste, Monsieur und Madame d'Androl und Mademoiselle Nelly, wurden vorgestellt; und dann wurde bemerkt, dass einer der erwarteten Gäste nicht gekommen war. Es war Horace Velmont. Würde er kommen? Seine Abwesenheit hatte das Misstrauen von Monsieur Devanne wieder geweckt. Aber um zwölf Uhr traf er ein. Devanne rief aus:

„Ah! Da sind Sie ja!“

„Warum, bin ich nicht pünktlich?“, fragte Velmont.

„Ich schon aber Sie vielleicht nicht ... nach einer so arbeitsreichen Nacht. Ich nehme an, Sie kennen die Neuigkeiten?“

„Was für Neuigkeiten?“

„Sie haben das Schloss ausgeraubt.“

„Unsinn!“, rief Velmont lächelnd aus.

„Genau wie ich es vorausgesagt habe. Aber begleiten Sie zuerst Miss Underdown in den Speisesaal. Mademoiselle, erlauben Sie mir ... “

Er hielt inne, als er die extreme Aufregung des jungen Mädchens bemerkte. Dann, als er sich an den Vorfall erinnerte, sagte er:

„Ah! Natürlich, Sie haben Arsène Lupin auf dem Dampfer kennengelernt, vor seiner Verhaftung, und Sie sind erstaunt über die Ähnlichkeit. Ist es das?“

Sie antwortete nicht. Velmont stand vor ihr und lächelte. Er verbeugte sich. Sie nahm seinen ausgestreckten Arm. Er begleitete sie zu ihrem Platz und nahm ihr gegenüber Platz. Während des Frühstücks drehte sich das Gespräch ausschließlich um Arsène Lupin, die gestohlenen Waren, den Geheimgang und Herlock Sholmes. Erst am Ende des Mahls, als das Gespräch auf andere Themen übergegangen war, nahm Velmont daran teil. Dann war er abwechselnd amüsant und ernst, redselig und nachdenklich. Und alle seine Bemerkungen schienen auf das junge Mädchen gerichtet zu sein. Aber sie, ganz in sich versunken, schien sie nicht zu hören.

Der Kaffee wurde auf der Terrasse mit Blick auf den Haupthof und den französischen Garten vor der Hauptfassade serviert. Die Regimentskapelle spielte auf dem Rasen, und Scharen von Soldaten und Bauern wanderten durch den Park.

Fräulein Nelly hatte nicht einen Moment lang Lupins feierliches Versprechen vergessen: „Morgen um drei Uhr wird alles zurückgegeben.“

Um drei Uhr! Und die Zeiger der großen Uhr im rechten Flügel des Schlosses zeigten jetzt zwanzig Minuten vor drei. Unwillkürlich wanderten ihre Augen jede Minute zur Uhr. Sie beobachtete auch Velmont, der in einem bequemen Schaukelstuhl ruhig hin und her schaukelte.

Zehn Minuten vor drei! ... Fünf Minuten vor drei! ... Nelly war ungeduldig und ängstlich. War es möglich, dass Arsène Lupin sein Versprechen zur verabredeten Stunde einlösen würde, wenn das Schloss, der Hof und der Park voller Menschen waren und die Gesetzeshüter gerade ihre Ermittlungen durchführten? Und doch ... Arsène Lupin hatte ihr sein feierliches Versprechen gegeben. „Es wird genau so sein, wie er gesagt hat“, dachte sie, so tief war sie von der Autorität, der Energie und der Sicherheit dieses bemerkenswerten Mannes beeindruckt. Es erschien ihr nicht mehr wie ein Wunder, sondern im Gegenteil wie ein natürliches Ereignis, das im normalen Lauf der Dinge eintreten musste. Sie errötete und drehte ihren Kopf.

Drei Uhr! Die große Uhr schlug langsam: eins ... zwei ... drei ... Horace Velmont nahm seine Uhr heraus, schaute auf die Uhr und steckte sie wieder in seine Tasche. Einige Sekunden verstrichen in Stille; dann teilte sich die Menge im Hof, um zwei Wagen Platz zu machen, die gerade durch das Parktor einfuhren, jeder von zwei Pferden gezogen. Es waren Armeewagen, wie sie für den Transport von Proviant, Zelten und anderen notwendigen militärischen Vorräten verwendet werden. Sie hielten vor dem Haupteingang, und ein Unteroffizier sprang von einem der Wagen und erkundigte sich nach Monsieur Devanne. Einen Augenblick später kam dieser aus dem Haus, stieg die Treppe hinunter und erblickte unter den Planen der Wagen seine Möbel, Bilder und Ornamente sorgfältig verpackt und arrangiert.

Auf Befragen legte der Feldwebel einen Befehl vor, den er vom Offizier des Tages erhalten hatte. Darin wurde der zweiten Kompanie des vierten Bataillons befohlen, sich zur Kreuzung von *Halleux* im Wald von *Arques* zu begeben, die dort deponierten Möbel und anderen Gegenstände einzusammeln und diese um drei Uhr an Monsieur Georges Devanne, den Besitzer des Schlosses Thibermesnil, zu übergeben. Gezeichnet: Colonel Beauvel.

„An der Kreuzung", erklärte der Feldwebel, „fanden wir alles bereit, auf dem Gras liegend, bewacht von einigen Passanten. Es schien sehr seltsam, aber Befehl war Befehl."

Einer der Offiziere begutachtete die Unterschrift. Er erklärte sie für eine Fälschung; aber eine geschickte Nachahmung. Die Wagen wurden ausgeladen und die Waren wieder an ihren Platz im Schloss gebracht.

Während dieser Aufregung war Nelly allein am äußersten Ende der Terrasse geblieben, in verwirrte und zerstreute Gedanken versunken. Plötzlich bemerkte sie Velmont, der sich ihr näherte. Sie hätte ihm ausweichen wollen, aber die Balustrade, die die Terrasse umgab, versperrte ihr den Rückzug. Sie war in die Enge getrieben. Sie konnte sich nicht bewegen. Ein Sonnenstrahl, der durch das spärliche Blattwerk eines Bambus fiel, erhellte ihr schönes goldenes Haar. Er sprach sie mit leiser Stimme an:

„Habe ich mein Versprechen nicht gehalten?"

Arsène Lupin stand dicht bei ihr. Niemand sonst war in der Nähe. Er wiederholte mit ruhiger, sanfter Stimme:

„Habe ich mein Versprechen der letzten Nacht nicht gehalten?"

Er erwartete ein Wort des Dankes oder wenigstens eine leichte Bewegung, die ihr Interesse an der Erfüllung seines Versprechens verraten würde. Aber sie blieb stumm.

Ihre verächtliche Haltung ärgerte Arsène Lupin; und er erkannte die große Entfernung, die ihn von Fräulein Nelly trennte, jetzt, da sie die Wahrheit erfahren hatte. Gerne hätte er sich in ihren Augen gerechtfertigt oder zumindest auf mildernde Umstände plädiert, aber er erkannte die Absurdität und Vergeblichkeit eines solchen Versuchs. Schließlich murmelte er, beherrscht von einer wogenden Flut von Erinnerungen:

„Ah! Wie lange ist das her! Erinnern Sie sich an die langen Stunden auf dem Deck der 'Provence'. Damals trugen Sie eine Rose in der Hand, eine weiße Rose wie die, die Sie heute tragen. Ich bat Sie um die Rose. Sie taten so, als hörten Sie mich nicht. Nachdem Sie gegangen waren, fand ich die Rose – zweifellos vergessen – und behielt sie.“

Sie gab keine Antwort. Sie schien weit weg zu sein. Er fuhr fort:

„In Erinnerung an jene glücklichen Stunden, vergessen Sie, was Sie jetzt wissen. Trennen Sie die Vergangenheit von der Gegenwart. Betrachten Sie mich nicht als den Mann, den Sie gestern Abend gesehen haben, sondern sehen Sie mich an, wenn auch nur für einen Augenblick, wie Sie es in jenen fernen Tagen taten. Bin ich nicht mehr derselbe?“

Sie hob ihren Blick und sah ihn an, wie er es verlangt hatte. Dann, ohne ein Wort zu sagen, zeigte sie auf einen Ring, den er am Zeigefinger trug. Nur der Ring war sichtbar; aber die Fassung, die der Handfläche zugewandt war, bestand aus einem prächtigen Rubin. Arsène Lupin errötete. Der Ring gehörte Georges Devanne. Er lächelte bitter und sagte:

„Sie haben recht. Man kann nichts mehr ändern. Arsène Lupin ist jetzt und wird immer Arsène Lupin sein. Für Sie kann er nicht einmal mehr eine Erinnerung sein. Verzeihen Sie, ich hätte wissen müssen, dass jede Aufmerksamkeit, die ich Ihnen jetzt schenke, eine Beleidigung ist. Verzeihen Sie mir.“

Er trat zur Seite, den Hut in der Hand. Nelly ging vor ihm vorbei. Er war geneigt, sie aufzuhalten und sie um Verzeihung zu bitten. Aber sein Mut verließ ihn, und er begnügte sich damit, ihr mit den Augen zu folgen, wie er es getan hatte, als sie die Gangway zum Pier in New York hinunterging.

Sie stieg die Stufen hinauf, die zur Tür führten, und verschwand im Haus. Er sah sie nicht mehr.

Eine Wolke verdunkelte die Sonne. Arsène Lupin stand da und betrachtete die Abdrücke ihrer kleinen Füße im Sand. Plötzlich zuckte er zusammen. Auf der Kiste mit dem Bambus, neben der Nelly gestanden hatte, sah er die Rose, die weiße Rose, die er sich gewünscht, aber nicht zu verlangen gewagt hatte. Vergessen, kein Zweifel – auch sie! Aber wie – absichtlich oder durch Ablenkung? Er ergriff sie begierig. Einige ihrer Blütenblätter fielen zu Boden. Er hob sie auf, eins nach dem anderen, wie kostbare Reliquien.

„Komm!", sagte er zu sich selbst, „ich habe hier nichts mehr zu tun. Ich muss an meine Sicherheit denken, bevor Herlock Sholmes eintrifft."

* * *

Der Park war menschenleer, aber einige Gendarmen waren am Parktor stationiert. Er betrat einen Kiefernhain, sprang über die Mauer und folgte, als Abkürzung zum Bahnhof, einem Weg über die Felder. Nachdem er etwa zehn Minuten gegangen war, kam er an eine Stelle, an der der Weg schmaler wurde und zwischen zwei steilen Ufern verlief. In dieser Schlucht traf er auf einen Mann, der in die entgegengesetzte Richtung unterwegs war. Es war ein Mann um die fünfzig Jahre alt, groß, glatt rasiert und trug Kleidung mit einem ausländischen Schnitt. Er trug einen schweren Stock und hatte eine kleine Tasche über die Schulter geschnallt. Als sie sich begegneten, sprach der Fremde mit einem leichten englischen Akzent:

„Entschuldigen Sie, Monsieur, ist das der Weg zum Schloss?"

„Ja, Monsieur, geradeaus, und wenn Sie an der Mauer ankommen, biegen Sie links ab. Man erwartet Sie dort."

„Ah!"

„Ja, mein Freund Devanne hat uns gestern Abend gesagt, dass Sie kommen, und ich freue mich, Sie als Erster begrüßen zu dürfen. Herlock Sholmes hat keinen glühenderen Verehrer als mich."

Es lag ein Hauch von Ironie in seiner Stimme, den er schnell bereute, denn Herlock Sholmes musterte ihn von Kopf bis Fuß mit einem so scharfen, durchdringenden Blick, dass Arsène Lupin das Gefühl hatte, von diesem Blick ergriffen, gefangen und registriert zu werden, gründlicher und präziser, als er es je von einer Kamera erfahren hatte.

„Mein Negativ ist jetzt genommen", dachte er, „und es wird nutzlos sein, bei diesem Mann eine Verkleidung zu benutzen. Er würde direkt hindurchschauen. Aber, ich frage mich, hat er mich erkannt?"

Sie verbeugten sich voreinander, als wollten sie sich trennen. Doch in diesem Moment hörten sie das Geräusch von Pferdefüßen, begleitet vom Klirren von Stahl. Es war die Gendarmerie. Die beiden Männer mussten sich an die Böschung im Gebüsch zurückziehen, um den Pferden auszuweichen. Die Gendarmen zogen vorbei, aber da sie in einem beträchtlichen Abstand aufeinander folgten, dauerte es mehrere Minuten, bis sie vorbei waren. Lupin dachte:

„Es hängt alles von der Frage ab: Hat er mich erkannt? Wenn ja, wird er wahrscheinlich die Gelegenheit ausnutzen. Es ist eine schwierige Situation."

Als der letzte Reiter vorbei war, trat Herlock Sholmes hervor und bürstete den Staub von seiner Kleidung. Dann sahen er und Arsène Lupin sich einen Augenblick lang an, und wenn jemand sie in diesem Augenblick hätte sehen können, wäre es ein interessanter Anblick gewesen, und denkwürdig als das erste Zusammentreffen zweier bemerkenswerter Männer, so fremdartig, so kraftvoll ausgerüstet, beide von überlegener Qualität und vom Schicksal durch ihre besonderen Eigenschaften dazu bestimmt, sich aufeinander zu stürzen wie zwei gleiche Kräfte, die die Natur in den Weiten des Raumes einander entgegensetzt.

Dann sagte der Engländer: „Ich danke Ihnen, Monsieur."

Sie trennten sich. Lupin ging in Richtung Bahnhof, und Herlock Sholmes setzte seinen Weg zum Schloss fort.

Die örtlichen Beamten hatten die Ermittlungen nach mehreren Stunden erfolglosen Bemühens aufgegeben, und die Leute auf dem Schloss erwarteten die Ankunft des englischen Detektivs mit lebhafter Neugierde. Auf den ersten Blick waren sie ein wenig enttäuscht über sein banales Aussehen, das so sehr von dem Bild abwich, das sie sich von ihm gemacht hatten. Er glich in keiner Weise dem romantischen Helden, der geheimnisvollen und teuflischen Persönlichkeit, die der Name Herlock Sholmes in ihrer Vorstellung hervorgerufen hatte. Doch Monsieur Devanne rief mit Vergnügen aus:

„Ah! Monsieur, Sie sind hier! Ich bin hocherfreut, Sie zu sehen. Es ist ein lang aufgeschobenes Vergnügen. Ich bedaure kaum, was geschehen ist, denn es gibt mir die Gelegenheit, Sie kennenzulernen. Aber, wie sind Sie gekommen?"

„Mit dem Zug."

„Aber ich habe mein Automobil geschickt, um Sie am Bahnhof abzuholen."

„Ein offizieller Empfang, wie? Mit Musik und Feuerwerk! Oh, nein, nicht für mich. Das ist nicht meine Art, Geschäfte zu machen", brummte der Engländer.

Diese Rede verunsicherte Devanne, die mit einem gezwungenen Lächeln erwiderte:

„Zum Glück hat sich das Geschäft sehr vereinfacht, seit ich Ihnen geschrieben habe."

„Inwiefern?"

„Der Raubüberfall fand gestern Abend statt."

„Hätten Sie meinen Besuch nicht angekündigt, wäre der Raub gestern Abend wahrscheinlich nicht begangen worden."

„Wann dann?"

„Morgen, oder an einem anderen Tag."

„Und in diesem Fall?"

„Lupin wäre in die Falle gegangen", sagte der Detektiv.

„Und meine Möbel?"

„Wären nicht weggetragen worden."

„Ah! Aber meine Sachen sind hier. Sie wurden um drei Uhr zurückgebracht."

„Von Lupin."

„Mit zwei Armeewagen."

Herlock Sholmes setzte seine Mütze auf und rückte seine Tasche zurecht. Devanne rief besorgt aus:

„Aber, Monsieur, was haben Sie vor?"

„Ich fahre nach Hause."

„Warum?"

„Ihre Waren wurden zurückgegeben; Arsène Lupin ist weit weg - es gibt für mich nichts mehr zu tun."

„Doch, das gibt es. Ich brauche Ihre Hilfe. Was gestern geschehen ist, kann morgen wieder geschehen, denn wir wissen nicht, wie er hereingekommen ist, wie er entkommen ist und warum er ein paar Stunden später die Waren zurückgebracht hat."

„Ah! Sie wissen nicht ... "

Der Gedanke an ein zu lösendes Problem beflügelte das Interesse von Herlock Sholmes.

„Nun gut, lassen Sie uns eine Suche durchführen – sofort – und wenn möglich allein."

Devanne verstand und führte den Engländer in den Salon. Mit trockener, klarer Stimme und in Sätzen, die im Voraus vorbereitet zu sein schienen, stellte Sholmes eine Reihe von Fragen zu den Ereignissen des vorangegangenen Abends und erkundigte sich auch nach den Gästen und den Mitgliedern des Haushalts. Dann untersuchte er die beiden Bände der *Chronique*, verglich die Pläne des unterirdischen Ganges, bat um eine Wiederholung der Sätze, die Pater Gélis entdeckt hatte, und fragte dann:

„War das gestern das erste Mal, dass Sie diese beiden Sätze zu jemandem gesprochen haben?"

„Ja."

„Und Sie haben sie nie Horace Velmont mitgeteilt?"

„Nein."

„Gut, bestellen Sie das Automobil. Ich muss in einer Stunde abreisen."

„In einer Stunde?"

„Ja; in dieser Zeit hat Arsène Lupin das Problem gelöst, das Sie ihm gestellt haben."

„Ich ... ihn vor die Aufgabe gestellt habe ... "

„Ja, Arsène Lupin oder Horace Velmont – das ist dasselbe."

„Dachte ich mir. Ah! Der Halunke!"

„Nun, sehen wir mal", sagte Sholmes, „gestern Abend um zehn Uhr haben Sie Lupin die Information geliefert, die ihm fehlte und die er seit vielen Wochen gesucht hatte. Während der Nacht fand er Zeit, das Problem zu lösen, seine Männer zu sammeln und das Schloss auszurauben. Ich werde es genauso eilig haben."

Er ging in Gedanken versunken von einem Ende des Raumes zum anderen, dann setzte er sich hin, schlug die langen Beine übereinander und schloss die Augen.

Devanne wartete, ziemlich verlegen. Er dachte: „Schläft der Mann? Oder meditiert er nur?" Er verließ den Raum, um einige Anweisungen zu geben, und als er zurückkam, fand er den Detektiv auf den Knien, der den Teppich am Fuß der Treppe in der Galerie untersuchte.

„Was ist das?", erkundigte er sich.

„Sehen Sie ... dort ... Flecken von einer Kerze."

„Sie haben recht –und sie sind noch ganz frisch."

„Und Sie finden sie auch am oberen Ende der Treppe und um den Schrank herum, in den Arsène Lupin eingebrochen ist und aus dem er die Bücher genommen hat, die er danach in diesen Sessel gelegt hat."

„Was schließen Sie daraus?"

„Nichts. Diese Tatsachen würden zweifellos den Grund für die Rückgabe erklären, aber das ist eine Nebensache, der ich nicht weiter nachgehen kann. Die Hauptfrage ist der Geheimgang. Sagen Sie mir zuerst, gibt es eine Kapelle, etwa zwei- oder dreihundert Meter vom Schloss entfernt?"

„Ja, eine verfallene Kapelle, in der sich das Grab von Herzog Rollo befindet."

„Sagen Sie Ihrem Chauffeur, er soll in der Nähe dieser Kapelle auf uns warten.“

„Mein Chauffeur ist nicht zurückgekehrt. Wenn er es getan hätte, hätten sie mich informiert. Glaubt Ihr, der Geheimgang führt zur Kapelle? Welchen Grund haben – "

„Ich möchte Sie bitten, Monsieur“, unterbrach der Detektiv, „mir eine Leiter und eine Laterne zu besorgen.“

„Sie brauchen eine Leiter und eine Laterne?“

„Gewiss, sonst hätte ich nicht danach gefragt.“

Devanne, etwas verunsichert durch diese krude Logik, läutete. Die beiden Gegenstände wurden mit der Strenge und Präzision von militärischen Befehlen gebracht.

„Stellen Sie die Leiter an das Bücherregal, links neben das Wort Thibermesnil.“

Devanne stellte die Leiter wie angewiesen auf, und der Engländer fuhr fort:

„Mehr nach links ... nach rechts ... Da! ... Nun klettern Sie hoch ... Alle Buchstaben sind im Relief, nicht wahr?“

„Ja.“

„Drehen Sie zuerst den Buchstaben ‚I‘ in die eine oder andere Richtung.“

„Welchen? Es gibt zwei davon.“

„Den ersten.“

Devanne nahm den Buchstaben in die Hand und rief aus:

„Ah! Ja, er dreht sich nach rechts. Wer hat Ihnen das gesagt?“

Herlock Sholmes antwortete nicht auf diese Frage, sondern fuhr mit seinen Anweisungen fort:

„Nehmen Sie jetzt den Buchstaben ‚B‘. Bewegen Sie ihn hin und her wie einen Bolzen.“

Devanne tat dies, und zu seiner großen Überraschung gab es ein klickendes Geräusch.

„Ganz richtig“, sagte Sholmes. „Jetzt gehen wir zum anderen Ende des Wortes Thibermesnil, versuchen den Buchstaben ‚l‘ und sehen, ob er sich wie eine Pforte öffnet.“

Mit einer gewissen Feierlichkeit ergriff Devanne den Buchstaben. Er öffnete sich, aber Devanne fiel von der Leiter, denn der gesamte Teil des Bücherregals, der zwischen dem ersten und dem letzten Buchstaben des Wortes lag, drehte sich auf einer Achse und gab den unterirdischen Gang frei.

Herlock Sholmes sagte, kühl:

„Sie sind nicht verletzt?“

„Nein, nein“, sagte Devanne, während er sich aufrichtete, „nicht verletzt, nur verwirrt. Ich kann jetzt nicht verstehen ... diese Buchstaben drehen ... der Geheimgang öffnet ... “

„Gewiss. Stimmt das nicht genau mit der von Sully angegebenen Formel überein? Richte ein Auge auf die Biene, die zittert, das andere Auge führt zu Gott.“

„Aber Ludwig der Sechzehnte?“, fragte Devanne.

„Ludwig der Sechzehnte war ein geschickter Schlosser. Ich habe ein Buch gelesen, dass er über Zahlenschlösser geschrieben hat. Es war eine gute Idee des Besitzers von Thibermesnil, seiner Majestät einen cleveren Mechanismus zu zeigen. Als Gedächtnisstütze schrieb der König: 3-4-11, das heißt, der dritte, vierte und elfte Buchstabe des Wortes.“

„Genau. Das ist mir klar. Es erklärt, wie Lupin aus dem Zimmer kam, aber nicht, wie er hineingekommen ist. Und es ist sicher, dass er von außen kam.“

Herlock Sholmes zündete seine Laterne an und trat in den Gang.

„Sehen Sie! Der ganze Mechanismus liegt hier offen, wie das Werk einer Uhr, und man kann die Rückseite der Buchstaben erreichen. Lupin hat die Kombination von dieser Seite aus bedient –das ist alles.“

„Welchen Beweis gibt es dafür?“

„Beweise? Sehen Sie sich doch die Ölpfütze an. Lupin hat vorausgesehen, dass die Räder geölt werden müssen.“

„Wusste er von dem anderen Eingang?“

„Soweit ich weiß“, sagte Sholmes. „Folgen Sie mir.“

„In diesen dunklen Gang?“

„Haben Sie Angst?“

„Nein, aber sind Sie sicher, dass Sie den Weg hinaus finden können?“

„Mit geschlossenen Augen.“

Sie stiegen zunächst zwölf Stufen hinab, dann noch einmal zwölf, und zwei weitere Treppen mit jeweils zwölf Stufen. Dann gingen sie durch einen langen Gang, dessen Backsteinmauern die Spuren wiederholter Restaurierungen zeigten und an einigen Stellen von Wasser tropften. Auch die Erde war sehr feucht.

„Wir gehen unter dem Teich hindurch“, sagte Devanne etwas nervös.

Endlich kamen sie zu einer Treppe mit zwölf Stufen, gefolgt von drei weiteren mit je zwölf Stufen, die sie mühsam hinaufstiegen, und befanden sich dann in einer kleinen, in den Fels gehauenen Höhle. Weiter konnten sie nicht gehen.

„Zum Teufel“, murmelte Sholmes, „nichts als kahle Wände. Das ist eine Provokation.“

„Lasst uns zurückgehen“, sagte Devanne. „Ich habe genug gesehen, um zufrieden zu sein.“

Aber der Engländer hob den Blick und stieß einen Seufzer der Erleichterung aus. Dort sah er denselben Mechanismus und dasselbe Wort wie zuvor. Er musste nur die drei Buchstaben bearbeiten. Er tat es, und ein Granitblock schwang aus seinem Platz. Auf der anderen Seite bildete dieser Granitblock den Grabstein von Herzog Rollo, und das Wort "Thibermesnil" war in Relief eingraviert. Nun waren sie in der kleinen Kapellenruine, und der Detektiv sagte:

„Das andere Auge führt zu Gott, das heißt, zur Kapelle.“

„Es ist wunderbar!“ rief Devanne aus, erstaunt über die Hellsichtigkeit und Lebendigkeit des Engländers. „Kann es sein, dass diese wenigen Worte für Sie ausreichend waren?“

„Bah!“, erklärte Sholmes, „die waren gar nicht nötig. Auf der Karte im Buch der Nationalbibliothek endet die Zeichnung links, wie Sie wissen, in einem Kreis, und rechts, wie Sie nicht wissen, in einem Kreuz. Nun, dieses Kreuz muss sich auf die Kapelle beziehen, in der wir jetzt stehen."

Der arme Devanne konnte seinen Ohren nicht trauen. Das war alles so neu, so ungewohnt für ihn. Er rief aus:

„Es ist unglaublich, wundersam, und doch von einer kindlichen Einfachheit! Wie kommt es, dass noch niemand das Rätsel gelöst hat?"

„Weil niemand jemals die wesentlichen Elemente vereint hat, das heißt, die beiden Bücher und die beiden Sätze. Keiner, außer Arsène Lupin und mir selbst."

„Aber Pater Gélis und ich wussten alles über diese Dinge, und ebenso ... " Sholmes lächelte und sagte:

„Monsieur Devanne, nicht jeder kann Rätsel lösen."

„Ich habe zehn Jahre lang versucht, das zu schaffen, was Sie in zehn Minuten geschafft haben."

„Bah! Daran bin ich gewöhnt."

Sie traten aus der Kapelle und fanden ein Automobil.

„Ah! Da ist ein Auto, das auf uns wartet."

„Ja, es ist meins", sagte Devanne.

„Meines? Sie sagten, Ihr Chauffeur sei nicht zurückgekommen."

Sie näherten sich der Maschine, und Monsieur Devanne befragte den Chauffeur:

„Eduard, wer hat Ihnen den Auftrag gegeben, hierher zu kommen?"

„Nun, es war Monsieur Velmont."

„Monsieur Velmont? Haben Sie ihn getroffen?"

„In der Nähe des Bahnhofs, und er sagte mir, ich solle in die Kapelle kommen."

„In die Kapelle zu kommen! Wozu?"

„Um auf Sie zu warten, Monsieur, und Ihren Freund."

Devanne und Sholmes tauschten Blicke aus, und Monsieur Devanne sagte:

„Er wusste, dass das Rätsel für Sie ein einfaches sein würde. Das ist ein feines Kompliment."

Ein Lächeln der Zufriedenheit erhellte für einen Moment die ernsten Züge des Detektivs. Das Kompliment gefiel ihm. Er schüttelte den Kopf, als er sagte:

„Ein kluger Mann! Das wusste ich, als ich ihn sah."

„Haben Sie ihn gesehen?"

„Ich bin ihm vor Kurzem begegnet – auf dem Weg vom Bahnhof."

„Und Sie wussten, dass es Horace Velmont war – ich meine, Arsène Lupin?"

„Nein, aber ich nahm an, dass er es war ... durch eine gewisse ironische Rede, die er hielt."

„Und Sie haben ihn entkommen lassen?"

„Natürlich habe ich das. Obwohl ich alles auf meiner Seite hatte, wie zum Beispiel fünf Gendarmen, die an uns vorbeigingen."

„Verdammt!", rief Devanne. „Sie hätten die Gelegenheit nutzen müssen."

„Wirklich, Monsieur", sagte der Engländer hochmütig, „wenn ich einem Gegner wie Arsène Lupin begegne, nutze ich keine zufälligen Gelegenheiten, ich schaffe sie."

Aber die Zeit drängte, und da Lupin so freundlich gewesen war, das Automobil zu schicken, beschlossen sie, es zu nutzen. Sie setzten sich in die komfortable Limousine, Eduard nahm seinen Platz am Steuer ein, und sie fuhren in Richtung Bahnhof. Plötzlich fiel Devannes Blick auf ein kleines Päckchen in einer der Taschen des Wagens.

„Ah! Was ist das? Ein Päckchen! Wem gehört es?"

„Es ist für Sie."

„Für mich?"

„Ja, es ist adressiert: Herlock Sholmes, von Arsène Lupin."

Der Engländer nahm das Paket, öffnete es und stellte fest, dass es eine Uhr enthielt.

„Ah!", rief er mit einer wütenden Geste aus.

„Eine Uhr", sagte Devanne. „Wie ist sie dorthin gekommen?"

Der Detektiv antwortete nicht.

„Oh! Es ist Ihre Uhr! Arsène Lupin gibt Ihre Uhr zurück! Aber um sie zurückgeben zu können, muss er sie genommen haben. Ah! Ich verstehe! Er hat Ihre Uhr genommen! Das ist eine gute Uhr! Herlock Sholmes' Uhr, gestohlen von Arsène Lupin! Mein Gott! Das ist witzig! Wirklich ... Sie müssen mich entschuldigen ... ich kann nicht anders."

Er brüllte vor Lachen, unfähig, sich zu beherrschen. Dann sagte er in einem Ton der ernsten Überzeugung:

„Ein kluger Mann, in der Tat!"

Der Engländer rührte sich nicht von der Stelle. Auf dem Weg nach *Dieppe* sprach er kein Wort, sondern starrte auf die fliegende Landschaft. Sein Schweigen war schrecklich, unergründlich, heftiger als die wildeste Wut. Am Bahnhof sprach er wieder ruhig, aber mit einer Stimme, die von der ungeheuren Energie und Willenskraft dieses berühmten Mannes kündete. Er sagte:

„Ja, er ist ein kluger Mann, aber eines Tages werde ich das Vergnügen haben, die Hand, die ich Ihnen jetzt reiche, auf seine Schulter zu legen, Monsieur Devanne. Und ich glaube, dass Arsène Lupin und Herlock Sholmes sich eines Tages wiedersehen werden. Ja, die Welt ist zu klein – wir werden uns treffen – wir müssen uns treffen – und dann ... "

FIN

Printed in Poland
by Amazon Fulfillment
Poland Sp. z o.o., Wrocław

76408021R00107